Nicolas Barreau, geboren 1980, hat Romanistik und Geschichte an der Sorbonne studiert und lebt heute als freier Autor in Paris. Schon mit seinen Erfolgen «Die Frau meines Lebens» und «Du findest mich am Ende der Welt» hat er sich in die Herzen seiner Leserinnen geschrieben, ehe «Das Lächeln der Frauen» ein internationaler Bestseller wurde. Weitere sehr erfolgreiche Bücher folgten.

Nicolas Barreau

EINES ABENDS IN PARIS

Roman

Rowohlt Taschenbuch Verlag

Neuausgabe
Veröffentlicht im Rowohlt Taschenbuch Verlag,
Hamburg, Januar 2023
Copyright © 2023 by Rowohlt Verlag GmbH, Hamburg
Copyright © 2012 by Thiele Verlag in der
Thiele & Brandstätter Verlag GmbH, München / Wien
Covergestaltung Hafen Werbeagentur, Hamburg
Coverabbildung Chris Campe, Lee Avison,
Miguel Sobreira / Trevillion Images
Satz aus der Adriane
bei Pinkuin Satz und Datentechnik, Berlin
Druck und Bindung GGP Media GmbH, Pößneck
ISBN 978-3-499-00966-2

Was im Leben du auch anfängst,
tu es mit Liebe.

AUS: CINEMA PARADISO

1

❋

Eines Abends in Paris, es war, etwa ein Jahr nachdem das Cinéma Paradis wieder eröffnet worden war und genau zwei Tage nachdem ich das Mädchen im roten Mantel zum ersten Mal geküsst hatte und voller Unruhe unserer nächsten Begegnung entgegenfieberte, passierte etwas Unglaubliches. Etwas, das mein ganzes Leben auf den Kopf stellen sollte und mein kleines Kino zu einem magischen Ort werden ließ – einem Ort, an dem sich Sehnsüchte und Erinnerungen trafen, einem Ort, an dem Träume plötzlich wahr werden sollten.

Von einem Moment auf den anderen war ich Teil einer Geschichte, wie sie kein Kino schöner erfinden kann. Ich, Alain Bonnard, wurde herausgerissen aus meiner gewohnten Umlaufbahn und hineinkatapultiert in das größte Abenteuer meines Lebens.

«Du bist ein Mann der Peripherie, ein Beobachter, der es vorzieht, am Rand des Geschehens zu stehen», hatte Robert einmal zu mir gesagt. «Mach dir nichts draus.»

Robert ist in erster Linie mein Freund. In zweiter

Linie ist er Astrophysiker und nervt seine Umwelt damit, die astrophysikalischen Gesetze auf die Dinge des täglichen Lebens zu übertragen.

Mit einem Mal war ich nun also kein Beobachter mehr, sondern war mittendrin in diesem turbulenten, unerwarteten, verwirrenden Geschehen, das mir den Atem raubte und bisweilen auch den Verstand. Das Schicksal hatte mir ein Geschenk gemacht, ich hatte es überwältigt entgegengenommen und hätte dabei fast die Frau verloren, die ich liebte.

An jenem Abend aber, als ich nach der letzten Vorstellung auf die regennasse Straße hinaustrat, in der sich zögernd das Licht einer Laterne spiegelte, ahnte ich noch nichts von alledem.

Und ich wusste auch nicht, dass das Cinéma Paradis den Schlüssel zu einem Geheimnis barg, von dem mein ganzes Glück abhängen sollte.

Ich ließ das Gitter herunter, um abzuschließen, streckte mich und atmete tief durch. Der Regen hatte aufgehört, nur ein kleiner Schauer. Die Luft war weich und frühlingshaft. Ich schlug den Kragen meiner Jacke hoch und wandte mich zum Gehen. Erst da bemerkte ich den kleinen schmächtigen Mann im Trenchcoat, der mit seiner blonden Begleiterin im Halbdunkel stand und das Kino interessiert in Augenschein nahm.

«Hi», sagte er mit unverkennbar amerikanischem Akzent. «Sind Sie der Besitzer dieses Kinos? *Great film, by the way.*» Er wies auf den Schaukasten, und sein Blick blieb anerkennend an dem Schwarz-Weiß-Plakat des Films

The Artist hängen, dessen altmodische Stille vor allem die Bewohner der neuen Welt völlig aus der Fassung gebracht hatte.

Ich nickte kurz und war schon darauf gefasst, dass er mir jetzt eine Kamera in die Hand drücken und mich bitten würde, von sich und seiner Frau ein Foto vor meinem Filmtheater zu machen, das zwar nicht das älteste von Paris ist, aber eben doch eines dieser kleinen alten plüschigen Kinos, die heutzutage traurigerweise vom Aussterben bedroht sind, als der kleine Mann einen Schritt näher trat und mir durch seine Hornbrille einen freundlichen Blick zuwarf. Mit einem Mal meinte ich ihn zu kennen, aber ich hätte nicht sagen können, woher.

«Wir würden uns gerne mit Ihnen unterhalten, Monsieur ...»

«Bonnard», sagte ich. «Alain Bonnard.»

Er streckte mir die Hand hin, und ich schüttelte sie, einigermaßen verwirrt.

«Kennen wir uns?»

«Nein, nein, ich glaube nicht. *Anyway ... nice to meet you*, Monsieur Bonnard. Ich bin ...»

«Oh, sind Sie etwa verwandt mit *dem* Bonnard? Dem Maler?»

Die blonde Frau war aus dem Schatten getreten und sah mich aus ihren blauen Augen belustigt an.

Dieses Gesicht hatte ich ganz bestimmt schon einmal gesehen. Viele Male sogar.

Es dauerte ein paar Sekunden, bis ich begriff. Und noch bevor der Amerikaner in dem beigefarbenen

Trenchcoat seinen Satz zu Ende brachte, wusste ich, wen ich vor mir hatte.

Keiner kann es mir verdenken, dass ich die Augen aufriss und mir vor Überraschung der Schlüsselbund aus der Hand glitt. Die ganze Szenerie war – um es mit den Worten des schüchternen Buchhändlers aus dem Film *Notting Hill* zu sagen – einigermaßen surreal. Einzig das Geräusch der Schlüssel, die mit einem leisen Klirren vor mir auf dem Trottoir landeten, überzeugte mich davon, dass dies alles wirklich passierte. So unwirklich es auch war.

2

---✦---

Als Kind schon waren die schönsten Nachmittage jene, die ich mit Onkel Bernard verbrachte. Wenn meine Schulkameraden sich zum Fußball verabredeten, Musik hörten oder hübsche Mädchen an den Zöpfen zogen, rannte ich die Rue Bonaparte hinunter, bis ich die Seine sehen konnte, bog noch zweimal um die Ecke, und dann lag die kleine Straße vor mir, in der sich das Haus meiner Träume befand – das Cinéma Paradis.

Onkel Bernard war so etwas wie das schwarze Schaf in der Familie der Bonnards, wo alle vorwiegend in juristischen oder administrativen Berufen arbeiteten – der Betreiber eines *Cinéma d'Art*, eines kleinen Lichtspieltheaters, der nichts anderes tat, als sich *Filme* anzuschauen und sie vorzuführen, wo man doch wusste, dass Filme den Menschen nur Flausen in den Kopf setzten – nein, das war wenig respektabel Meine Eltern fanden meine Freundschaft mit dem unkonventionellen Onkel, der nicht verheiratet war, 1968 im «Pariser Mai» zusammen mit aufgebrachten Studenten und Filmschaffenden wie dem berühmten François Truffaut gegen die Schließung der *Cinémathèque française* durch den Kultusminister demonstriert hatte und nachts sogar manchmal auf dem zerschlissenen roten Sofa im Vorführraum übernachtete, etwas befremdlich. Doch da ich ein guter Schüler war und auch sonst keine Probleme machte, ließen sie mich ziehen. Sie hofften wohl, dass mein «cineastischer Spleen» irgendwann von selbst vorübergehen würde.

Ich hingegen hoffte das nicht. Über dem altmodischen Kassenhäuschen des Paradis hing ein Plakat mit den Köpfen der großen Regisseure, und darunter stand *Le rêve est réalité* – «Der Traum ist Wirklichkeit». Das gefiel mir außerordentlich. Und dass der Erfinder des Films ein Franzose namens Louis Lumière gewesen war, entzückte mich.

«Meine Güte, Onkel Bernard», rief ich aus und klatschte in kindlicher Begeisterung in die Hände. «Der Mann brachte das Licht auf die Leinwand, und er heißt auch so – *Lumière*, das ist ja großartig!»

Onkel Bernard lachte und legte behutsam eine dieser großen Filmrollen ein, die es damals noch in allen Kinos gab und die Tausende von einzelnen Augenblicken zu einem großen wundervollen Ganzen zusammenfügten, wenn sie sich über dem Filmprojektor drehten – in meinen Augen pure Magie.

Ich war Monsieur Lumière wirklich zutiefst dankbar für die Erfindung des Cinématographen, und ich glaube, ich war in meiner Klasse der Einzige, der wusste, dass der erste, nur wenige Sekunden dauernde Film aus dem

Jahre 1895 die Ankunft eines Zuges im Bahnhof von Ciotat zeigt. Und dass das französische Kino in seiner Seele ein zutiefst *impressionistisches* Kino ist, wie Onkel Bernard mir immer wieder versicherte. Ich hatte keine Ahnung, was «impressionistisch» bedeutete, aber es musste etwas Wunderbares sein.

Als unsere Klasse kurze Zeit später mit Madame Baland, der Kunstlehrerin, ins Jeu de Paume ging, wo damals noch die Gemälde der Impressionisten hingen, bevor sie in den alten Bahnhof am Quai d'Orsay umzogen, entdeckte ich unter den zart hingetupften, lichtdurchfluteten Landschaften auch eine schwarze, weißen Rauch ausstoßende Lokomotive, die in einen Bahnhof fährt.

Ich sah mir das Gemälde lange an und glaubte nun zu wissen, warum man das französische Kino «impressionistisch» nannte. Es hatte etwas mit ankommenden Zügen zu tun.

Onkel Bernard zog amüsiert die Augenbrauen hoch, als ich ihm meine Theorie erklärte, aber er war zu gutmütig, um mich zu korrigieren.

Stattdessen brachte er mir bei, wie man den Filmprojektor bedient und dass man immer höllisch achtgeben muss, dass der Zelluloidstreifen niemals zu lange über dem Lichtstrahl schwebt.

Als wir einmal zusammen den Film *Cinema Paradiso* anschauten, verstand ich auch, warum. Dieser italienische Klassiker war einer der Lieblingsfilme meines Onkels – vermutlich hatte er sogar sein Kino danach benannt, obwohl es kein französischer Film mit *im-*

pressionistischer Seele war. «Nicht schlecht für einen italienischen Film, *pas mal, hein?*», brummte er in seiner bärbeißig-patriotischen Art und konnte doch kaum seine Rührung verbergen. «Ja, man muss zugeben, auch die Italiener können was.»

Ich nickte, noch ganz erschüttert von dem tragischen Schicksal des alten Filmvorführers, der durch einen Brand in seinem Kino erblindet. Natürlich fand ich mich in dem kleinen Jungen Toto wieder, auch wenn meine Mutter mich nie geschlagen hat, weil ich mein Geld für Kinovorstellungen ausgab. Das musste ich ja auch nicht, denn ich bekam die schönsten Filme umsonst zu sehen, auch solche, die für einen elfjährigen Jungen nicht immer geeignet waren.

Onkel Bernard scherte sich nicht um Altersbeschränkungen, solange es «ein guter Film» war. Und ein guter Film war ein Film mit einer Idee. Ein Film, der die Menschen berührte, der ihnen Mitgefühl entgegenbrachte bei dem schwierigen Versuch, zu «sein». Der ihnen einen Traum mit auf den Weg gab, an dem sie sich festhalten konnten, in diesem Leben, das nicht immer einfach war.

Cocteau, Truffaut, Godard, Sautet, Chabrol, Malle – sie waren wie Nachbarn für mich.

Ich drückte dem Kleinganoven aus *Außer Atem* die Daumen, ich streifte mir mit *Orphée* die dünnen Handschuhe über und teilte Spiegel, um hindurchzuschreiten und Eurydice aus der Unterwelt zu befreien. Ich bewunderte die überirdisch schöne Belle aus *La Belle et la Bête*, wenn sie mit ihrem hüftlangen blonden Haar und einem flackernden fünfarmigen Leuchter vor dem traurigen Monster die Treppe emporschritt, und bangte mit dem jüdischen Intendanten Lucas Steiner aus *Die letzte Metro*, der sich in einem Keller unter seinem Theater versteckt halten und mit anhören musste, wie sich oben auf der Bühne seine Frau in einen Schauspielerkollegen verliebte. Ich schrie mit den Jungen aus *Der Krieg der Knöpfe*, die sich gegenseitig verprügelten. Ich litt mit dem verstörten Baptiste aus *Kinder des Olymp*, der im Gedränge seine Garance für immer verlor, war zutiefst entsetzt, als Fanny Ardant in *Die Frau nebenan* am Ende ihren Liebhaber und anschließend auch noch sich selbst in den Kopf schoss, fand Zazie aus *Zazie dans le métro* ziemlich schräg mit ihren großen Augen und ihrer Zahnlücke und lachte über die Marx Brothers in der Oper und all die schlagfertigen Wortgefechte der streitbaren Paare in den Komödien von Billy Wilder, Ernst Lubitsch und Preston Sturges, die bei Onkel Bernard immer nur *Les Américains* hießen.

Preston Sturges, so erklärte mir Onkel Bernard einmal, hatte sogar die goldenen Regeln für eine Filmkomödie aufgestellt: Eine Verfolgungsjagd ist besser als ein Gespräch. Ein Schlafzimmer ist besser als ein Wohnzimmer, und eine Ankunft ist besser als eine Abreise. Diese Regeln der Komik weiß ich noch heute.

Les Américains waren natürlich nicht so *impressionistisch* wie «wir Franzosen», aber sie waren äußerst komisch, und ihre Dialoge waren sehr pointiert – anders als bei den französischen Filmen, wo man oft das Gefühl hatte, heimlicher Zeuge wortreicher Diskussionen zu sein, die auf der Straße, im Café, am Meer oder im Bett stattfanden.

Man kann sagen, dass ich schließlich mit dreizehn Jahren schon sehr viel über das Leben wusste, auch wenn ich selbst noch nicht viel erlebt hatte.

Alle meine Freunde hatten schon ein Mädchen geküsst, ich träumte von der schönen Eva Marie Saint, die ich gerade in einem Hitchcock-Thriller gesehen hatte. Oder von dem lichtdurchfluteten Mädchen aus *Jeux interdits*, die inmitten der Gräuel des Zweiten Weltkriegs mit ihrem kleinen Freund Michel eine eigene Welt erschafft und Kreuze für tote Tiere auf einem geheimen Friedhof aufstellt.

Marie-Claire, ein Mädchen aus unserer Schule, erinnerte mich an die kleine Heldin aus *Verbotene Spiele*, und eines Tages lud ich sie zu einer Nachmittagsvorstellung in das Kino meines Onkels ein. Ich habe tatsächlich vergessen, was an diesem Tag gespielt wurde, aber ich weiß noch, dass wir uns den ganzen Film über an unseren verschwitzten Händen hielten und ich sie nicht einmal losließ, als meine Nase entsetzlich zu kribbeln begann.

Als der Abspann über die Leinwand flackerte, drückte sie mir ihre kirschroten Lippen fest auf den Mund, und wir waren in aller kindlichen Unschuld ein Paar – bis sie am Ende des Schuljahres mit ihren Eltern in eine andere Stadt zog, die nach Erwachsenenmaßstäben nicht weit von Paris lag, aber für einen Jungen meines Alters am Ende der Welt – und damit unerreichbar geworden war. Nach einigen Wochen tiefster Trauer beschloss ich, unsere unglückliche Geschichte später mit einem Film zu ehren.

Natürlich wollte ich eines Tages ein berühmter Regisseur werden. Und natürlich wurde ich es nicht. Ich folgte dem Drängen meines Vaters, studierte Betriebswirtschaft, weil man damit «immer etwas werden kann», und arbeitete einige Jahre in einem großen Unternehmen in Lyon, das sich auf den Export von Luxusbadewannen und hochwertigen Badezimmerarmaturen spezialisiert hatte. Ich verdiente, obwohl noch jung, viel Geld. Meine Eltern waren stolz, dass nun doch etwas aus dem weltfremden Jungen von einst geworden war. Ich kaufte mir einen alten Citroën mit offenem Verdeck und hatte nun auch richtige Freundinnen. Nach einer Weile verließen sie mich wieder, enttäuscht darüber, dass ich am Ende doch nicht der tolle Macher war, für den sie mich anfangs wohl gehalten hatten.

Ich war nicht unglücklich, und ich war nicht glücklich, doch als mich an einem heißen, stickigen Sommernachmittag ein Brief von Onkel Bernard erreichte, wusste ich, dass sich alles ändern würde und dass ich tief im Inneren immer noch der Träumer war, der mit klopfendem Herzen in der Dunkelheit eines kleinen Kinosaals gesessen hatte, um in andere Welten einzutauchen.

Es war etwas geschehen, das niemand für möglich gehalten hatte. Onkel Bernard, inzwischen bereits dreiundsiebzig, hatte die Frau seines Lebens gefunden und wollte mit ihr an die Côte d'Azur ziehen, dorthin, wo es das ganze Jahr über warm war und die Landschaft in ein ganz besonderes Licht getaucht.

Ich verspürte einen kleinen Stich im Herzen, als ich las, dass er vorhatte, das Cinéma Paradis aufzugeben.

Seit ich Claudine kenne, habe ich das Gefühl, dass die ganze Zeit ein Filmprojektor zwischen mir und dem Leben gestanden hat, schrieb er mit seiner ungelenken Schrift.

Für meine letzten Jahre will ich nun selbst die Hauptrolle spielen. Trotzdem macht es mich traurig, dass aus dem Ort, an dem wir zusammen so viele wunderbare Nachmittage verbracht haben, vielleicht ein Restaurant wird oder einer dieser neumodischen Clubs.

Bei dem Gedanken, dass das alte Kino dergestalt umfunktioniert werden könnte, drehte sich mir der Magen um. Und als Onkel Bernard mich am Ende seines Briefes fragte, ob ich mir vielleicht vorstellen könnte, nach Paris zurückzukehren und das Cinéma Paradis zu übernehmen, seufzte ich fast vor Erleichterung.

Auch wenn Du inzwischen ein ganz anderes Leben führst, mein Junge, so wärst Du doch der Einzige, den ich mir als meinen Nachfolger vorstellen könnte. Du hast schon als Kind diese Kinoverrücktheit gehabt und ein ausgezeichnetes Gespür für gute Filme.

Ich musste lächeln, als ich an Onkel Bernards emphatische Vorträge von einst dachte, dann glitt mein Blick über die letzten Zeilen seines Briefes, und noch lange, nachdem ich sie gelesen hatte, starrte ich auf das Papier, das in meinen Händen angefangen hatte zu zittern und sich dann mit einem Riss zu öffnen schien, wie damals die Spiegel des Orphée.

Weißt Du noch, Alain, wie Du mich immer gefragt hast, wa-rum Du die Filme mehr liebst als alles andere? Heute will ich es Dir verraten. Der kürzeste Weg führt über das Auge zum Herzen. Vergiss das nie, mein Junge.

Ein halbes Jahr später stand ich auf dem Bahnsteig des Pariser Gare de Lyon, von dem aus alle Züge in Richtung Süden fahren, und winkte Onkel Bernard nach, der mit seiner Liebsten, einer entzückenden kleinen Dame mit unzähligen Lachfältchen, entschwand.

Ich winkte, bis ich nur noch sein weißes Taschentuch sehen konnte, das unternehmungslustig im Wind flatter-te. Dann nahm ich mir ein Taxi, das mich zurückbrachte zum wichtigsten Ort meiner Kindheit. Zum Cinéma Pa-radis, das nun mir gehörte.

3

---·❋·---

In Zeiten wie diesen ist es nicht einfach, ein kleines Programmkino zu führen, ich meine eines, das in erster Linie versucht, von der Qualität seiner Filme zu leben und nicht von Werbeeinnahmen, riesigen Popcorneimern und Coca-Cola. Die meisten Leute haben es verlernt, genau hinzuschauen, sich einfach einzulassen auf zwei Stunden, in denen die wesentlichen Dinge des Lebens angerissen werden, ob sie nun ernst oder heiter sind. Sich einzulassen, ohne zu essen, zu trinken, zu kauen und durch ihre Strohhalme zu schlürfen.

Als ich nach meiner Rückkehr nach Paris einmal in einem der großen Multiplex-Kinos auf den Champs-Elysées war, wurde mir klar, dass meine Vorstellung vom Filmtheater, dem man auch einen gewissen Respekt erweisen sollte, vielleicht etwas anachronistisch geworden war, und ich weiß noch, dass ich mir plötzlich, obwohl gerade neunundzwanzig Jahre alt geworden, ziemlich *démodé* und deplatziert vorkam in dem ganzen Geplapper und Geraschel um mich herum.

Kein Wunder, dass die Filme heute immer lauter und schneller werden, immerhin müssen die großen Hollywood-Blockbuster und Actionfilme, die auch in Europa ein Millionenpublikum anlocken sollen, ja den ganzen Lärm übertönen, der in einem solchen Kinosaal herrscht, und der zunehmenden Unkonzentriertheit des Publikums immer neue Attraktionen entgegensetzen.

«Gibt es hier kein Popcorn?», ist die immer wieder gestellte Frage in meinem Kino. Erst letzte Woche quengelte ein kleiner dicklicher Junge an der Hand seiner Mutter herum, weil die Vorstellung, zwei Stunden in einem Sessel zu sitzen und *Der kleine Nick* anzuschauen, ohne sich dabei etwas in den Mund zu stopfen, offenbar unerhört war.

«*Kein Popcorn?*», wiederholte er fassungslos und verdrehte seinen Hals, um nach einer entsprechenden Glasvitrine Ausschau zu halten.

Ich schüttelte den Kopf. «Nein, hier gibt es nur Filme.»

Auch wenn mir diese Antwort immer einen gewissen Triumph bereitet, mache ich mir doch manchmal Sorgen um die Zukunft meines Kinos.

Nach meiner Rückkehr aus Lyon hatte ich einiges Geld in die Renovierung des Cinéma Paradis gesteckt, die bröckelnde Fassade war ausgebessert und gestrichen worden, der alte Teppich wurde erneuert, die weinroten Kinosessel gereinigt und die Technik insoweit aufgerüstet, dass ich neben den alten Filmrollen nun auch digitale Filme abspielen konnte. Ich hatte einen gewissen

Anspruch, was die Auswahl meines Programms anging, der sich zwangsläufig nicht immer mit dem Geschmack der Massen deckte.

François, ein Student der Filmhochschule, half mir bei den Vorführungen, und Madame Clément, eine ältere Dame, die früher im Printemps gearbeitet hatte, saß abends an der Kasse, wenn ich es nicht selbst war, der die Karten verkaufte.

Als ich das Cinéma Paradis wieder eröffnete, kamen viele, die das Kino noch von früher kannten. Und auch viele, die neugierig geworden waren, weil die Neueröffnung einigen Zeitungen doch eine kleine Meldung wert gewesen war. Die ersten Monate liefen gut an, dann kamen Zeiten, in denen der Kinosaal nur zur Hälfte gefüllt war, wenn überhaupt. Oft genug machte mir Madame Clément ein Zeichen, um anzuzeigen, wie viele Zuschauer wir am Abend hatten – manchmal reichten dafür zehn Finger.

Nicht dass ich geglaubt hätte, ein kleines Kino sei eine Goldgrube, aber meine Ersparnisse waren ziemlich zusammengeschmolzen, und ich musste mir etwas überlegen. So kam ich auf die Idee, jeden Mittwochabend eine zusätzliche Spätvorstellung zu geben – mit jenen alten Filmen, die mich früher so begeistert hatten.

Das Besondere an diesem Konzept war, dass die Filme wöchentlich wechselten und dass es allesamt Liebesfilme waren, wenn auch im weiteren Sinne. Ich gab dem Ganzen den Namen *Les Amours au Paradis* und freute mich, als die Spätvorstellungen am Mittwoch sich zu füllen begannen. Und wenn ich an diesen Abenden nach dem Abspann die Türen des Kinosaals öffnete und die Liebespaare sah, die eng aneinandergeschmiegt und mit glänzenden Augen das Kino verließen, einen Geschäftsmann, der vor lauter Beschwingtheit seine Aktentasche in den Stuhlreihen vergaß, oder eine alte Dame, die auf mich zukam, mir persönlich die Hand schütteln wollte und mir mit sehnsüchtigem Blick erklärte, dass dieser Film sie an die Zeit erinnerte, als sie noch jung war, wusste ich, dass ich den schönsten Beruf der Welt hatte.

An diesen Abenden lag ein ganz besonderer Zauber über dem Cinéma Paradis. Es war mein Kino, das den Menschen Träume schenkte, so wie es Onkel Bernard immer gesagt hatte.

Doch seit die junge Frau im roten Mantel mittwochs in die Spätvorstellung kam und mir jedes Mal, wenn sie an die Kasse trat, ein schüchternes Lächeln zuwarf, war ich selbst es, der anfing zu träumen.

4

---❖---

Was meinst du damit, du hast sie noch nie gefragt? Wie lange kommt sie denn schon in dein Kino?»

Mein Freund Robert wippte ungeduldig auf seinem Stuhl. Wir saßen draußen im Café de La Mairie, einem kleinen Café, das links neben der Saint-Sulpice-Kirche liegt, und obwohl es erst März war und das Wetter in den vergangenen Wochen eher regnerisch gewesen war, brannte die Sonne auf unsere Gesichter.

Wenn wir uns mittags treffen, will Robert immer ins Café de La Mairie, weil es dort angeblich die beste Vinaigrette für seinen geliebten Salade Paysanne gibt, die in eigens dafür abgefüllten Glasfläschchen auf den Tisch gestellt wird.

«Nun ja ...» Ich sah zu, wie er mit einem Schwung das ganze Fläschchen über dem Salat leerte. «Ich würde sagen, das Ganze geht seit Dezember.»

Mein Freund warf mir einen überraschten Blick zu. «Das Ganze? Wie meinst du das jetzt wieder? Also läuft denn was zwischen euch oder nicht?»

Ich schüttelte den Kopf und seufzte. Für Robert ist die erste und einzig entscheidende Frage, ob «etwas läuft» zwischen einem Mann und einer Frau. Der Rest interessiert ihn nicht. Er ist Naturwissenschaftler und zutiefst unromantisch. Er kennt keine Zwischentöne, und das Glück verstohlener Blicke ist ihm fremd. Wenn er eine Frau toll findet, dann läuft da auch was, meistens schon am ersten Abend. Kein Ahnung, wie er das macht. Natürlich kann er sehr charmant und lustig sein. Und er legt Frauen gegenüber eine entwaffnende Ehrlichkeit an den Tag, der sich die meisten offenbar schwer entziehen können.

Ich lehnte mich zurück, nahm einen Schluck Wein und blinzelte in die Sonne, weil ich meine Sonnenbrille vergessen hatte.

«Nein, es läuft nichts, jedenfalls nicht in deinem Sinne», sagte ich wahrheitsgemäß. «Aber sie kommt seit Dezember in die Spätvorstellung, und ich hab so ein Gefühl, dass ... ach, ich weiß auch nicht.»

Robert spießte einen dicken Käsewürfel mit der Gabel auf, von dem die goldgelbe Vinaigrette heruntertropfte, und zählte mit der anderen Hand die Monate ab. «Dezember, Januar, Februar, März ...» Er warf mir einen strafenden Blick zu. «Du willst mir sagen, dieses Mädchen, das du so toll findest, kommt seit vier Monaten in dein Kino, und du hast sie noch nicht mal *angesprochen*?»

«Sie kommt ja nur einmal in der Woche – eben immer mittwochs, wenn diese Reihe mit den alten Filmen läuft, du weißt schon, *Les Amours au Paradis* ... und klar, hab ich schon mal mit ihr gesprochen. Was man halt so spricht. Hat Ihnen der Film gefallen? Das ist aber ein Wetter heute, was? Möchten Sie Ihren Schirm hier abstellen? So was halt.»

«Hat sie denn einen Typ dabei?»

Ich schüttelte den Kopf. «Nein, nein. Sie kommt immer allein. Aber das muss ja nichts heißen.» Ich tippte an den Rand meines Glases. «Am Anfang dachte ich, sie wäre verheiratet, weil sie einen goldenen Ring trägt. Aber dann hab ich genau hingeschaut und festgestellt, dass es doch kein Ehering ist, jedenfalls kein normaler. Da sind so kleine rotgoldene Rosen drauf...»

«Und sie ist wirklich hübsch, ja?», unterbrach mich mein Freund. «Schöne Zähne, gute Figur und so?»

Ich nickte wieder und dachte daran, wie das Mädchen im roten Mantel zum ersten Mal an der Abendkasse aufgetaucht war. Ich nannte sie immer «das Mädchen», dabei war sie eine junge Frau, vielleicht fünfundzwanzig, vielleicht achtundzwanzig, mit karamellfarbenem schulterlangem Haar, das sie an der Seite gescheitelt trug, einem zarten herzförmigen Gesicht, auf dem man ein paar winzige Sommersprossen erkennen konnte, und dunklen glänzenden Augen.

Sie wirkte auf mich immer ein wenig verloren – in ihren Gedanken oder in dieser Welt – und hatte so eine Angewohnheit, sich verlegen mit der rechten Hand die Haare hinter das Ohr zu streifen, wenn sie darauf wartete, dass ich ihr eine Karte abriss. Aber wenn sie lächelte, schien sich der Raum mit Licht zu füllen, und ihre Miene bekam etwas geradezu Spitzbübisches. Und ja, sie hatte einen schönen Mund und wunderbare Zähne.

«Sie ist so ein Typ wie Mélanie Laurent, weißt du?»

«Mélanie Laurent? Nie gehört. Wer soll das sein?»

«Na, diese Schauspielerin aus *Beginners*.»

Robert stopfte sich den Käsewürfel in den Mund und kaute nachdenklich. «Kein Plan. Ich kenne nur Angelina Jolie. Die ist toll. Tolle Figur.»

«Ja, ja. Du könntest ruhig mal öfter in mein Kino kommen, dann wüsstest du, wovon ich rede. Ich lass dich auch umsonst rein.»

«Um Gottes willen, da schlaf ich ein.»

Mein Freund liebt Actionfilme und Mafiafilme, deswegen würden wir uns – rein theoretisch gesehen – auch nie um dieselbe letzte Kinokarte streiten müssen.

«Wie das Mädchen aus *Inglorious Bastards*», versuchte ich, unsere Schnittmenge zu vergrößern. «Die nachher das Kino in Brand setzt, damit all die Nazis verbrennen.»

Robert hörte einen Moment zu kauen auf, zog dann in freudigem Erkennen die Augenbrauen hoch und fuchtelte mit dem Zeigefinger in kleinen Kreisen vor meinem Gesicht umher.

«Du meinst diese hübsche Kleine, die vor den Nazis flieht? *Das* ist Mélanie Laurent? Und sie sieht aus wie Mélanie Laurent, sagst du?»

«Ein bisschen wie», entgegnete ich.

Robert ließ sich krachend in den Bistrostuhl zurückfallen, der nicht für einen Mann seiner Größe gemacht zu sein schien. Dann schüttelte er den Kopf.

«Mann, Mann, Mann, ich fass es nicht, wie dämlich du manchmal bist», sagte er schließlich in dieser erfrischend direkten Art, die ich so an ihm schätze. Ich ließ seine Vorhaltungen über mich ergehen, schließlich wollte ich seinen Rat. Doch als er mit seinem «Das ist genau wie ...» anfing und sich dann in irgendwelchen astrophysikalischen Formeln verlustierte, die auf wundersame Weise in einer mir unbekannten Hubbel'sche Konstante endeten, verstand ich kein Wort mehr, und meine Gedanken schweiften ab.

Habe ich erwähnt, dass ich eher der zurückhaltende Typ bin? Und ich möchte gleich hinzufügen: *nicht langweilig*. Im Gegenteil – ich habe ein sehr reiches Innenleben und viel Fantasie. Nur weil ein Mann eine Frau, die ihm gefällt, nicht sofort in sein Bett zerrt, muss das ja nicht bedeuten, dass er ein Volltrottel ist.

Im Gegensatz zu so manchem Draufgänger sehe ich so manches – nicht in einem prophetischen Sinn, natürlich. Vielleicht habe ich in meinem Leben einfach zu viele Filme angeschaut, aber seit ich das Cinéma Paradis betreibe, habe ich festgestellt, dass es mir ein großes Vergnügen bereitet, die Menschen genauer zu betrachten und meine Schlüsse zu ziehen. Und ohne dass ich es eigentlich will, laufen mir ihre Geschichten zu wie anderen Leuten junge Hunde.

Manche Besucher kommen nur ein Mal, andere sind regelmäßig hier, und ich meine, sie fast zu kennen. Ich rede vielleicht nicht besonders viel, aber ich sehe sehr viel. Ich verkaufe ihnen die Karten und sehe ihre Gesichter. Ihre Geschichten. Ihre Geheimnisse.

Da ist der große alte Mann mit dem hellbraunen Cordanzug, der die ihm verbliebenen Haare nachlässig zurückgekämmt hat und keinen Film von Buñuel, Saura oder Sautet verpasst. Ich denke mir, dass er in seiner Jugend den Idealen des Kommunismus angehangen hat und später Professor geworden ist. Seine Augen, die unter buschigen silbernen Augenbrauen hervorblitzen, sind hell und voller Klugheit. Er trägt immer leuchtend blaue Hemden unter seiner alten Cordjacke, die an den Aufschlägen schon ein wenig abgewetzt ist, und ich bin mir sicher, dass er verwitwet ist. Er gehört zu den wenigen Männern seiner Generation, die ihre Frauen überlebt haben, und er hat die seinige sicherlich sehr geliebt. Sein Gesicht ist offen und freundlich. Und wenn er das Kino verlässt, bleibt er immer einen winzigen Moment lang stehen, als ob er noch auf jemanden warten würde, und geht dann ein wenig überrascht weiter.

Dann gibt es diese Frau mit den üppigen schwarzen Locken und der kleinen Tochter. Sie ist vielleicht Ende dreißig, und die beiden gehen regelmäßig zusammen in die Kindervorstellung am Wochenende. «Papa kommt heute später», hat sie einmal zu dem Kind gesagt, das an ihrer Hand aus dem Kinosaal hüpfte, und ihr Gesicht war blass und traurig und müde über ihrem bunten Schal. Um ihren Mund lag plötzlich ein bitterer Zug. Sie kommt nie zu spät, eher zu früh. Sie hat viel Zeit.

Manchmal, wenn sie im Foyer steht und auf den Einlass wartet, dreht sie gedankenverloren an ihrem Ehering. Ich vermute, ihr Mann betrügt sie, und sie weiß es. Aber sie weiß nicht, ob sie ihn wirklich verlassen soll.

Der rundliche Mann mit der Nickelbrille, der sich meistens Komödien anschaut und viel und gerne lacht, wurde jedenfalls schon von seiner Freundin verlassen. Seitdem ist sein Bauch noch etwas runder geworden, und er wirkt verunsichert. Er arbeitet jetzt sehr viel, unter seinen Augen liegen Schatten, und wenn er kommt, kommt er immer ganz knapp vor Vorstellungsbeginn, manchmal hat er seine Aktentasche sogar noch dabei. Trotzdem glaube ich, dass es so besser für ihn ist. Seine Freundin war eine verdrossene kleine rothaarige Hexe, die ihn ständig kritisierte, man weiß gar nicht so genau, warum. Dieser Mann könnte keiner Fliege etwas zuleide tun.

Und so sitze ich Abend für Abend in meinem Kino und mache mir meine Gedanken. Doch die Besucherin, die mir das größte Rätsel aufgibt, deren Geschichte mich am meisten interessiert, die immer allein kommt und auf die ich jeden Mittwoch mit klopfendem Herzen warte, ist eine andere.

Die Frau im roten Mantel sitzt immer in Reihe siebzehn, und ich frage mich, was für ein Geheimnis sie wohl hat.

Ich möchte unbedingt ihre Geschichte kennenlernen, und gleichzeitig habe ich Angst davor, dass sie am Ende nicht zu meiner Geschichte passen könnte. Ich fühle mich wie Parzival, der nicht fragen darf, und ich ahne schon jetzt, dass die Geschichte dieser Frau eine ganz besondere ist. Sie ist so überaus bezaubernd, und heute Abend werde ich sie endlich ansprechen und fragen, ob sie mit mir essen geht.

Eine große Hand packte mich am Ärmel und schüttelte mich, und so kehrte ich zurück auf die Place Saint-Sulpice, wo ich mit meinem Freund vor einem kleinen Café in der Sonne saß.

«He, Alain, hörst du mir überhaupt zu?» Roberts Stimme klang vorwurfsvoll. Er warf mir einen durchdringenden Blick aus seinen hellblauen Augen zu. Hinter seinem blonden Haarschopf erhob sich die helle Kirche mit ihren seltsam eckigen Türmen wie ein riesiges Raumschiff, das soeben gelandet war. Offenbar hatte Robert seinen ausführlichen Vortrag über diesen Hubble und seine Konstante beendet.

«Ich sagte, du musst sie heute Abend endlich ansprechen und fragen, ob sie mit dir essen geht! Sonst werdet ihr immer weiter auseinanderdriften wie die Himmelskörper.»

Ich biss mir auf die Unterlippe und unterdrückte ein Lachen.

«Ja», sagte ich. «Genau das dachte ich auch gerade.»

5

---·❋·---

Viel zu früh war ich an diesem Mittwoch im Kino. Nach dem Essen mit Robert war ich fortgeeilt, als hätte ich eine Verabredung. Dabei hatte ich gar keine. Doch wie man weiß, sind die glücklichsten Momente immer jene, die man erwartet.

So überquerte ich den Boulevard Saint-Germain, der in der hellen Mittagssonne lag, voller Übermut und schlängelte mich abseits der Zebrastreifen durch die Autos, die vor einer roten Ampel warteten. Ich zündete mir eine Zigarette an und lief wenige Minuten später die schattige Rue Mazarine entlang.

Als ich die Tür zum Cinéma Paradis aufschloss, schlug mir der vertraute Geruch von Holz und Polstermöbeln entgegen, und ich beruhigte mich wieder ein wenig und dekorierte die Schaukästen um.

In der Reihe *Les Amours au Paradis* sollte an diesem Tag *Das grüne Leuchten* von Éric Rohmer gespielt werden. Ich legte neue Prospekte aus und schaute nach, ob genug Wechselgeld in der Kasse war, warf einen Blick in den

Vorführraum und legte die Filmrollen bereit. Dann ging ich in den Kinosaal und setzte mich probeweise auf verschiedene Plätze der Reihe siebzehn, um herauszufinden, was es damit auf sich hatte, konnte aber nichts Besonderes feststellen. Es war ja nicht einmal die letzte Reihe in meinem Kino, die bei Verliebten immer sehr begehrt ist, weil man dort im Schutz der Dunkelheit ungestört küssen kann.

Ich schlug die Zeit tot mit nützlichen und weniger nützlichen Dingen und schaute immer wieder auf die Zeiger der Uhr, die im Foyer hing.

François kam und verschwand im Vorführraum. Madame Clément kam und brachte selbst gebackene Himbeertörtchen mit. Und als die Gäste der Achtzehn-Uhr-Vorstellung ihre Karten gekauft und ihre Plätze eingenommen hatten, um in *Und wenn wir alle zusammenziehen?* das Schicksal einer erfinderischen Alten-WG mitzuverfolgen, öffnete ich die Tür zum Vorführraum und machte François ein Zeichen, dass ich noch einen Kaffee trinken gehen würde.

François saß über irgendwelche Hefte und Bücher gebeugt. Während die Filme liefen, hatte er genug Zeit, um für seine Prüfungen zu lernen.

«Bin gleich wieder da», sagte ich, und er nickte.

«Und ... François? Könntest du heute Abend vielleicht den Laden dichtmachen? Ich hab nach der Spätvorstellung noch etwas vor.»

Erst als ich in dem nahe gelegenen Bistro meinen *café crème* trank, wurde mir klar, dass mein Plan nicht gerade brillant war. Die Spätvorstellung endete um Viertel nach elf, wer würde da noch essen gehen wollen? Vielleicht wäre es klüger, die Frau im roten Mantel am Wochenende zum Essen einzuladen. Wenn sie sich überhaupt von mir einladen ließ. Und wenn sie überhaupt heute Abend ins Kino kam.

Plötzlich wurde mir ganz kalt vor Schreck. Was, wenn sie heute gar nicht kam? Oder nie mehr kam? Ich rührte nervös in meinem Kaffee, obwohl der Zucker sich schon längst aufgelöst hatte.

Aber sie ist doch bisher immer gekommen, sagte ich mir. Sei nicht albern, Alain, sie wird schon kommen. Außerdem scheint sie dich zu mögen. Sie lächelt immer, wenn sie dich sieht.

Aber vielleicht ist das nur eine ganz normale Freundlichkeit?

Nein, nein, da ist mehr. Ich wette, sie wartet nur darauf, dass du sie endlich ansprichst. Das hättest du schon längst tun sollen, du Feigling. Schon längst!

Ich hörte ein leises, knarrendes Geräusch neben mir und blickte auf. Der Professor mit der Cordjacke saß am Nebentisch und nickte mir hinter seiner Tageszeitung zu. Seine klugen Augen leuchteten amüsiert.

Himmel, hatte ich etwa laut vor mich hingesprochen?! Gehörte ich schon zu den Menschen, die ihre Lautäußerungen nicht mehr unter Kontrolle hatten? Oder konnte der alte Herr Gedanken lesen?

Ich nickte also verwirrt zurück und trank meinen Kaffee in einem Schluck aus.

«Ich habe gesehen, dass Sie heute *Das grüne Leuchten* spielen», sagte der Professor. «Ein schöner Film – ich werde ihn mir auf jeden Fall ansehen.» Ein feines Lächeln spielte um seine Mundwinkel. «Und machen Sie sich keine Gedanken – die junge Dame kommt bestimmt.»

Ich wurde rot, als ich mich jetzt erhob und nach meiner Jacke griff. «Tja, also dann ... bis später.»

«Bis später», entgegnete er. Und ich hoffte inständig, dass er recht behalten würde, was die junge Dame anging.

Sie war die Letzte in der Reihe, die an der Kasse anstand, und als sie einen Schein hinlegte, um zu bezahlen, ergriff ich die Gelegenheit beim Schopf.

«Sie kommen oft in die Spätvorstellung, Mademoiselle – gefällt Ihnen meine kleine Filmreihe?», fragte ich angelegentlich und schob ihr die Eintrittskarte und das Wechselgeld hinüber.

Sie strich sich eine Haarsträhne hinter das Ohr und lächelte scheu.

«Oh, ja. Sehr sogar.»

«Und mir gefällt es sehr, dass Sie so oft kommen», sagte ich rasch und starrte gebannt auf ihr kleines, perfekt geformtes Ohr, das sich nun rot verfärbte.

Sie lächelte immer noch und schwieg und steckte die Münzen in ihr Portemonnaie. Was hätte sie auch sagen sollen auf solch eine dumme Bemerkung.

Schwafel nicht rum, sondern komm zum Punkt, Junge. Komm zum Punkt, hörte ich die Stimme meines Freundes Robert.

«Tja ... haha ... eigentlich müsste ich Ihnen einen Rabatt geben, so oft, wie Sie ins Kino kommen», sagte ich bei dem Versuch, komisch zu sein. «So wie diese Treuepunkte in den großen Kaufhäusern, wissen Sie?»

Sie nahm ihre Eintrittskarte und sah mir einen Moment direkt in die Augen. Dann lächelte sie wieder, und ich lächelte wie hypnotisiert zurück.

«Das ist nicht nötig, Monsieur. Die Filme sind jeden Cent wert.»

Die Kinotür wurde aufgerissen, ein Windstoß fegte durch das Foyer. Zwei Studentinnen kamen lachend herein und steuerten auf die Kasse zu. Ich musste mich beeilen.

Die Frau im roten Mantel wandte sich zum Gehen.

«Einen Moment noch», rief ich, und sie drehte sich wieder zu mir. «Sie ... Sie haben etwas vergessen ...»

Sie sah mich erstaunt an.

«Das heißt, ich ... *ich* habe etwas vergessen», redete ich weiter, in dem verzweifelten Versuch, ihre Aufmerksamkeit nicht zu verlieren.

«Ja?»

«Ich habe nämlich vergessen, etwas zu fragen.» Ich sah sie an. «Würden Sie nach der Vorstellung mit mir essen gehen ... oder ... oder etwas trinken vielleicht? Dann ... könnten wir noch über den Film reden ... wenn Sie mögen. Ich ... also ich würde Sie wirklich sehr gern einladen, ich meine, wo Sie schon keine Treuepunkte wollen.»

Oh Mann, ich redete so einen Schwachsinn!

«Oh Mann, was rede ich da für einen Schwachsinn», sagte ich und schüttelte den Kopf. «Entschuldigen Sie, bitte. Vergessen Sie das mit den Treuepunkten. Darf ich Sie einladen? Bitte sagen Sie Ja!»

Mein Herz hämmerte im Stakkato-Rhythmus meiner wirren Rede.

Die Frau mit dem roten Mantel zog die Augenbrauen hoch, dann biss sie sich auf die Unterlippe, neigte den Kopf ein wenig und verzog den Mund zu einem breiten Lächeln. Ihre Wangen waren feuerrot. Dann endlich sagte sie etwas.

Sie sagte Ja.

6

Wie von selbst waren wir im La Palette gelandet. Die Menschen um uns herum lachten, redeten und tranken, aber ich bemerkte sie nicht. Ich hatte nur Augen für die Frau an meinem Tisch, und selbst ein Erdbeben hätte mich nicht aus ihrem Bannkreis herausreißen können.

Nie hatte ich mir sehnlicher das Ende eines Films herbeigewünscht als an diesem Abend. Wieder und wieder hatte ich durch das kleine Fensterchen gespäht, um zu sehen, an welcher Stelle des Films wir waren, den ich schon so oft gesehen hatte, dass ich ihn fast mitsprechen konnte. Und nachdem die versponnene Delphine endlich das grüne Leuchten entdeckt hatte – jenes seltsame, glückverheißende Phänomen, das nur für wenige Sekunden und auch nicht immer zu sehen ist, wenn die Sonne im Meer versinkt – und sich nun sicher war, das Abenteuer der Liebe wagen zu können, riss ich die Türen des Kinosaals auf, um die Zuschauer in ihr eigenes Leben zu entlassen.

Sie kam als eine der Ersten durch die Tür und trat einen Schritt zur Seite, um die anderen Kinobesucher vorbeizulassen, die sich langsam noch und verträumt ins Foyer bewegten und gegen das Licht blinzelten, bevor sie wieder in der Wirklichkeit ankamen und schwatzend und lachend dem Ausgang zustrebten.

«Einen Moment noch, ich bin sofort fertig», sagte ich, und sie spazierte an den Wänden des Foyers entlang und studierte eingehend die Kinoplakate.

«Ob es dieses grüne Leuchten denn wirklich gibt?», hörte ich eine Studentin fragen. Ihr Freund zuckte die Achseln. «Ich weiß nicht, aber wir sollten es herausfinden», entgegnete er und legte zärtlich den Arm um sie.

Ich sah den Professor herauskommen, er stützte sich einen Moment auf seinen Gehstock und warf mir unter den silbernen Augenbrauen einen fragenden Blick zu. Ich nickte und schaute unmerklich zur Seite des Foyers hinüber, wo die Frau im roten Mantel immer noch vor den Plakaten stand.

Wohlwollen und – bildete ich mir das ein? – eine Art freudigen Erkennens huschten über das Gesicht des alten Mannes, als er mir zuzwinkerte und auf die Straße trat.

Dann waren wir endlich allein. Madame Clément rumorte im Kinosaal umher, ging die Reihen ab wie jeden Abend, um zu kontrollieren, ob jemand etwas vergessen hatte.

«Bonne nuit», rief ich François zu, der seinen Kopf einen Moment aus dem Vorführraum steckte. Dann zog ich meine Jacke über, fragte «Wollen wir?» und geleitete die Frau im roten Mantel zum Ausgang.

Wir lächelten uns an und gingen schweigend einige Schritte die dunkle Straße entlang. Es war ein seltsam intimer Moment – diese plötzliche Nähe, die Stille der Straße, das leise Klackern unserer Schuhe auf dem alten Kopfsteinpflaster.

Ich ging neben ihr und wollte den Augenblick nicht mit Worten zerstören, aber natürlich würde ich irgendwann etwas sagen müssen. Gerade suchte ich nach einem passenden Satz, da sah sie zu mir herüber und strich sich die Haare wieder hinter ihr Ohr.

«Sie haben wirklich ganz bezaubernde Ohren», hörte ich mich sagen und verwünschte mich im selben Augenblick. Was war ich? Ein Ohrenfetischist?

«Ich meine, *alles* an Ihnen ist bezaubernd», setzte ich rasch hinzu. «Ich kann Ihnen gar nicht sagen, wie froh ich bin, dass Sie meine Einladung angenommen haben. Wissen Sie, Sie sind mir schon seit einer Weile aufgefallen.»

Sie lächelte. «Sie mir auch», sagte sie. «Ich heiße übrigens Mélanie.»

«Mélanie – was für ein schöner Name», sagte ich, und es schien mir ein Wink des Schicksals zu sein. Hatte ich nicht noch am Mittag zu Robert gesagt, dass mich die Frau im roten Mantel an die Schauspielerin Mélanie Laurent erinnerte?

«Und Sie sehen ja auch ein bisschen aus wie Mélanie Laurent.»

«Finden Sie?» Es schien ihr zu gefallen.

«Ja, ja ... unbedingt.» Der Bann war gebrochen, und ich wurde übermütig. «Aber Sie haben auf jeden Fall die schöneren Augen.»

Sie lachte geschmeichelt. «Und Sie?», fragte sie dann.

Offen gestanden hatte ich mir über die Schönheit meiner Augen bisher noch keine großen Gedanken gemacht. Sie waren braun und ganz passabel, fand ich.

«Meine Augen spielen keine Rolle», sagte ich.

«Ich meine, wie ist *Ihr* Name?»

«Oh. Ach so. Ich heiße Alain.»

«Alain. Das passt zu Ihnen.» Sie legte den Kopf ein wenig schief und sah mich prüfend an. «Sie sehen ja auch ein bisschen aus wie Alain Delon.»

«Das ist die netteste Lüge, die ich je gehört habe», sagte ich und blieb vor dem La Palette stehen, einem gemütlichen Bistro, das sich ganz in der Nähe meiner Wohnung befand. Ohne dass ich groß darüber nachgedacht hätte, hatte mich mein inneres Navigationssystem in die Rue de Seine geführt, wie an so manch anderem Abend auch, wenn ich nach der Vorstellung hier noch eine Kleinigkeit essen ging. Ich öffnete die Tür, und wir traten ein.

7

———— ❄ ————

I mmer wenn ich die Liebe suche, gehe ich ins Cinéma Paradis.»

Mélanie nahm einen Schluck aus dem Rotweinglas, umfasste es dann mit beiden Händen, und ihr Blick verlor sich in einer geheimnisvollen Ferne, die irgendwo hinter dem Fensterglas des La Palette lag und zu der ich keinen Zutritt hatte. Ihre Augen glänzten, und ein nachdenkliches Lächeln lag auf ihren Lippen.

Das war wohl der Moment, in dem ich mich in sie verliebte.

Ihre Worte berührten mich zutiefst, ich spürte direkt, wie sie mein Herz zum Schwingen brachten. Dieser eine Satz und das seltsame kleine Lächeln, das ihn begleitete.

Wenn ich heute darüber nachdenke, erinnere ich mich, dass mir schon damals irgendetwas daran auffiel, etwas, das ich ungewöhnlich fand, auch wenn ich nicht hätte sagen können, was genau es eigentlich war.

Viele Wochen später, als ich die Frau mit dem roten Mantel verzweifelt suchte, sollte mir dieser seltsame Satz wieder einfallen. Er war der Schlüssel zu allem, aber das wusste ich noch nicht, als ich jetzt in einer spontanen Geste meine Hände um die von Mélanie legte. Es war das erste Mal, dass wir uns berührten, und es hätte gar nicht anders sein können.

«Ach, Mélanie, das haben Sie schön gesagt. Sie sind ja eine Poetin.»

Sie sah mich an, und ihr Lächeln galt wieder mir. Ihre Hände ruhten in meinen Händen, und in ihren Händen hielt sie immer noch den Rotwein, und so saßen wir da und umfassten beide das Glas, als ob es das Glück wäre, welches man wie einen Vogel nur ganz leise und zärtlich halten darf, damit er nicht davonfliegt.

«Nein, nein, eine Poetin bin ich gewiss nicht. Aber vielleicht ein bisschen nostalgisch.»

Nostalgisch. Dieses Wort hatte ich lange nicht mehr gehört, und es entzückte mich.

«Aber das ist doch wunderbar!» Ich beugte mich zu ihr, und der Rotwein in seiner bauchigen Schale schaukelte ein wenig. «Wo wären wir denn in diesem seelenlosen Universum, wenn es nicht ein paar Menschen gäbe, die die Erinnerung bewahren und die Sehnsucht nach den Gefühlen von einst im Herzen tragen?»

Sie lachte. «Wer ist hier der Poet?», sagte sie. Dann stellte sie das Rotweinglas vorsichtig auf dem Tisch ab, und ich ließ bedauernd ihre Hände los. «Es ist so eine Sache mit den Erinnerungen», sagte sie und schwieg einen Moment. «Sie können einen manchmal traurig machen, auch wenn es schöne Erinnerungen sind. Man denkt gerne daran zurück, sie sind der größte Schatz, den man hat, und doch stimmt es einen immer auch ein bisschen wehmütig, weil etwas unwiederbringlich vorbei ist.»

Sie legte ihre Wange in die rechte Hand und malte mit dem Zeigefinger der linken kleine Kreise auf die Tischplatte.

«*Tempi passati*», sagte ich ganz philosophisch und überlegte, ob ich es wagen sollte, erneut nach ihrer Hand zu greifen. «Deswegen liebe ich die Filme so. In ihnen wird alles wieder lebendig, wenn auch nur für ein paar Stunden. Und man kann wieder zurück in das verlorene Paradies.» Ich fasste nach ihrer Hand, und sie zog sie nicht zurück.

«Heißt Ihr Kino deswegen so – Cinéma Paradis?»

«Nein ... Ja ... Vielleicht.» Wir lachten beide. «Ehrlich gesagt, ich weiß es nicht genau. Ich müsste meinen Onkel fragen, dem das Kino früher gehörte, aber er lebt leider nicht mehr.»

Ich hob bedauernd die Hände. Der gute Onkel Bernard!

Seine wunderbare Zeit im Süden hatte im letzten Spätherbst mit einem Herzstillstand ihr jähes, aber friedliches Ende gefunden. «Das ist ein wirklich guter Wein», hatte er noch zu Claudine gesagt, als er abends in seinem Korbstuhl auf der Terrasse saß und das Glas gegen die tief stehende Sonne hielt. «Holst du uns noch eine Flasche, mein Herz?» Als Claudine wiederkam, saß Onkel Bernard mit halb geöffneten Augen zurückgelehnt in seinem Korbstuhl, und es sah so aus, als schaute er in die hohen alten Pinien, deren sommerlichen Geruch er so sehr mochte. Doch er war tot.

Die Beerdigung fand im kleinsten Kreise statt. Eigentlich waren es nur Claudine, ein Ehepaar aus dem Dorf, mit dem sich die beiden angefreundet hatten, sein ältester Freund Bruno und ich. Meine Eltern, die auf einer Reise in Neuseeland waren, schickten einen Kranz und ein Kondolenzschreiben an Claudine.

Dennoch war es eine schöne und würdige Beerdigung. So traurig sie auch war. Statt einer Blume warf ich eine alte Filmrolle von *Cinema Paradiso* in Bernards Grab.

Ich seufzte, als ich jetzt daran dachte, und blickte in Mélanies große braune Augen, die voller Anteilnahme auf mir ruhten.

«Auf jeden Fall ist er glücklich gestorben», sagte ich. «Ich mochte ihn sehr, den alten Onkel Bernard. Früher dachte ich immer, er hätte das Kino nach diesem italienischen Film benannt ...»

«*Cinema Paradiso*», ergänzte Mélanie, und ich nickte.

«Ja, genau. *Cinema Paradiso*. Es war einer seiner Lieblingsfilme. Aber das Kino gab es schon viel länger als den Film.»

«Es muss schön sein, so eine kleine Traumfabrik zu besitzen.»

«Schön und schwierig zugleich», sagte ich. «Reich kann man damit nicht werden. In meiner Familie waren jedenfalls alle ziemlich entsetzt, als ich meinen gut bezahlten Posten bei einer großen Firma in Lyon, die Badewannen und Waschbecken nach Abu Dhabi exportierte, mit dem Vorhaben aufgab, ein altes Programmkino wiederzubeleben.»

Junge, Junge, was redest du da? Willst du ihr jetzt signalisieren, dass du ein armer Schlucker bist?

Roberts Stimme klang so real, dass ich unwillkürlich aufblickte. Doch natürlich war da niemand, außer dem Kellner, der geschäftig mit einem Tablett an uns vorbeieilte, um die Gäste am Nachbartisch zu bedienen.

«Ach, du meine Güte! Badewannen und Waschbecken!», rief Mélanie aus und schlug sich die Hand vor den Mund. «Also, egal, was Ihre Familie sagt, ich bin jedenfalls froh, dass Sie das jetzt nicht mehr machen. Es passt doch gar nicht zu Ihnen. Und man sollte sich immer treu bleiben. Oder haben Sie Ihre Entscheidung jemals bereut, Alain?»

«Nein, nie!», entgegnete ich und lauschte einen Moment ihrer Stimme nach, die zum ersten Mal meinen Namen ausgesprochen hatte. Ich beugte mich vor und strich ihr eine Haarsträhne aus dem Gesicht. «Es war genau die richtige Entscheidung.» Mein Herz fing an zu klopfen, und ich fiel kopfüber in ihre schimmernden Augen. «Vor allem, weil ich Sie sonst womöglich niemals kennengelernt hätte.»

Mélanie hatte den Blick gesenkt und dann plötzlich nach meiner Hand gegriffen, die noch über ihrem Ohr schwebte, und sie kurz an ihre Wange gezogen.

Ach, ich hätte es ewig so weiterspielen können, dieses Spiel der Hände, der Finger, die sich ineinander verschränken, umeinander schmiegen und nur diesen einen Moment kennen, der alle Zeit vergisst und alles Glück erahnen lässt.

Fangen nicht alle Liebesgeschichten damit an?

«Ich bin auch sehr froh, dass es das Cinéma Paradis gibt», sagte Mélanie leise.

Ich hielt ihre Hand und spürte den Ring, den sie trug, und strich mit den Fingern über den rötlich glänzenden Goldreif.

«Am Anfang habe ich mich gar nicht getraut, Sie anzusprechen ... Ich dachte, Sie wären verheiratet.»

Sie schüttelte den Kopf. «Nein, nein, ich bin nicht verheiratet und war es auch nie. Dieser Ring ist ein Andenken an meine Mutter. Ihr Verlobungsring. *Maman* trug sonst keinen Schmuck, wissen Sie, und als sie starb, nahm ich den Ring, um etwas von ihr immer bei mir zu haben. Ich hab ihn seitdem nicht einen Tag ausgezogen.» Sie drehte den Ring nachdenklich hin und her, dann sah sie mich an. «Ich lebe ganz allein.»

Die Ernsthaftigkeit, mit der sie das sagte, rührte mich.

«Oh ... Das tut mir leid», sagte ich und geriet ins Stottern. «Ich meine, das mit Ihrer Mutter.» Dass Mélanie allein lebte, sogar *ganz* allein, tat mir natürlich nicht leid. Im Gegenteil, ich war sehr froh darüber, auch wenn ich fand, dass dieses «ganz allein» doch etwas traurig geklungen hatte.

«Haben Sie denn gar niemanden hier in Paris?»

Sie schüttelte den Kopf.

«Keine Familie? Keinen Bruder? Keine Schwester?

Keinen Freund? Keinen Hund? Nicht mal einen Kanarienvogel?»

Immer wieder schüttelte sie den Kopf und musste schließlich lachen. «Sie sind ganz schön neugierig, Alain, wissen Sie das? Nein, nicht einmal einen Kanarienvogel, wenn Sie schon so fragen. Von meiner Familie lebt nur noch Tante Lucie, die ältere Schwester meiner Mutter, aber die wohnt in der Bretagne. Ich besuche sie hin und wieder. Zufälligerweise sogar an diesem Wochenende. Es ist sehr schön, dort am Meer. Und ansonsten ...» Sie zögerte einen Moment, dann führte sie das Rotweinglas an ihre Lippen, trank einen kleinen Schluck und stellte es entschlossen ab. Sie wollte offenbar nicht darüber reden, aber es war nicht schwer zu erraten, dass sie gerade an einen Mann gedacht hatte.

«*Ça y est.* Die Dinge sind, wie sie sind», fuhr sie fort. «Aber das ist schon ganz in Ordnung so. Ich habe gute Freunde, einen wunderbaren Chef, freundliche Nachbarn, und ich lebe sehr gern hier in Paris.»

«Ich kann mir gar nicht vorstellen, dass so eine reizende Frau wie Sie keinen Freund hat», bohrte ich nach. Ich gebe zu, dieser Satz war wenig originell, aber ich wollte Gewissheit haben. Vielleicht war dieser wunderbare Chef der Mann in ihrem Leben. Vielleicht gehörte sie zu den Frauen, die angeblich allein leben und in Wahrheit jahrelang mit einem verheirateten Mann eine Affäre haben, von der niemand etwas wissen darf.

Mélanie lächelte. «Und doch ist es so. Mein letzter Freund hat mich ein Jahr lang mit seiner Kollegin betrogen. Dann fand ich einen grünen Jadeohrring in seinem Bett, und wir haben uns getrennt.» Sie seufzte in komischer Verzweiflung. «Ich habe ein Talent dafür, mich in die falschen Männer zu verlieben. Am Ende gibt es immer eine andere Frau.»

«Nicht möglich», sagte ich. «Das müssen alles Vollidioten sein.»

8

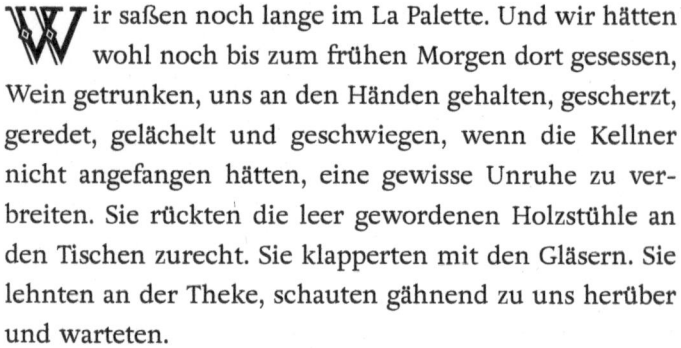

Wir saßen noch lange im La Palette. Und wir hätten wohl noch bis zum frühen Morgen dort gesessen, Wein getrunken, uns an den Händen gehalten, gescherzt, geredet, gelächelt und geschwiegen, wenn die Kellner nicht angefangen hätten, eine gewisse Unruhe zu verbreiten. Sie rückten die leer gewordenen Holzstühle an den Tischen zurecht. Sie klapperten mit den Gläsern. Sie lehnten an der Theke, schauten gähnend zu uns herüber und warteten.

Sie zeigten wirklich viel Verständnis für einen Mann und eine Frau, die gerade dabei waren zu vergessen, dass es überhaupt noch etwas auf der Welt gab außer ihnen beiden. Wer hatte noch geschrieben, dass die Liebe ein Egoismus zu zweien sei?

Doch schließlich kam einer der Kellner an unseren Tisch und räusperte sich.

«Pardon, Monsieur. Wir würden jetzt gerne schließen.»

Wir blickten überrascht auf und bemerkten erst jetzt, dass wir die letzten Gäste waren.

«Meine Güte, es ist ja schon halb zwei», sagte Mélanie. Sie lächelte dem Kellner entschuldigend zu, löste ihre Hand aus der meinen und griff nach ihrem roten Mantel, den sie sorgsam über die Stuhllehne gelegt hatte. Ich stand auf, um ihr in den Mantel zu helfen, dann zog ich meine Brieftasche aus der Jacke und zahlte.

«Vielen Dank für die Einladung. Das war ein sehr schöner Abend», sagte Mélanie, als der Kellner hinter uns die Tür zusperrte. Sie sah mich an und knöpfte umständlich ihren Mantel zu. Erst jetzt fiel mir auf, wie altmodisch er geschnitten war und wie gut er zu ihr passte.

«Ja, ein ganz besonders schöner Abend», wiederholte ich. «Und viel zu schnell vorbei.» Es war mitten in der Nacht, ich war kein bisschen müde und wollte nichts weniger, als dass der Abend vorbei sein sollte – er hätte von mir aus immer weitergehen können, so wie bei den Helden aus *Before Sunrise*, diesen zwei Studenten, die einen Tag und eine Nacht in Wien umherwandern und sich nicht voneinander trennen können. Nur konnte ich Mélanie ja kaum bitten, mit mir in die Tuilerien zu schlendern und dort ganz romantisch in meinen Armen zu liegen bis zum Morgengrauen. Dazu war es definitiv zu kalt.

In diesem Moment wünschte ich mir, ich hätte etwas mehr von Roberts unbekümmerter «Zu-dir-oder-zu-mir»-Mentalität gehabt. Andererseits war ich mir nicht sicher, ob dieses Mädchen in seinem altmodischen Mantel die Art Frau war, die man mit solchen Avancen für sich gewinnen konnte. Und zudem war dies hier der Anfang von etwas ganz Besonderem, nicht irgend so eine Geschichte, das spürte ich genau.

In der nächtlichen Stille um uns herum schien jedes Wort wieder so viel schwerer zu wiegen als drinnen in dem behaglichen Bistro, wo wir eben noch an dem dunklen Holztisch gesessen und geredet hatten und sich unsere Hände immer wieder berührten. Jetzt standen wir voreinander auf der Straße, und ich wollte mich nicht verabschieden und war mit einem Mal so schüchtern wie ein Schüler.

Ich überlegte schon, Mélanie für den nächsten Abend ins Kino einzuladen – ein wenig origineller Vorschlag für den Besitzer eines Kinos. Unschlüssig vergrub ich meine Hände in den Hosentaschen und suchte nach dem einen großartigen Satz.

«Also dann ...», sagte Mélanie und zog fröstelnd ihre Schultern hoch. «Ich muss in diese Richtung.» Sie wies mit der Hand zum Boulevard Saint-Germain hinüber. «Und Sie?»

Meine Wohnung lag nur wenige Minuten vom La Palette entfernt in der Rue de l'Université, und sie lag unzweifelhaft genau in der entgegengesetzten Richtung, aber das war ganz egal.

«Na, so was, ich auch», log ich und sah, wie Mélanie erfreut lächelte. «Tja, also ... Ich muss genau in dieselbe Richtung. Dann kann ich Sie ja noch ein Stück begleiten, wenn Sie wollen.»

Sie wollte. Sie hakte sich bei mir ein, und so gingen wir ohne Eile die Rue de Seine hoch bis zum Boulevard Saint-Germain, der auch um diese Uhrzeit noch belebt war, kamen an dem jetzt verlassenen Crêpes-Stand vorbei, der sich seitlich an den kleinen Garten der alten Kirche von Saint-Germain-des-Prés schmiegte und vor dem tagsüber immer eine Schlange von Menschen stand, die, angelockt durch den Duft, eine Crêpe mit Maronencreme oder eine mit Schokolade bestrichene Waffel kaufen wollten.

Vor der Brasserie Lipp, die noch hell erleuchtet war, warteten ein paar Taxen auf späte Kunden. Wir wechselten die Seite und gingen weiter den Boulevard Saint-Germain hoch, überquerten schließlich den Boulevard Raspail und bogen kurze Zeit später in die Rue de Grenelle ein, die ruhig und dunkel dalag mit ihren hohen alten Stadthäusern.

«Ist das überhaupt noch Ihre Richtung?», fragte Mélanie jedes Mal, wenn wir in eine neue Straße kamen, und ich nickte und sagte Ja und bat sie, weiter zu erzählen von ihrer Freundin, die in der Bar eines Grandhotels arbeitete und mittwochabends nie Zeit hatte, mit in die Spätvorstellung des Cinéma Paradis zu gehen, von ihrem Chef, dem übergewichtigen, Zigarren rauchenden Monsieur Papin, der mit einer Lungenentzündung im Krankenhaus lag, weswegen sie im Moment zusammen mit ihrer Kollegin seinen kleinen Antiquitätenladen führte, in dem es alte Möbel und Belle-Époque-Lampen und Jugendstil-Schmuck und Badende aus handbemaltem Porzellan gab.

«Sie arbeiten in einem Antiquitätenladen?», unterbrach ich sie. «Wie hübsch! Das passt irgendwie zu Ihnen.»

Ich stellte mir Mélanie an einem verwunschenen Ort inmitten kostbarer Preziosen vor und wollte sie gerade nach dem Namen des Ladens fragen, da sagte sie:

«Meine Freundin fragt mich immer, was ich eigentlich an diesem ganzen Plunder finde.» Sie lachte. «Aber ich mag diese alten Dinge nun einmal. Sie strahlen so eine Ruhe und Wärme aus. Und jedes Ding hat seine Geschichte ...»

Mélanie schien in übermütiger Erzähllaune zu sein. Ich ging neben ihr her, lauschte ihrer melodischen Stimme, betrachtete ihren himbeerfarbenen Mund und dachte, dass sich so das Glück anfühlen musste.

Als wir schließlich in der Rue de Bourgogne unvermittelt vor einem mehrstöckigen alten Gebäude stehen blieben, das gegenüber von einem kleinen Schreibwarenladen lag, dessen Auslage noch beleuchtet war, sah mich Mélanie fragend an.

«Hier ist es», sagte sie und wies auf das große, dunkelgrüne Eingangsportal, an dessen Seite sich ein Schloss mit einem Zahlencode befand. «Sind Sie sicher, dass Sie immer noch in die richtige Richtung gehen?»

«Ganz sicher», sagte ich.

Sie zog die Augenbrauen hoch, und ihre Augen funkelten belustigt. «Wo müssen Sie denn eigentlich hin, Alain? Wohnen Sie etwa auch hier? In der Rue de Bourgogne?»

Ich schüttelte den Kopf und grinste verlegen. «Ich wohne in der Rue de l'Université», sagte ich. «Ganz in der Nähe vom La Palette, um ehrlich zu sein. Aber das war sicherlich der schönste Umweg meines Lebens.»

«Oh», sagte sie und errötete. «Um ehrlich zu sein, hatte ich das gehofft.» Sie lächelte und strich sich wieder mit einer raschen Bewegung eine Haarsträhne hinter das Ohr. Ich wusste schon jetzt, dass ich diese kleine Geste an ihr lieben würde.

«Und ich hatte gehofft, dass Sie das hoffen würden», erwiderte ich leise, und mein Herz begann wieder zu klopfen. Die Nacht hüllte uns ein, als wären wir die einzigen Menschen in Paris. Und in diesem Augenblick waren wir es auch. Mélanies helles Gesicht leuchtete in der Dunkelheit. Ich sah auf ihren Himbeermund, der immer noch lächelte, und dachte, dass dies der Moment war, um sie zu küssen.

Da hörten wir ein Geräusch und schraken zusammen.

Auf der gegenüberliegenden Seite schlurfte ein älterer Herr in Pantoffeln den Bürgersteig entlang. Er warf einen Blick in die Auslage des Schreibwarengeschäfts und schüttelte missbilligend den Kopf. «Die sind doch alle verrückt, alle verrückt!», zischte er. Dann sah er zu uns herüber und wackelte mit dem Zeigefinger in der Luft herum.

«Lie-bes-paar!», krähte er plötzlich und stieß ein koboldhaftes Lachen aus, bevor er weiterschlurfte.

Wir warteten, bis der Alte in der Dunkelheit verschwunden war. Dann sahen wir uns an und lachten.

Und dann sahen wir uns einfach nur an. Waren es Minuten oder Stunden, ich kann es nicht sagen. Irgendwo schlug eine Glocke. Die Luft begann zu vibrieren. Robert hätte mir sicherlich genau erklären können, welche elektrisch aufgeladenen Teilchen zwischen uns aufstoben wie ein Funkenregen.

«Wäre jetzt nicht der Moment?», fragte Mélanie. Ihre Stimme zitterte ganz leicht, als sie es sagte, aber ich bemerkte es doch.

«Welcher Moment?», sagte ich rau und zog sie in meine Arme, an meine Brust, in der mein Herz im rasend schnellen Takt eines wild gewordenen Kapellmeisters schlug.

Endlich küssten wir uns, und es war genau so, wie ich es mir vorgestellt hatte. Nur viel, viel schöner.

9

Ich glaube, so glücklich wie ich in dieser Nacht war noch nie jemand die Rue Bonaparte entlanggegangen. Ich schritt beschwingt aus, die Hände in den Hosentaschen. Es war drei Uhr in der Frühe, aber ich kannte keine Müdigkeit. Die Straße war menschenleer und mein Herz voller Vorfreude auf alles, was noch kommen würde. Das Leben war schön, und Fortuna hatte soeben ihr Füllhorn über mich ausgeschüttet.

Jeder, der schon einmal verliebt war, weiß, was ich meine. Ich war kurz davor, den Bürgersteig entlangzusteppen, wie Gene Kelly es in dem Film *Singin' in the Rain* macht. Leider bin ich alles andere als ein begnadeter Tänzer, und so sang ich nur ein paar Zeilen der Titelmelodie vor mich hin und kickte eine Coladose vom Trottoir.

Ein Betrunkener schwankte mir aus der Rue Jacob entgegen, streckte die Hand aus, drehte sie dann um und sah mir verwundert nach. Es regnete natürlich nicht, aber ich hätte jeden Regenschauer begrüßt wie einen Goldregen. Mein Hochgefühl reichte bis zum Himmel.

Ich fühlte mich unverwundbar. Ich war der Liebling der Götter.

Und war es nicht einfach unglaublich, dass die Liebe nach all den Jahrtausenden, in denen diese Welt sich um ihre eigene Achse drehte, immer noch das Wunderbarste ist, was zwei Menschen passieren kann? Und immer wieder ist es dieses Gefühl, das uns neu beginnen und Großes erwarten lässt.

Die Liebe – das ist das erste Grün des Frühlings, das ist ein Vogel, der ein kleines Lied zwitschert, ein Kieselstein, den man übermütig über das Wasser hüpfen lässt, ein blauer Himmel mit weißen Wolken, ein verschlungener Weg, der an einer duftenden Ginsterhecke vorbeiführt, ein warmer Wind, der über die Hügel streicht, eine Hand, die sich in eine andere schmiegt.

Die Liebe ist das Versprechen unseres Lebens. Am Anfang von allem stehen immer ein Mann und eine Frau.

Und in dieser Nacht hießen sie Mélanie und Alain.

Als ich die Tür zu meiner Wohnung aufschloss, hörte ich schon das aufgeregte Miauen. Ich trat ein und beugte mich hinunter zu Orphée, die sich freudig auf dem hellen Berberteppich in der Diele wälzte.

«Na, was macht denn meine kleine Tigerprinzessin?», sagte ich und strich ihr ein paarmal über das grau-weiß gestreifte Fell.

Ein zufriedenes Schnurren erfüllte den Flur.

Orphée war mir zugelaufen. Eines Morgens hatte sie jämmerlich miauend vor meiner Wohnungstür gesessen.

Sie war noch ganz klein, sehr dünn, und ich hatte damals im ganzen Haus herumgefragt, ob jemandem eine Katze entlaufen war, und auf diese Weise endlich einmal alle meine Nachbarn kennengelernt. Aber keiner vermisste eine kleine Tigerkatze. Ich hielt sie in völliger Verkennung der biologischen Tatsachen zunächst für einen Kater und nannte sie Orphée. Dann kam Clarisse, die einmal in der Woche bei mir sauber machte, stemmte ihre Hände in die Hüften und schüttelte energisch den Kopf. «*Mais non, Monsieur Bonnard!* Was haben Sie gemacht? Das ist ein Mädchen – das sieht man doch sofort.»

Nun, wenn man genau hinschaute, sah man es wirklich. Ihren Namen hatte Orphée trotzdem behalten, und ich glaube, er gefiel ihr, auch wenn sie nie darauf hörte.

«Du wirst nicht glauben, was mir heute passiert ist, meine Kleine. Du würdest staunen.» Ich tätschelte ihr helles Bäuchlein, und Orphée rollte sich wohlig zur Seite. Egal, was mir passiert war, solange ich sie kraulte, war alles gut.

Nach unserem kleinen Begrüßungsritual ging ich in die Küche, um mir ein Glas Leitungswasser zu holen. Mit einem Mal hatte ich großen Durst. Orphée kam hinter mir her, sprang anmutig auf die Spüle und stieß mir ihren kleinen harten Schädel auffordernd gegen den Arm.

«Schon gut, schon gut», seufzte ich und drehte den Hahn ein wenig auf. «Aber du könntest dir wirklich mal angewöhnen, dein Wasser aus dem Napf zu trinken. Das wäre nämlich normal, weißt du?»

Orphée hörte nicht auf mein Gerede. Wie alle Katzen

hatte sie ihre eigene Vorstellung von dem, was «normal» war. Und offensichtlich war es sehr viel interessanter, das Wasser aus dem laufenden Hahn zu trinken als aus dem dafür vorgesehenen Katzennapf.

Ich sah ihr zu, wie sie ihre kleine rosa Zunge andächtig in den feinen Strahl schnellen ließ und das Wasser zufrieden aufschleckte.

«Ihre Katze heißt *Orphée*?» Mélanie hatte laut aufgelacht, als ich ihr erzählte, dass die einzige Frau in meinem Leben derzeit eine kapriziöse Katzendame war, die versehentlich einen Männernamen trug. «Spielt sie denn auch die Leier?»

«Nun ja, nicht wirklich. Aber sie trinkt sehr gerne aus dem Wasserhahn.»

«Wie süß», hatte Mélanie gesagt. «Die Katze meiner Freundin trinkt immer nur aus Blumenvasen.»

«Mélanie findet dich sehr süß», sagte ich zu Orphée.

«Miau», machte Orphée. Sie hielt einen Moment inne, dann schleckte sie weiter.

«Interessiert es dich gar nicht, wer Mélanie ist?» Ich warf meine Jacke über den Küchenstuhl, ging über das leise knarrende Parkett ins Wohnzimmer, knipste die Stehlampe an und ließ mich auf das Sofa fallen.

Sekunden später hörte ich ein leises Rumsen. Orphée war von der Spüle gesprungen und kam mit geschmeidigen Schritten auf das Sofa zu. Eine Sekunde später lag sie schnurrend auf meinem Bauch. Ich streckte mich aus, ließ meine Hände durch ihr seidiges Fell gleiten und starrte geistesabwesend auf den milchig weißen Stoffschirm der Stehlampe, durch den sanft das Licht fiel. Mélanies Gesicht schien direkt über mir zu schweben. Ihr Mund verzog sich zu einem Lächeln.

Ich starrte in die Lampe und dachte an die Küsse vor dem dunkelgrünen Eingangstor in der Rue de Bourgogne, die nicht enden wollten und doch endeten, als Mélanie sich schließlich aus meiner Umarmung löste.

«Ich muss jetzt hoch», hatte sie leise gesagt, und ich sah das Zögern in ihren Augen. Für einen Moment hoffte ich, dass sie mich fragen würde, ob ich mit ihr käme, doch sie entschied sich anders.

«Gute Nacht, Alain», sagte sie und legte ihre Finger sanft an meinen Mund, bevor sie sich abwandte und den Code in das Schloss am Portal eingab. Das Tor schwang mit einem leisen Surren auf und gab den Blick auf einen Innenhof frei, in dessen Mitte eine alte Kastanie ihre Blätter ausbreitete.

«Ach, ich will dich gar nicht gehen lassen», sagte ich und zog sie wieder in meine Arme. «Noch einen Kuss!»

Mélanie lächelte und schloss die Augen, als sich unsere Münder wieder fanden.

Nach diesem Kuss hatte es noch einen *letzten* Kuss gegeben und dann noch einen *allerletzten*, sehr heftigen Kuss unter der alten Kastanie.

«Wann sehen wir uns wieder?», hatte ich gefragt. «Morgen?»

Mélanie überlegte. «Nächsten Mittwoch?»

«Was – erst nächsten Mittwoch?» Eine Woche erschien mir unvorstellbar lang.

«Vorher geht es leider nicht», hatte sie gesagt. «Ich fahre morgen für eine Woche zu meiner Tante nach Le Pouldu. Aber wir gehen uns ja nicht verloren.»

Und dann hatte ich Mélanie endgültig ziehen lassen müssen mit dem Versprechen, dass wir uns am kommenden Mittwoch Punkt acht Uhr im Cinéma Paradis wiedersehen würden.

Sie hatte mir noch einmal zugewunken und war dann im Hauseingang an der Rückseite des Hofes verschwunden. Ich stand noch eine Weile verzaubert da und sah, wie das Licht hinter einem der Fenster in den oberen Stockwerken anging und kurze Zeit später erlosch.

Hier wohnt die Frau, die ich liebe, dachte ich. Und dann hatte auch ich mich auf den Weg gemacht.

10

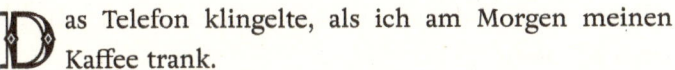

Das Telefon klingelte, als ich am Morgen meinen Kaffee trank.

Ich war noch ziemlich zerschlagen von der Nacht auf dem Sofa, auf dem ich irgendwann in den frühen Morgenstunden glücklich eingenickt war. Ächzend stand ich vom Stuhl auf und suchte nach dem Hörer, der wie immer nicht auf seiner Station war. Schließlich fand ich ihn unter dem Zeitungsstapel neben meinem unberührten Bett.

Es war Robert, der wie jeden Morgen vor seiner ersten Vorlesung schon durch den Bois de Boulogne gejoggt war und jetzt offenbar eine Pause in seinem alten Büro an der Universität einlegte. Wie immer kam er ohne Umschweife zur Sache.

«Na, wie war's? Ist die Supernova explodiert?», rief er gut gelaunt und erschreckend wach in den Hörer, und ich zuckte zusammen. Seine Stimme war noch lauter als sonst.

«Meine Güte, Robert, musst du immer so in den

Hörer schreien? Ich bin ja nicht taub!» Ich ging in die Küche zurück und setzte mich an den kleinen Tisch. «Ich habe nur zwei Stunden geschlafen, aber es war…» Worte wie «magisch», «zauberhaft» und «romantisch» kamen mir in den Sinn – alles Worte, mit denen mein Freund nichts anfangen konnte. «Es war toll», schloss ich. «Der Wahnsinn. Ich bin hin und weg. Das ist die Frau, auf die ich immer gewartet habe.»

Robert schnalzte erfreut mit der Zunge. «Na, also», sagte er. «Wenn du erst mal Feuer gefangen hast, gehst du ran, was? Ich hoffe, ich störe nicht. Ist die Kleine noch bei dir?»

«Nein, natürlich nicht.»

«Was heißt hier ‹natürlich nicht›? Hast du etwa bei ihr übernachtet? Nicht schlecht.»

Ich musste lachen. «Keiner hat bei keinem übernachtet», erklärte ich meinem verdutzten Freund. «Aber das macht überhaupt nichts.»

Ich dachte flüchtig an den zögernden Blick in Mélanies Augen, als wir vor dem grünen Tor gestanden hatten, und seufzte.

«Also … nicht dass ich eine Einladung ausgeschlagen hätte, ich habe sie nämlich nach Hause begleitet, weißt du? Aber sie ist keine Frau, die gleich am ersten Abend mit einem Mann ins Bett steigt.»

«Schade.» Robert schien ein wenig enttäuscht, aber dann gewann sein Pragmatismus wieder die Oberhand. «Na, dann musst du eben dranbleiben», sagte er. «*Bleib dran*, hörst du?»

«Robert – ich bin kein Idiot.» Genervt schnitt ich mir ein Stück von der Rolle mit dem Ziegenkäse und legte es auf mein Baguette.

«Okay, okay», lenkte er ein. Dann schwieg er einen Moment. Er schien nachzudenken. «Ich hoffe nur, sie ist nicht eine von diesen Komplizierten. Mit denen kriegt man nämlich keinen Spaß.»

«Keine Sorge, ich hab schon sehr viel Spaß mit ihr gehabt», entgegnete ich. «Der Abend war sehr schön, und unsere Geschichte fängt ja gerade erst an ...» Ich dachte an den alten Mann mit den Pantoffeln, der uns «Liebespaar» hinterhergekräht hatte, an Mélanies erfrischendes Lachen, das manchmal so unvermittelt aus ihr herausplatzte. Ich hörte es so gern.

«Wir haben viel gelacht und viel geredet ... Weißt du, es passt einfach alles so gut zusammen. Sie liebt die alten Dinge – so wie ich –, sie arbeitet sogar in einem Antiquitätenladen mit alten Möbeln und Lampen und Porzellanfiguren, sie mag Katzen, und ihr Lieblingsfilm ist *Cyrano de Bergerac*. Das ist auch einer meiner Lieblingsfilme ... Ist das nicht einfach *großartig*?»

Robert schien wenig beeindruckt. Mit einem «Gutgut» fegte er rasch über all die wunderbaren Gemeinsamkeiten hinweg, die ich herausgefunden zu haben glaubte. «Trotzdem hoffe ich, ihr habt nicht *nur* geredet?»

«Nein, weiß Gott nicht.» Ich lächelte und dachte an die Küsse unter der alten Kastanie. «Ach, Robert, was soll ich sagen. Ich bin unheimlich glücklich. Es fühlt sich alles genau richtig an. Ich kann es kaum erwarten, sie wiederzusehen ... Sie ist das zauberhafteste Mädchen, dem ich je begegnet bin. Und sie hat keinen Freund, Gott sei Dank! Der Eiffelturm macht sie immer fröhlich, sagt sie. Oh, und sie liebt Brücken», fuhr ich mit der Euphorie aller frisch Verliebten fort, die jedes Detail am anderen in den Zustand eines unverhältnismäßigen Entzückens versetzt. «Besonders den Pont Alexandre – natürlich wegen der Belle-Époque-Lampen.»

«Wissen Sie, wie schön es ist, am frühen Abend über den Pont Alexandre zu gehen, wenn die Lichter der Stadt anfangen, sich im Wasser zu spiegeln, und der Himmel ganz lavendelfarben wird?», hatte Mélanie gesagt. «Ich bleibe manchmal einen Augenblick stehen unter diesen alten Lampen und blicke auf den Fluss und die Stadt, und dann denke ich jedes Mal: Was für ein Wunder!»

«Wenn sie über diese Brücke geht, muss sie immer einen Moment stehen bleiben, sagt sie. Und dass Paris ein Wunder ist.» Ich seufzte glücklich.

«Du klingst wie ein verdammter Reiseführer, Alain. Bist du sicher, dass die Kleine wirklich hier *wohnt*? So einen Postkartenkitsch hab ich lange nicht mehr gehört. Ich bin auch schon über den Pont Alexandre gegangen, aber ich bin noch nie stehen geblieben, um das Wunder von Paris in mich aufzunehmen – jedenfalls nicht, wenn ich alleine war. Meine Güte, so viel Aufhebens um ein paar alte Lampen!»

«Brücken haben nun mal einen ganz besonderen Zauber», erklärte ich.

Robert lachte. Sicherlich amüsierten ihn meine Schwärmereien. Wenn Robert ein Mädchen gut fand, dann gewiss nicht wegen ihrer Vorliebe für alte Brücken und Belle-Époque-Lampen.

«*Trés bien*, das klingt doch alles sehr vielversprechend», meinte er schließlich jovial. «Wann seht ihr euch wieder?»

Fünf Minuten später hatte ich Krach mit meinem besten Freund.

«Du hast die Nummer ihres *Portable* nicht?», rief er fassungslos. «Oh, Mann – wie blöd kann man denn sein? Da redet ihr stundenlang über irgendwelche bescheuerten Filme und Brücken, und dann fragst du sie nicht mal nach dem Wichtigsten? Sag mir, dass das nicht wahr ist, Alain!»

«Es ist aber wahr», entgegnete ich unwirsch. «Ich hielt es in dem Moment eben nicht für das Wichtigste, so einfach ist das.»

Ich ärgerte mich über mich selbst. Warum nur hatte ich Mélanie nicht nach ihrer Telefonnummer gefragt? Die unrühmliche Wahrheit war, dass ich es schlichtweg vergessen hatte. An diesem ersten Abend, durch den wir mit der traumwandlerischen Gewissheit geschritten waren, dass uns mehr verband als die moderne Technik, hatte so etwas Profanes wie ein Mobiltelefon überhaupt keine Rolle gespielt. Aber wie hätte ich das meinem Freund erklären sollen.

Robert konnte sich gar nicht mehr beruhigen. «Du begegnest der Frau deines Lebens und lässt dir nicht mal ihre *Nummer* geben?» Er lachte ungläubig. «Das ist echt ein dicker Hund. Alain, du lebst wirklich hinter dem Mond. Hallo?! Wir sind im dritten Jahrtausend – kriegst du eigentlich noch irgendetwas mit? Wollt ihr euch demnächst mit Brieftauben verständigen?»

«Meine Güte, dann frag ich sie halt beim nächsten Mal. Ich sehe sie ja am Mittwoch.»

«Und wenn nicht?», bohrte Robert nach. «Was ist, wenn sie nicht kommt? Ich finde es komisch, dass sie gar nicht nach deiner Nummer gefragt hat. Oder dir wenigstens ihre Nummer gegeben hat. Meine Studentinnen wollen *immer* meine Mobilnummer.» Er lachte leise und ein wenig selbstgefällig. «Das hört sich nicht gerade nach einem gelungenen Abend an, wenn du mich fragst.»

«Ich frag dich aber nicht», erklärte ich. «Was kümmern mich deine Studentinnen? Wir sind fest verabredet, und auch wenn es über deinen Horizont geht – es gibt noch Menschen, die sich eine Woche lang aufeinander freuen können und sich einfach an einmal getroffene Verabredungen halten, ohne noch zehnmal hin und her zu telefonieren und wieder alles umzuwerfen, weil etwas Besseres in Sicht ist.»

Ich merkte, wie ich große Lust bekam, Robert eine reinzuwürgen. «Nicht immer geht es um den schnellstmöglichen Vollzug, auch wenn du das mit deinen kleinen Studentinnen so hältst.»

«Alles eine Frage der Anziehungskraft», erklärte Robert ungerührt. «Aber das kann ja jeder halten, wie er will. Ich wünsche dir jedenfalls viel Spaß beim Freuen. Hoffentlich freust du dich nicht umsonst.»

Der Sarkasmus in seiner Stimme war nicht zu überhören, und ich wurde allmählich wütend.

«Wieso machst du eigentlich so einen Stress?», fragte ich. «Ich meine, was willst du mir beweisen? Dass ich ein Volltrottel bin? Geschenkt. Ja, dann *hätte* ich sie eben nach ihrer Nummer fragen sollen. Hab ich aber nicht. Was soll's! Mélanie weiß ja schließlich, wo mein Kino steht. Und ich weiß, wo sie wohnt.»

«Sie heißt Mélanie?»

Ich nickte. Es war das erste Mal, dass ich Robert gegenüber ihren Namen erwähnt hatte. «Ja, ein lustiger Zufall, was?»

«Und weiter?»

Ich schwieg einigermaßen betroffen. Was hätte ich auch sagen sollen? Ich *war* ein Volltrottel. Erst jetzt fiel mir auf, dass ich Mélanies Nachnamen nicht kannte. Das war unverzeihlich. Ich versuchte, die diffuse Panik, die in mir aufzusteigen begann, abzuschütteln. Und was, wenn Robert recht behielte?

«Tja …», sagte ich verlegen.

«Junge, Junge, dir ist echt nicht zu helfen!», seufzte Robert.

Und dann hielt mein Freund mir einen kurzen Vortrag darüber, warum das Leben kein Kinofilm war, in dem sich die Menschen fanden und verloren, um sich dann zufällig eine Woche später am Trevi-Brunnen wieder zu begegnen, weil sie beide zum selben Zeitpunkt auf die Idee gekommen waren, eine Münze hineinzuwerfen und sich etwas zu wünschen.

«Ich weiß ja, wo sie wohnt», wiederholte ich trotzig und sah mit einem Mal die vielen Namensschilder am Portal in der Rue de Bourgogne vor mir. «Wenn sie aus irgendeinem Grund am Mittwoch nicht erscheinen sollte, kann ich mich immer noch durchfragen. Aber sie wird kommen, ich bin mir sicher. Das sagt mir mein Gefühl. Von diesen Sachen verstehst du nichts, Robert.»

«So, so», sagte er. «Nun ja, mag sein. Vielleicht läuft ja auch alles nach Plan.» Er lachte ein wenig skeptisch. «Und wenn es doch anders sein sollte, kannst du dich ja immer noch auf die Brücken von Paris stellen und warten, bis Mélanie eines Abends vorbeikommt. Sie liebt doch Brücken, oder?»

Mélanie hatte eine Nachricht im Cinéma Paradis für mich hinterlassen. Noch am selben Tag. Das war ein Triumph. Und auch ein wenig bedauerlich. Ein Triumph, weil es meinen Freund Lügen strafte. Bedauerlich, weil ich nicht selbst da gewesen war, um die Nachricht entgegenzunehmen. Denn dann hätte ich Mélanie vor ihrer Abreise noch einmal gesehen. Und dieses Mal hätte ich sie bestimmt nach ihrer Telefonnummer gefragt.

So aber war es François, der mir ein weißes Kuvert entgegenhielt, als ich um halb fünf das Kino betrat. Überrascht drehte ich den Umschlag in der Hand, auf dem mein Name geschrieben stand.

«Was ist das?»

«Von der Frau mit dem roten Mantel», erklärte François in aller Seelenruhe und warf mir hinter seiner runden Nickelbrille einen prüfenden Blick zu. «Sie hat nach ‹Alain› gefragt und mir dann diesen Brief gegeben.»

«Danke.» Ich riss den Brief förmlich aus seinen Händen und verschwand damit im Kinosaal, in dem um diese Uhrzeit noch niemand war. Hastig öffnete ich das Kuvert in der verwegenen Hoffnung, dass es etwas Schönes enthielt. Es war nur ein kurzer Text. Als ich die Zeilen in der dunkelblauen Handschrift überflogen hatte, seufzte ich erleichtert und las den Brief dann noch einmal Satz für Satz.

Lieber Alain,
bist Du noch gut nach Hause gekommen, gestern? Am liebsten
hätte ich Dich wieder zurückbegleitet in die Rue de l'Univer-
sité, aber auf diese Weise wären wir wohl die ganze Nacht hin
und her gewandert, und heute früh musste ich zeitig aufstehen.
Geschlafen habe ich trotzdem nicht. Kaum war ich oben in der
Wohnung, habe ich Dich schon vermisst. Und als ich heute
nach dem Aufwachen aus dem Fenster schaute und die alte
Kastanie sah, war ich plötzlich sehr glücklich.
Ich weiß gar nicht, ob Du nachher schon im Kino bist (das
wäre natürlich das Schönste!) oder ob ich meinen Brief einfach
hinter das Gitter legen werde, damit Du ihn findest, als kleines
Zeichen von mir, bevor ich fahre. Ich bin keine Abenteurerin,
Alain, aber ich freue mich – auf nächsten Mittwoch, auf
Dich – und auf alles, was noch passiert.
Ich küsse Dich, M.

Ich bin keine Abenteurerin, hatte sie geschrieben, und es berührte mich, auch wenn der Satz ein Zitat war. Oder vielleicht gerade deswegen. Die Worte stammten aus dem Film *Das grüne Leuchten*, der gestern im Cinéma Paradis gespielt worden war, und die zurückhaltende Delphine sagt ihn zu ihren Freunden: «Ich bin keine Abenteurerin.»

«Oh, du süße Mélanie!», murmelte ich in das Halbdunkel des Kinosaals. «Nein, du bist keine Abenteurerin, aber das macht nichts. Das gerade liebe ich an dir. Deine Verletzlichkeit, deine Schüchternheit. Diese Welt ist nicht nur für die Verwegenen und Unerschrockenen gemacht, für die Lauten und Durchsetzungsstarken, nein, auch die Scheuen und Stillen, die Versponnenen und Eigensinnigen haben ihren Platz darin. Ohne sie gäbe es keine Zwischentöne, keine zartblauen Aquarelle, nicht die ungesagten Worte, die der Fantasie erst Raum geben. Und sind es nicht gerade die Träumer, die wissen, dass sich die wahren und größten Abenteuer im Herzen abspielen?»

Ich hätte mein Plädoyer für die Menschen aus der zweiten Reihe sicherlich noch eine Weile fortgesetzt, wäre da nicht ein Rascheln gewesen, das mich aufblicken ließ. In der Eingangstür vom Kinosaal lehnte Madame Clément in ihrer geblümten Kittelschürze auf einem Besen und sah mich verzückt an.

«Madame Clément!», rief ich aus und räusperte mich dann, um Haltung zu gewinnen. «Belauschen Sie mich etwa?» Ich erhob mich hastig. «Wie lange stehen Sie denn schon da?»

«Ach, Monsieur Bonnard», seufzte sie, ohne auf meine Frage einzugehen. «Das haben Sie so schön gesagt mit den stillen Wassern und den blauen Bildern und den Träumen. Ich hätte Ihnen noch stundenlang zuhören können. Ich hatte auch mal so einen Aquarellfarbkasten als Kind – weiß gar nicht, wo der hingekommen ist. Irgendwann hört man auf mit dem Malen und auch mit dem Träumen – eigentlich schade, was?» Ein versonnenes Lächeln huschte um ihre Mundwinkel. «Aber wenn man sich verliebt, fängt man wieder an zu träumen.»

Ich nickte einigermaßen verwirrt, faltete den kostbaren Brief und steckte ihn in die Jackentasche. Ich hatte nicht gewusst, dass in Madame Clément eine Philosophin schlummerte.

«Hat sie Ihnen geschrieben? Was schreibt sie denn?» Sie sah mich an und grinste verschwörerisch.

«Wie?!», entfuhr es mir überrascht. «Also, wirklich, Madame Clément, ich muss schon sagen!» Ich fühlte mich ertappt und war nicht bereit, ihr die Zustände meines Herzens zu offenbaren. Woher wusste sie das alles überhaupt?

«François hat mir natürlich von dem Brief erzählt.» Sie schenkte mir einen wohlwollenden Blick.

Ich zog die Augenbrauen hoch. «*Natürlich*», wiederholte ich und war erfreut zu hören, wie überaus gut die Kommunikation in meinem kleinen Kino funktionierte.

«Wir haben uns ja schon alle gefragt, wie Ihr Abend mit der hübschen Frau im roten Mantel wohl gewesen ist», fuhr Madame Clément neugierig fort. Sie sagte wirklich «alle», als ob sie Teil eines ganzen Hofstaats wäre, dessen Blicke auf die verliebten Schritte seines Regenten gerichtet waren. «Aber wenn sie heute schon nach Ihnen gefragt hat und Ihnen sogar einen Liebesbrief geschrieben hat, muss es ja ein schöner Abend gewesen sein.»

«In der Tat.» Ich musste lachen. «Und wieso sind Sie sich so sicher, liebe Madame Clément, dass es ein Liebesbrief ist?»

Sie legte den Kopf schief und stemmte ihre freie Hand in die Seite. «Na, hören Sie mal, Monsieur Bonnard, ich hab nun auch schon ein paar Jährchen auf dem Buckel. Man muss doch nur Ihr Gesicht sehen, um zu verstehen, was los ist. Sie *hat* Ihnen einen Liebesbrief geschrieben, *c'est ça!*» Ihre großen Hände umfassten den Besenstil und stießen ihn zur Bekräftigung einmal energisch auf den Boden. «Und nun machen Sie Platz, damit ich hier noch durchfegen kann, bevor die Vorstellung anfängt.»

Ich trat mit einer angedeuteten Verbeugung zur Seite und machte mich davon. Als ich mein Gesicht in dem großen Art-déco-Spiegel sah, der im Foyer hing, musste ich Madame Clément recht geben. Dieser große schlanke Mann mit dem dichten dunklen Haar, den verräterisch glänzenden Augen und diesem ganz besonderen Lächeln *war* verliebt. Das konnte jeder sehen, der Augen im Kopf hatte.

Ich wandte mich ab und tastete nach dem Brief in meiner Jackentasche. War es ein Liebesbrief? Ich holte ihn noch einmal hervor und lächelte, als ich die zärtlichen Worte überflog.

Ich lächelte und ahnte nicht, dass es dieser Brief sein würde, den ich in den nächsten Wochen immer wieder lesen sollte, an den ich mich mit der Verzweiflung eines Ertrinkenden festklammern würde, weil er der einzige Beweis für einen glückseligen Abend war, der unter einer alten Kastanie in einem Innenhof in der Rue de Bourgogne sein Ende gefunden hatte.

Ich starrte auf das Filmplakat von *Die Dinge des Lebens*, das ich gestern Nachmittag noch im Foyer aufgehängt hatte und mit dem Schild «Am nächsten Mittwoch in der Reihe *Les Amours au Paradis*» versehen hatte, und wünschte mir, es wäre schon der nächste Mittwoch. Liebend gern hätte ich die Gesetze der Zeit durchbrochen und eine Woche meines Lebens hergegeben, um Mélanie gleich jetzt wiederzusehen. Doch sie war vermutlich schon auf dem Weg in die Bretagne.

In den nächsten Tagen steckte Mélanies Brief in meiner Jackentasche wie ein Talisman. Ich trug ihn immer bei mir – wie eine Rückversicherung für das Glück. Ich las ihn am Abend, als ich – unter den aufmerksamen Blicken von Orphée – mit einem Glas Rotwein auf dem Sofa lag und nicht ins Bett gehen wollte; ich las ihn am nächsten Morgen, als ich an einem der runden Tischchen im Vieux Colombier meinen Espresso trank und anschließend abwesend in den Regen starrte, der auf das Pflaster prasselte.

Natürlich war es ein Liebesbrief. Und es war zudem die schönste Überraschung, die diese aufregende Woche mir gebracht hatte.

Das dachte ich zumindest bis zu dem Augenblick, als ich am Freitagabend nach der letzten Vorstellung das Gitter des Kinos herunterzog und sich aus dem Schatten ein kleiner Mann im Trenchcoat löste und mich ansprach.

Ich kannte den Mann, und ich kannte auch die Frau neben ihm. Doch das begriff ich erst ein paar Sekunden später.

Keiner kann es mir verdenken, dass ich die Augen aufriss und mir vor Überraschung der Schlüsselbund aus der Hand glitt. Die ganze Szenerie war – um es mit den Worten des schüchternen Buchhändlers aus dem Film *Notting Hill* zu sagen – einigermaßen surreal.

Vor mir stand wie vom Himmel gefallen der berühmte New Yorker Regisseur Allan Wood und an seiner Seite eine atemberaubend schöne Frau, die ich schon oft auf der Leinwand bewundert hatte.

Solène Avril, eine der bekanntesten Schauspielerinnen unserer Zeit, schüttelte meine Hand so selbstverständlich, als ob wir alte Freunde wären.

«Bonsoir, Alain», sagte sie und schenkte mir ein strahlendes Lächeln. «Ich bin Solène, und ich *liebe* dieses Kino.»

11

— ❖ —

«Meine Güte, es ist wirklich alles noch genau so, wie ich es in Erinnerung hatte, wunderbar – *c'est ravissant!*»

Mit kindlichem Entzücken ging Solène Avril durch die Stuhlreihen und strich über die Lehnen der alten roten Samtpolster. «Ist das nicht einfach unglaublich, *chéri*? Habe ich dir zu viel versprochen? Du musst zugeben, so etwas hätten wir in Amerika niemals gefunden.»

Allan Wood stupste sich seine Hornbrille auf die Nase zurück und wollte gerade zu einer Antwort ansetzen, als Solène sich in einen der Polstersessel fallen ließ und graziös ihre seidenbestrumpften Beine übereinanderschlug. «Es ist perfekt, einfach perfekt», fuhr sie fort und lehnte ihren blonden Schopf gegen die Rückenlehne. Für einen Moment konnte ich nur noch ihre Haare sehen, die wie flüssiges Gold über den roten Samt fielen, und die Spitze ihres wohlgeformten Knies, das aufgeregt auf- und abwippte. «Und so *wahnsinnig* atmosphärisch. Allein der Geruch, der über diesem alten Kinosaal liegt, inspiriert mich ... aaaah, herrlich, oder? Komm, setz dich neben mich, *chéri!*»

Allan Wood, der die ganze Zeit über neben mir stehen geblieben war, um auf eine bescheidenere Art und Weise die «Wahnsinnsatmosphäre» meines Kinos auf sich wirken zu lassen, lächelte mir entschuldigend zu, bevor er nach vorne ging und sich durch die Stuhlreihe schlängelte, in der Solène Platz genommen hatte. Ich blickte ihm verwundert nach, und in diesem unwirklichen Szenario kam mir mein eigenes Kino mit einem Mal ganz fremd vor.

Der schwere rote Samtvorhang, der bis auf den Boden reichte und jetzt die Leinwand verdeckte, dreiundzwanzig Stuhlreihen, die leicht aufsteigend bis an die Rückseite des Vorführsaals reichten, in dem das rechteckige Fenster eingelassen war, durch das der Filmvorführer die Leinwand und die Zuschauer sehen konnte. Die in Wurzelholz gerahmten Schwarz-Weiß-Porträts von Charlie Chaplin, Jean-Paul Belmondo, Michel Piccoli, Romy Schneider, Marilyn Monroe, Humphrey Bogart, Audrey Hepburn, Jean Seberg, Cathérine Deneuve, Fanny Ardant und Jeanne Moreau, die von den dunklen stoffbespannten Wänden lächelten, als seien sie im Glanz der Kugellampen zu neuem Leben erwacht.

Das Schönste aber war die Kuppel des Kinosaals, zu der ich selten genug hochblickte und die meine späten Gäste gerade bewunderten. Über dem Saal wölbte sich eine mit dunkelgrünen Ranken ausgemalte Kuppel, in deren Blättern sich Paradiesvögel und goldene Orangen versteckten.

«Verstehst du nun, warum ich diese Szenen nur hier spielen kann?» Solène Avril breitete die Arme aus und spreizte ihre Finger in einer dramatischen Geste. «Ich will wirklich nicht pathetisch sein, aber das hier ... das hier ist doch etwas ganz anderes als so ein nachgestelltes Ding im Studio, *n'est-ce pas, chéri*? Hier kann ich authentisch sein, hier werde ich aus dem Herzen spielen, das spüre ich einfach.» Sie seufzte glücklich.

Allan Wood setzte sich neben sie, legte den Kopf zurück und breitete die Arme über die Sessellehnen rechts und links neben sich aus. Er schwieg einen Augenblick. «*Yeah, it seems like the perfect place*», sagte er dann. «*I really like it!*» Er rollte den Kopf hin und her und starrte an die Decke. «Und es riecht ...», er wedelte ein wenig mit seiner kleinen weißen Hand in der Luft herum, und in seinem drolligen Akzent mit dem stark gerollten «r» klang es wie *es rrriekt*, «... also wirklich ganz nostalgisch. Es riecht ...», er schnippte mit den Fingern, als ob er einen Geistesblitz gehabt hätte, «... nach *Geschichte*.»

Ich stand stumm an der Rückwand meines Kinos und war nicht mehr in der Lage zu beurteilen, ob Allan Wood recht hatte oder nicht. Ich war, ehrlich gesagt, nicht einmal in der Lage zu beurteilen, ob ich möglicherweise halluzinierte.

Es war kurz vor Mitternacht, und ich wartete darauf, dass sich die beiden Köpfe in den Kinosesseln gleich in Luft auflösten und ich in meinem Bett aufwachen und kopfschüttelnd vor mich hinmurmeln würde, dass ich von einem bekannten amerikanischen Regisseur und einer der schönsten Frauen der Welt geträumt hatte, die in mein kleines Kino gekommen waren, um es zum Schauplatz eines Films zu machen. Ich meine, so funktioniert das doch in den Träumen, oder?

Ich schloss für einen Moment die Augen und atmete tief durch. Über dem Saal des Cinéma Paradis lag ein pudrig-schwerer Duft, der mit Solène Avril Einzug gehalten hatte und bei jeder ihrer Bewegungen zu mir herüberwehte. Wenn so Geschichte roch, dann roch sie jedenfalls sehr betörend.

«Ist das original – oder verwenden Sie so einen Spray, Alain?»

«Äh ... wie bitte?» Ich riss die Augen wieder auf.

Allan Wood hatte sich zu mir umgedreht, und seine dunklen Augenbrauen wanderten in die Höhe. «Na, Sie wissen schon. So einen Raumdufte. Ich habe zu Hause so etwas, das riecht wie eine alte Bibliothek, und es fuhlt sich also sehr gemutlich an», erklärte er mir und sprang dann behände aus seinem Sessel auf.

Ich schüttelte den Kopf. «Nein, nein», erwiderte ich. «Es ist alles echt hier ...» Ich blickte auf die Uhr. Es war zwölf Uhr, und nichts passierte. Ich breitete ergeben die Hände aus. Es war offensichtlich, dass ich nicht träumte und dass dieser ungewöhnliche nächtliche Zwischenfall, der mein Leben in den folgenden Wochen völlig auf den Kopf stellen sollte, wirklich stattfand. Es war unglaublich!

Allan Wood und Solène Avril waren tatsächlich hier, in dem hell erleuchteten Saal meines Kinos. Und sie waren – mein Einverständnis vorausgesetzt – wild entschlossen, in den nächsten Wochen im Cinéma Paradis zu drehen.

Ich schüttelte wieder den Kopf und musste plötzlich lachen. «Alles ist echt, auch wenn ich zugeben muss, dass Sie beide mir immer noch ziemlich unwirklich vorkommen.» Ich zuckte mit den Schultern. «Ich meine, so etwas passiert einem normalen Menschen wie mir ja nun nicht alle Tage.»

Allan Wood kam ein paar Schritte auf mich zu und blieb dicht vor mir stehen. Er war etwas kleiner als ich, und seine gutmütigen braunen Augen funkelten amüsiert, als er jetzt zu mir aufsah, mir den Arm entgegenstreckte und ein paarmal am Ärmel seines Trenchcoats zupfte.

«Aber wir *sind* echt», sagte er. «Kommen Sie, fuhlen Sie an mir. Ganz echt!»

Ich zupfte an seinem Ärmel und grinste. Er war wirklich «ganz echt».

Ungeachtet der Tatsache, dass ich ihn zunächst für eine Erscheinung gehalten hatte, war der kleine Mann im Trenchcoat mir vom ersten Moment an sympathisch gewesen. Meine offensichtliche Verwirrung überging er sehr galant. An die Echtheit von Solène Avril aber konnte ich mich immer noch nicht ganz gewöhnen, obwohl sie kaum einen Meter von mir entfernt stand und sich gerade das berühmte Foto von Audrey Hepburn mit der Zigarettenspitze ansah. «Sehr elegant. Vielleicht sollte

ich mir auch so ein Teil zulegen, was meinst du, *chéri?*»
Sie schob nachdenklich die Lippen vor, dann seufzte sie.
«Aber heutzutage darf man ja nicht einmal mehr in den
Bars rauchen. Unsere Welt ist so stillos geworden, finden
Sie nicht auch, Alain?» Sie lächelte mir zu. «Alles verän-
dert sich, und meistens verändert es sich zum Schlech-
ten.» Sie zog ihre Stirn in Falten, und ich bewunderte ihr
Mienenspiel. «Wie gut, dass es wenigstens Tiffany's noch
gibt. Ich finde das sehr beruhigend.»

Wir gingen wieder ins Foyer zurück, und ich schaute
hinaus auf die Straße und dachte an die seltsame Begegnung vor etwa einer Stunde, auf die ich ebenso wenig
vorbereitet gewesen war wie auf die Landung von Au-
ßerirdischen. Wahrscheinlich würde ich meinen Enkeln
noch davon erzählen, wie eines Nachts Allan Wood und
Solène Avril vor meinem Kino gestanden hatten.

«Allan Wood?», hatte ich gestammelt, nachdem der
Mann im Trenchcoat sich mir schließlich vorstellte und
mein unbestimmtes Gefühl, ihn zu kennen, zur Gewissheit machte.

«Das ist ja ... also ... das ist ja ein Ding. *Der* Allan Wood
aus New York? Ja, aber natürlich sagt mir Ihr Name etwas.»

Allan Wood blieb bescheiden. «Ich freue mir, dass Sie
mir kennen, Monsieur Bonnard. Ich sehe, wir haben dasselbe Namen. Das ist aber komisch, oder? Darf ich Allan
zu Ihnen sagen?»

«Alain», verbesserte ich benommen.

Allan Wood schien keinen Unterschied zu hören.

«Freut mich sehr, Allan», sagte er und nickte freundlich.

«Alain, *chéri*, er heißt *Alain*, nicht Allan!», rief Solène Avril aus und sah mich mit einem komplizenhaften Lächeln an. Der Hollywoodstar war in Paris aufgewachsen und kannte die nasalen Fallstricke der französischen Sprache.

«Oh, I see *Al-läng*», versuchte Allan es noch einmal und betonte nun die zweite Silbe meines Namens. «Also ... Alläng, entschuldigen Sie bitte diesen kleinen Überfall – Solène hat mich ... wie sagt man ... hierhergeschleppt. Sie wollte mir unbedingt das Cinéma Paradis zeigen, und es ist so ein glücklicher Zufall, dass wir Sie gleich getroffen haben ...»

Solène nickte und zwinkerte mir lächelnd zu, und ich nickte auch und lächelte, als wäre ich leicht schwachsinnig. Und ich hatte in der Tat Schwierigkeiten, dem Gespräch zu folgen.

«Ich würde gerne mit Ihnen über meinen neuen Film sprechen, Alläng», sagte der kleine Mann im Trenchcoat. Abgesehen von seinem Akzent und ein paar kleinen Fehlern sprach Allan Wood erstaunlich gut Französisch. Er ließ den Blick über die alte Hausfassade gleiten und gab ein anerkennendes Schnalzen von sich. Dann reichte er mir seine Visitenkarte, und ich steckte sie in meine Reverstasche.

«Ich brauche vielleicht Ihre schöne alte Kino.»

«Aha», sagte ich, weil mir ehrlich gesagt nichts Besseres einfiel. Wozu brauchte Allan Wood mein Kino? Es hatte sich zwar in der Branche herumgesprochen, dass der amerikanische Regisseur mit der großen Hornbrille ein paar Spleens pflegte, aber dass das Aufkaufen alter französischer Programmkinos dazugehörte, war mir bisher nicht bekannt gewesen. Und es war mir in diesem Augenblick auch herzlich egal. Ich stand ganz im Bann von Solène Avril und starrte wie ein Somnambuler auf die hellblonde Frau, die ihr zartes weißes Wollcape anmutig zurechtrückte. Es lag wie eine duftige Wolke um ihre Schultern und verlieh ihrer Erscheinung etwas Engelsgleiches. Sie schien geradezu über dem Kopfstein-pflaster zu schweben.

«Ach, das ist alles so *aufregend*», hauchte sie. «Ich fühle mich wie ein kleines Mädchen. Dürfen wir rein-kommen und uns ein bisschen umschauen, Alain? *Bitte!*»

Sie sah mich an, legte einen Moment ihre Hand auf meinen Arm, und ich merkte, wie meine Knie weich wurden.

«Klar doch», sagte ich. «Klar doch.» Und taumelte rückwärts gegen das heruntergelassene Gitter. Ich muss sagen, dass auch ich das alles ziemlich aufregend fand. Nicht in meinen kühnsten Träumen wäre es mir in den Sinn gekommen, dass eine Leinwandikone wie Solène Avril mich eines Tages um irgendetwas bitten würde. Das war schon ganz großes Kino.

Ich hatte also die Schlüssel vom Trottoir aufgehoben, und kurze Zeit später hatten wir gemeinsam das kleine Foyer betreten, in dem wir jetzt wieder standen und in dem Solène Avril sofort Vertrautes entdeckt hatte. Mit begeisterten Ausrufen («Nein! Diesen Spiegel kenne ich noch!» oder «Schau mal, *chéri – Le rêve est réalité* – der Spruch hing schon damals über der Kasse, davon habe ich dir doch erzählt!») unterbrach sie immer wieder Allan Wood, der mir umständlich und gestenreich sein Anliegen vortrug, während Solène sich in ihrer kleinen Zeitreise verlor.

Es war zunächst nicht ganz einfach für mich, Sinn und Zweck dieses nächtlichen Besuchs auszumachen, denn die beiden schienen darin erprobt, sich permanent ins Wort zu fallen. Das erschwerte das Zuhören, aber nach einer Weile hatte ich immerhin so viel verstanden:

Allan Wood hatte die Absicht, einen neuen Film zu drehen, mit Solène Avril in der Hauptrolle. Der neue Film sollte *Zärtliche Gedanken an Paris* heißen und natürlich auch in Paris spielen. Es war eine Liebesgeschichte, die Suche einer Frau nach einer verlorenen Jugendliebe, deren Dreh- und Angelpunkt ein altes Programmkino war.

Aus diesem Grund war man nach Paris gereist. Und es musste das Cinéma Paradis sein, weil die kapriziöse Solène dieses Kino noch aus Kindertagen kannte und es ihre fixe Idee geworden war, nur dort wirklich gut spielen zu können. Darüber hinaus durchlebte sie nach zehn Jahren in Amerika gerade eine sentimentale Phase, was die französische Hauptstadt betraf. Die Paris-Reminiszenzen seiner Lieblingsschauspielerin waren es wohl letztlich auch gewesen, die den betagten Regisseur zu seinem neuesten Filmprojekt inspiriert hatten.

«Ach, seien Sie froh, dass Sie in Paris leben, Alain. Amerika hängt mir *vraiment* zum Halse raus», erklärte Solène und hakte sich wie selbstverständlich bei mir unter, als wir nach einer Stunde, in der jeder Winkel des Kinos inspiziert worden war, wieder auf die Straße traten. «Wie habe ich diese holprigen Gassen vermisst, die wunderbaren alten Häuser, die Lichter, die sich in der Seine spiegeln, den Geruch auf den Straßen, wenn es geregnet hat, den Duft der Kastanienbäume in den Tuilerien und all die vielen kleinen Cafés, Bistros und bunten Geschäfte in Saint-Germain. Diese winzigen *tartes au citron*, die *meringues*.» Sie redete auf mich ein, während wir die Straße zum Quai hinuntergingen und Allan Wood nach einem Taxi Ausschau hielt.

«In Kalifornien ist alles riesig, wissen Sie? Die Pizzen, das Eis, die Geschäfte, die Menschen, das freundliche Lächeln der Kellnerinnen – alles XXL. Es nervt! Und das Wetter ist immer gleich. Immer Sonne. Jeden verdammten Tag. Wissen Sie, wie öde das ist, wenn man gar keine Jahreszeiten mehr hat?»

Ich dachte an das grässliche Wetter im Februar, das die meisten Bewohner von Paris in eine regelrechte Depression gestürzt hatte, und schüttelte den Kopf.

«Da, ein Taxi!» Allan blieb stehen und winkte. Sekunden später hielt ein Wagen am Seitenstreifen an und blinkte.

Solène hauchte mir zum Abschied einen Kuss auf die Wange, während Allan die hintere Wagentür für sie aufmachte. Dann wandte er sich mir noch einmal zu.

«Also, Alläng ... Es war wirklich sehr nett mit Ihnen.» Er tastete umständlich seine Jackentaschen ab und über- reichte mir – zum zweiten Mal an diesem Abend – seine Visitenkarte. «Wenn bei Ihnen etwas dazwischenkommt, rufen Sie mir einfach an. Ansonsten sehen wir uns am Sonntagabend im Ritz. Dann besprechen wir die ganze *chose*, okay?»

Er nahm meine Hand und schüttelte sie. Für einen Mann seiner Statur hatte er einen erstaunlich festen Händedruck.

«Denken Sie über meinen Vorschlag nach, mein Freund. Wenn Sie uns Ihr Kino zur Verfügung stellen, fließt richtig Geld in die Kasse.» Er zwinkerte mir zu wie Al Pacino höchstpersönlich. «Ich meine *real money*.»

Mit diesen Worten stieg er selbst ins Taxi. Die Wagen- tür fiel zu, und der Wagen brauste davon und reihte sich ein in den endlosen Lichterstrom, der sich am linken Ufer der Seine entlangbewegte. Auf der gegenüberlie- genden Seite des Flusses ragten die Gebäude des Louvre schwarz in den nachtblauen Himmel. Es war halb eins. Ich stand am Ufer der Seine, hellwach und völlig über- wältigt von den Ereignissen der letzten drei Tage.

Ich hatte die Frau im roten Mantel geküsst, ich hatte einen Liebesbrief erhalten, und ich hatte eine Verabre- dung im Ritz mit Solène Avril und Allan Wood, die Alain und Alläng zu mir sagten.

Wenn das so weiterging mit meinem neuen auf- regenden Leben, würde ich nicht mehr dazu kommen, mir irgendwelche Filme anzuschauen. Inzwischen war ich selbst Jean-Paul Belmondo, und *Außer Atem* war eine langweilige Geschichte verglichen mit meinen Erlebnissen. Ich stopfte Allan Woods zweite Visitenkarte in meine Jackentasche, in der noch immer Mélanies Brief steckte, und hatte mit einem Mal das Gefühl, mittendrin zu sein. Mittendrin im Leben. Es war ein berauschendes Gefühl.

«Wer sagt denn, dass das Leben keine Überraschungen mehr bereithält.» Robert drückte seine siebte Gauloise aus und versuchte, trotz allem cool zu bleiben. Doch seine Miene sprach Bände. Selten hatte ich meinen Freund so beeindruckt gesehen wie an diesem Samstagnachmittag. Seit einer Stunde schon saßen wir unter der rot-weiß-blau-gestreiften Markise des Bonaparte, in das ich meinen Freund mit dem kryptischen Satz, es gäbe sensationelle Neuigkeiten, bestellt hatte.

«Oh, Mann, Alain, deswegen weckst du mich? Ich schlafe noch halb, was kann schon so sensationell sein in deinem Leben?», hatte er unwillig gefragt. «*Ich* hatte eine sensationelle Nacht mit Melissa, das kannst du mir glauben.»

«Das glaub ich dir gern», entgegnete ich und fragte mich, welche von seinen Studentinnen Melissa war. «Trotzdem ist das nichts gegen meine Neuigkeiten.»

«Lass mich raten – du hast ihre Mobilnummer. Sensationell. Glückwunsch.» Er gähnte herzhaft in den Hörer. «Kann ich jetzt wieder auflegen?»

Ich schüttelte den Kopf. «Nein, nein, Robert, so einfach geht das nicht. Wenn ich sage sensationell, dann meine ich sensationell. Du errätst niemals, mit wem ich morgen Abend im Ritz zum Essen verabredet bin.»

«Mach's nicht so spannend.»

Ich schwieg eisern.

«Angelina Jolie? Harharhar.» Er lachte über seinen eigenen Witz.

«Hey – du bist nicht schlecht», sagte ich, und das Lachen verstummte.

«Wie jetzt? Soll das ein Witz sein?»

«Kein Witz», sagte ich. «Komm einfach.»

Ich gebe es nur ungern zu, weil es vielleicht ein schlechtes Licht auf mich wirft, aber nach all den Jahren als «Mensch der Peripherie» tat es einfach unheimlich gut, Robert einmal derart fassungslos zu sehen. Nachdem ich ihm alles erzählt hatte, sagte er eine ganze Weile nichts. Ich glaube, er war zum ersten Mal in seinem Leben sprachlos. Dies war, wie man sich denken kann, natürlich nicht der Tatsache geschuldet, dass die bezaubernde Mélanie mir einen vielversprechenden Brief geschrieben hatte und mich entgegen Roberts vernichtender Prognosen unbedingt wiedersehen wollte – so etwas war für meinen Freund ein nettes kleines Aperçu am Rande, welches er mit «Schön, schön – und weiter?» kommentierte. Aber die Sache mit Solène Avril – das war schon ein anderes Kaliber.

«*Solène Avril?* Ist ja krass!», sagte er und zündete sich eine weitere Zigarette an. «Der Hammer! Erzähl mal – sieht die wirklich so granatenmäßig aus wie im Film?»

Ich nickte, riss das kleine Papiertütchen auf, das neben meiner Tasse lag, und ließ etwas Zucker in den Kaffee rieseln. «Kann man wohl sagen. Das haut einen echt um, wenn diese Frau plötzlich so in Fleisch und Blut vor dir steht.»

Robert seufzte auf und sog wie verrückt an seiner Zigarette. «Oh, Mann, wenn ich mir das so vorstelle, wird's mir ganz warm ums Herz. Und die Zuckerschnute war *eine* Stunde bei dir im Kino, sagst du?»

«Zusammen mit Allan Wood.»

«Allan Wood? Was will der alte Knacker mit dieser Sexgöttin?»

«Gar nichts, soweit ich das beurteilen kann. Er will einfach einen Film mit ihr drehen. In meinem Kino!»

«Wer's glaubt!», spottete Robert. «Ich meine – *Solène Avril*! Also, wer die von der Bettkante stößt, muss ja bescheuert sein.» Er warf mir einen unmissverständlichen Blick zu. «Und ihr seht euch morgen Abend schon wieder? Im Ritz? Ich wette, das Weib hat da eine Suite mit 'nem riesigen Kingsize-Bett. Junge, Junge, du hast vielleicht ein Schwein.»

«Meine Güte, Robert!», rief ich aus. «Wir treffen uns, um über den Ablauf der Dreharbeiten zu sprechen. Kannst du auch mal an was anderes denken?»

Robert schüttelte den Kopf. «Nein», sagte er entschlossen. «Nicht bei dieser Frau!»

«Nun – ich jedenfalls habe keinen Bedarf. Ich *bin* schon verliebt, erinnerst du dich?»

Ich dachte einen Augenblick an Mélanie, die erst am

Mittwoch aus der Bretagne wieder nach Paris zurückkehren würde, und fragte mich, was sie wohl gerade machte. Vielleicht ging sie in diesem Moment am Meer spazieren und dachte auch an mich.

«Aber was hat das denn mit Liebe zu tun?» Robert warf mir einen verständnislosen Blick zu, und ich konnte geradezu sehen, wie sich hinter seiner gerunzelten Stirn das Wort «Idiot» zu bilden begann. Dann schoss ihm offenbar ein neuer Gedanke durch den Kopf, und seine Miene hellte sich auf. «Sag mal, Alain ... meinst du, ich könnte am Sonntagabend mitkommen? So als dein Freund?»

Ich lachte vergnügt. «Auf keinen Fall, mein Lieber! Das Essen im Ritz ist rein geschäftlich.»

«Haha! Rein geschäftlich, das glaubst auch nur du!» Robert zog einen Flunsch. «Dann lad mich wenigstens dazu, wenn die Dreharbeiten beginnen.»

«Mal schauen, ob sich das einrichten lässt.» Ich grinste.

«Hey, was soll das heißen, Mann – willst du mir mein Leben versauen? Ich will sie doch nur mal kennenlernen.»

Er sah mich aus seinen hellblauen Augen in entwaffnender Unschuld an, und ich begann zu verstehen, warum die meisten Frauen ihm nicht widerstehen konnten. Diesem Leopard mit Häschenblick konnte man sich schwer entziehen.

«Und was ist mit der sensationellen Melissa?», fragte ich, auch wenn ich die Antwort bereits kannte.

«Was soll mit ihr sein?» Robert sah mich erstaunt an und trank den letzten Schluck Kaffee aus seiner Tasse. «Melissa ist ein nettes Mädchen, die sich mit den Newton'schen Gesetzen beschäftigen muss, weil sie bald ihre Prüfungen hat. Außerdem ist alles relativ, das sagt schon der von mir so sehr geschätzte Monsieur Einstein.»

«So hat er das gewiss nicht gemeint.»

«Klar hat er das so gemeint.» Ein leicht verschlagenes Grinsen stahl sich in Roberts Gesicht. «Also – bist du jetzt mein Freund oder nicht?»

Ich schob die Tasse ein Stück von mir weg und seufzte ergeben. «Keine Sorge – ich bin dein Freund.»

«Und ich deiner. Hast du überhaupt die passende Kleidung für ein Abendessen im Ritz? Ich wette, du bringst es noch fertig, da im Pullover aufzutauchen. Im Ritz!»

Man kann mir ja vieles nachsagen, aber diese Wette hätte mein bester Freund Robert Roussel, Professor für Astrophysik und Schwarm aller Studentinnen, glatt verloren. Denn als ich am Sonntagabend mit dem Taxi im Ritz vorfuhr, trug ich ein blütenweißes Hemd mit Krawatte und einen eleganten dunkelblauen Anzug. Meine Erscheinung ließ nichts zu wünschen übrig. Das hätte selbst Robert zugeben müssen.

Doch in einem sollte mein Freund dennoch recht behalten. Das Abendessen mit Solène Avril sollte ganz anders enden, als ich es mir vorgestellt hatte. Und alles andere als geschäftlich.

12

Die Dramaturgie eines jeden guten Films basiert darauf, dass sich der Regisseur einen Moment im Leben seines Helden herausgreift, in dem ein unerwarteter Vorfall oder eine plötzliche Erkenntnis alles verändert. Dieser Wendepunkt, der das Dasein der Menschen auf der Leinwand in ein Vorher und ein Nachher teilt und es zum Guten oder auch zum Schlechten wendet, ist das Herzstück der Handlung. Und nicht selten haben der Zufall oder das Schicksal – unterm Strich macht dies ja keinen großen Unterschied – die Finger im Spiel.

Ein Mann sieht, wie in einem vorüberfahrenden Zug jemand ermordet wird. Ein Angestellter findet morgens in der Telefonzelle eine Fahrkarte nach Rom und beschließt, nicht zur Arbeit zu gehen, sondern eine Reise zu wagen. Eine Frau entdeckt in der Anzugtasche ihres Mannes eine verräterische Hotelrechnung. Ein Kind stirbt bei einem Autounfall, und sein Tod bringt eine ganze Familie aus dem Gleichgewicht. Ein Mann findet bei einem Picknick im Bois de Boulogne heraus, dass er eigentlich die Freundin seiner Braut liebt. Drei verkrachte Geschwister werden im Testament der toten Mutter dazu verdonnert, zusammen den Jakobs-Pilgerweg zu gehen, bevor sie ihr Erbe antreten dürfen. Ein unglückliches Mädchen wird von einem jungen Bibliothekar daran gehindert, von der Brücke zu springen, und die beiden verlieben sich. Die Tochter der Millionärin versteckt den gut aussehenden Dieb, der an ihre Hoteltür hämmert. Ein verheirateter Mann trifft fünf Jahre nach dem Krieg in einem Café unerwartet seine erste Liebe wieder.

Ach ja, einen hab ich noch: Der Besitzer eines kleinen Lichtspieltheaters macht mit einer berühmten Schauspielerin einen Abendspaziergang auf einem der schönsten Plätze von Paris.

Immer ist es ein einziger Moment, der alles in Gang setzt und neue Zusammenhänge schafft. Ursache und Wirkung. Tat und Folge. Der Schmetterling, der mit den Flügeln schlägt und viele Tausend Kilometer entfernt ein Erdbeben auslöst.

Im wirklichen Leben jedoch kann man sich, anders als im Film, jene schicksalhaften Momente, die eine grundstürzende Veränderung nach sich ziehen, nicht aussuchen. Ja, oft hat man nicht einmal die leiseste Ahnung, dass man gerade dabei ist, auf einen solchen Augenblick zuzusteuern.

Still und majestätisch lag die Place Vendôme in der Abenddämmerung da. Eine unberührte Insel, die von der Großstadt vergessen worden zu sein schien. Auf einer imposanten Säule, die in der Mitte des Platzes aufragte, wachte das gusseiserne Standbild Napoleons erhaben über die Zeit und alles Menschliche. In den an den Platz angrenzenden Arkaden befanden sich jede Menge Banken und darüber hinaus die elegantesten Geschäfte und teuersten Juweliere von Paris. An der Place Vendôme kam man nicht einfach so vorbei, und als mein Taxi jetzt vor dem Hoteleingang des Ritz hielt, überlegte ich, wann ich das letzte Mal über diesen Platz gekommen war. Ich konnte mich nicht erinnern.

Der Portier hielt mir die Wagentür auf, und ich stieg aus und betrat zum ersten Mal in meinem Leben das älteste Grandhotel der Welt.

Ich sah mich suchend in der Eingangshalle um, an deren rechter Seite sich die Rezeption befand, und nur eine Sekunde später steuerte schon ein Hotelangestellter mit ergrautem Haar auf mich zu und fragte diskret, ob er mir behilflich sein könne.

«*Bonsoir*. Ich habe eine Verabredung mit Monsieur Allan Wood und ... äh ... Madame Avril», sagte ich und hatte für einen kurzen Augenblick Angst, dass man mir nicht glauben würde.

«Selbstverständlich, Monsieur Bonnard. Die Herrschaften erwarten Sie schon. Wollen Sie mir bitte folgen?»

Der livrierte ältere Herr schien gänzlich unbeeindruckt und ging gemessenen Schrittes voraus. Ich hingegen war zutiefst beeindruckt, allein schon deswegen, weil er meinen Namen kannte. Wir durchquerten die

Eingangshalle und kamen an einem Innenhof mit steinernen und marmornen Statuen vorbei, an dessen Tischen auch um diese Uhrzeit noch einige Gäste saßen und rauchten.

Zur Teestunde reicht man hier silberne Étagèren mit kleinen *tartes aux framboises* und feinen Sandwiches – das wusste ich von Robert, der die Verschwiegenheit dieses Ortes schätzte, wenn er ab und zu mit einer Auserwählten hierherkam und nicht gesehen werden wollte. «Eine Teestunde im Ritz kann sich sogar ein armer Professor leisten», hatte er gescherzt. Ein dicker Läufer mit orangefarbenen Ornamenten schluckte das Geräusch unserer Schritte, als wir auf eine altmodische Sitzgruppe zusteuerten, an deren Rückseite über einem marmornen Kaminsims ein gigantisches Blumengesteck aus tiefblauen Gladiolen, violetten Tulpen, weißen Orchideen und rosafarbenen Rosen fast bis an die Decke reichte. Staunend sah ich mich um. Wohin mein Blick auch fiel, gab es Blumen, Bilder, Spiegel, Antiquitäten, vereinzelt auch Menschen, die mit einem Drink oder einem iPhone in der Hand in den Sesseln saßen.

«Hier entlang, bitte, Monsieur Bonnard!» Der Herr in der roten Livree öffnete eine riesige Tür, hinter der man leises Stimmengewirr hörte. Wie es aussah, waren wir vor dem Restaurant angekommen.

Man hatte den Eindruck, einen Frühlingstempel zu betreten. Über weiß eingedeckten Tischen wölbte sich ein zartblauer Himmel mit weißen Wolken – eine Scheinmalerei, die durch einen echten blühenden Baum in der Mitte des Saales noch an Lebendigkeit gewann. Ich blickte nach oben in der Erwartung, Vögel zu sehen, die zwitschernd durch den Raum flatterten, doch so weit ging die Heraufbeschwörung der Natur nun doch nicht.

Ein junger Kellner mit zurückgegelten schwarzen Haaren kam herbei und übernahm nach einem leisen Wortwechsel zwischen den Herren die Führung.

«Bitte, Monsieur Bonnard, hier entlang.» Er schlängelte sich geschmeidig vor mir an den Tischen entlang, und es erstaunte mich nicht weiter, dass er meinen Namen kannte. Allmählich bekam ich so ein V.I.P.-Gefühl. «Bitte, Monsieur Bonnard. Gerne, Monsieur Bonnard. Sehr gerne, Monsieur Bonnard.»

Die Frequenz, mit der mein Name ausgesprochen wurde, hatte sich schlagartig erhöht, seitdem ich das alte Grandhotel betreten hatte. Ehrlich, es hätte mich schon nicht mehr groß gewundert, wenn ich im nächsten Moment um ein Autogramm gebeten worden wäre.

Doch das war wohl der blonden Frau in dem ärmellosen kleinen Schwarzen vorbehalten, die mir von einem der hinteren Tische ausgelassen zuwinkte und gerade einen beleibten Herrn verabschiedete, der glücklich mit seiner Autogrammkarte abzog.

Ich hob die Hand, setzte ein gewinnendes Lächeln auf, nahm die Schultern zurück und ging gemessenen Schrittes zu dem Tisch, an dem man mich bereits erwartete.

«Sie ist wie eine Sonne – jeder möchte gern in ihrer Nähe sein.»

Allan Wood schaute seiner Lieblingsschauspielerin bewundernd nach, wie sie gerade durch das Restaurant stöckelte, um sich «mal eben frisch zu machen».

Ich nickte. Solène war ohne Zweifel der strahlende Fixstern dieses Abends. Sie war charmant, unterhaltsam, äußerst amüsant. Sie verstand es mit größter Selbstverständlichkeit, die Aufmerksamkeit auf sich zu ziehen, ohne dass man genau hätte sagen können, wie sie das eigentlich machte. Vielleicht war es die Art, wie sie etwas erzählte, wie sie den Kopf zurückwarf und in ihr ansteckendes Gelächter ausbrach, wie sie *«Oh là là, chéri»* zu Allan Wood sagte oder einfach, wie sie sich die Butter auf ihr Baguette strich.

Alles, was sie tat, tat sie mit Inbrunst und doch auch mit großer Leichtigkeit.

Die Aufgeregtheit, die mich den ganzen Tag über begleitet hatte, verschwand in dem Augenblick, als ich mich zu den beiden an den Tisch setzte und Solène mir vergnügt zurief:

«Kommen Sie, Alain, trinken Sie ein Glas Champagner mit uns – wir haben schon jede Menge Spaß!»

Und den hatten wir dann in der Tat. Es mag seltsam klingen, aber bereits nach einer Viertelstunde hatte ich völlig vergessen, dass ich mit berühmten Leuten an einem Tisch saß. Ich tauchte ein in diese Atmosphäre der Zwanglosigkeit, die das ungleiche Paar verströmte, das im Übrigen, wie ich es vermutet hatte, kein *Paar* war.

In den folgenden Wochen wurde mir klar, dass Solène Avril jedes männliche Wesen in ihrem Umfeld *chéri* nannte. Sie tat dies schon allein deshalb, weil es so viel einfacher war, als sich alle Namen zu merken.

«Ich muss schon so schrecklich viel Text lernen, ich kann mein Gehirn nicht auch noch mit Namen belasten», pflegte sie lachend zu sagen. Kameraleute, Beleuchter, Journalisten, mit denen die Schauspielerin länger als zehn Minuten geplaudert hatte – sie alle hießen *chéri*. Auch die Kellner im Ritz, die in aller gebotenen Ehrfurcht und Vornehmheit Speisen und Getränke servierten und keine Miene verzogen, waren davon nicht ausgenommen. Sie waren an diesem Abend übrigens die Einzigen, die mich ab und zu daran erinnerten, dass dies hier kein zwangloser Abend unter Freunden im La Palette war.

Männer, die Solène nicht mochte, hießen natürlich nicht *chéri*. Das waren «Idioten» oder «Langweiler», wobei «Langweiler» fast noch das schlimmere Schimpfwort war. «*He was a bore, wasn't he, chéri?*», sagte sie zur Bekräftigung noch einmal in breitestem Amerikanisch zu Allan Wood, als sie von ihrem letzten Freund, dem italienischen Rennfahrer Alberto Tremonte sprach.

«Kann man sich das vorstellen – ein Rennfahrer, und dann *so* langweilig? Ich sage euch, ich bin fast *gestorben* vor Langeweile.»

Männer, mit denen die eigenwillige Schauspielerin wirklich zusammen war, nannte sie eigenartigerweise nie *chéri*. Diese Auserwählten bekamen Namen wie *mon lion* oder *mon petit tigre*. Ihr neuer Tiger war ein Groß-grundbesitzer aus Texas, der eigentlich Fred Parker hieß.

Meinen Namen hatte sie sich komischerweise gemerkt.

«Alain», sagte sie, «erzählen Sie uns einen Schwank aus Ihrem Leben.» Sie amüsierte sich köstlich darüber, dass Allan Wood meinen Namen immer wieder verkehrt aussprach, und liebte es, ihn darauf hinzuweisen. «Es heißt Alain, nicht Alläng», korrigierte sie den Regisseur. «Aber das habe ich doch gerade gesagt: Alläng», entgegnete dieser jedes Mal und zog in gutmütigem Erstaunen die Augenbrauen in die Höhe. «Alläng – peng-peng!» Solène stieß mich in die Seite, und wir lachten, bis uns die Tränen übers Gesicht liefen.

Allan Wood lachte mit. Er hatte einen großartigen Humor und gehörte zu den beneidenswerten Menschen, die über sich selbst lachen können.

Das hatte ich schon bemerkt, als die Vorspeise serviert wurde. Allan hatte sich *œf cocotte* aus der riesigen Speisekarte ausgesucht. «Œuf cocotte – das klingt irgendwie sexy», hatte er gemeint und sich keine halbe Stunde später entsetzt über seinen Teller gebeugt, auf dem ein Schälchen stand, in dem halbrohe Eier und zerstückelte Pilze in einer braunen schleimigen Soße schwammen. «Grundgütiger, was ist *das!?*», hatte er ausgerufen und misstrauisch auf den warmen Glibber gestarrt, dem man gemeinhin eine potenzsteigernde Wirkung nachsagt. «Hat das schon eine andere Gast vor mich im Mund gehabt? Meine Gute, das wäre nicht nötig gewesen. Ich bin zwar alt, aber meine Zähne sind noch gut in der Schuss!»

«So was isst man, wenn man noch etwas *vorhat, chéri*», klärte ihn Solène auf, und um ihre Mundwinkel zuckte es verdächtig.

«Kaum zu glauben», sagte Allan kopfschüttelnd, tunkte todesmutig ein großes Stück Baguette in die Eier der Kokotte und kaute vorsichtig darauf herum. «Interessant», sagte er und nickte ein paarmal. «Schmeckt interessant. Aber *fried eggs, sunny side up* sind mir doch irgendwie lieber.» Er spülte den Glibber kurzerhand mit einem großen Schluck Rotwein herunter, warf seine Serviette auf den Teller und sah mich an. «Jetzt freue ich mich auf mein Steak. Aber vorher haben wir beide noch etwas zu besprechen.»

Mit diesem Satz kam Allan Wood sehr rasch zum eigentlichen Grund unseres Essens, und Solène, die alles Geschäftliche «furchtbar langweilig» fand, erhob sich und griff nach ihrem schwarzen Lacktäschchen, um sich ein wenig frisch zu machen, wie sie sagte.

Noch bevor sie zurückkehrte, waren die wesentlichen Dinge geklärt. Selbst wenn ich vorher noch Bedenken gehabt hätte, mein Kino für die Dreharbeiten zu *Zärtliche Gedanken an Paris* zur Verfügung zu stellen, wären diese schnell zerstreut gewesen – Allan Woods einnehmendes Wesen und die nicht unerhebliche Summe, die der Regisseur mir für meine Unannehmlichkeiten und die Tatsache, dass ich das Cinéma Paradis für eine Woche schließen musste, in Aussicht stellte, waren einfach zu überzeugend. «Eine Woche sollte reichen, um die paar Szenen in den Kasten zu kriegen», sagte er, und es klang so harmlos und einfach.

Als wir gut gelaunt auf unser «gemeinsames Projekt» anstießen und Allan Wood mir erklärte, dass er in drei Wochen mit den Dreharbeiten beginnen wolle, ahnte ich noch nicht, was das für mein kleines Kino bedeuten sollte, und vor allem für mich. Ich ahnte absolut nichts von den Aufregungen der nächsten Wochen. Von meiner Verzweiflung. Meiner Hoffnung. Und von diesem ganzen auf seltsamen Wegen verschlungenen Durcheinander, an dessen Anfang eine kleine traurige Geschichte stand, die sich viele Jahre zuvor in Paris ereignet hatte.

Während unsere Hauptspeise serviert wurde und ich Allan Wood zuhörte, der von seinem neuen Film erzählte, überlegte ich, was Onkel Bernard wohl dazu gesagt hätte? Auch wenn *Zärtliche Gedanken an Paris* streng genommen kein wahrhaft *impressionistischer* Film werden würde, klang das Ganze doch nach einer Geschichte, die ihm gefallen hätte. Ich hätte ihm gern erzählt, dass sein altes Kino noch zu solch glanzvollen Ehren kam. Und dass ich im Cinéma Paradis die Liebe meines Lebens gefunden hatte.

Allan Wood war zum Ende seiner Geschichte gekommen.

«Na, wie finden Sie die Story?», fragte er.

«Das klingt nach einem richtig guten Film», entgegnete ich und war mit einem Mal ganz stolz und glücklich. Ich dachte an Mélanie und hätte sie gerne bei mir gehabt. Ich war gespannt auf ihre Reaktion und war mir sicher, dass sie ebenso beeindruckt sein würde, wie ich es war.

Vor meinem geistigen Auge sah ich bereits ein weiteres gerahmtes Foto im Kinosaal. Es zeigte Solène Avril und Allan Wood, und darüber stand mit schwarzem Stift geschrieben:

Wir waren gern hier im Cinéma Paradis – Allan und Solène.

«Ich bin wirklich froh, dass wir in Alains Kino drehen können und nicht bei diesen Langweilern vom La Pagode», meinte Solène, nachdem wir einvernehmlich auf das Dessert verzichtet hatten und gleich den Espresso nahmen, der uns zusammen mit einer Silberschale mit Gebäck serviert wurde. «Das wird eine lustige Woche werden. Ich freue mich jetzt schon drauf.»

Das La Pagode in der Rue Babylone war das älteste Kino von Paris. Onkel Bernard hatte dort als Kind schon Laurel-und-Hardy-Filme gesehen, und von ihm wusste ich auch, dass die Pagode im japanischen Stil ursprünglich ein Ballsaal gewesen war, den der Architekt des Kaufhauses Bon Marché Ende des neunzehnten Jahrhunderts für seine Frau erbauen ließ. Es lag im siebten Arrondissement und war von einem verwunschenen Garten umgeben, in dem Solène mit dreizehn Jahren ihren ersten Kuss bekommen hatte.

«Der Garten war schön, aber der Kuss war grässlich», erklärte sie lachend. «Im Kino selbst bin ich allerdings nie gewesen. Meine Eltern wohnten ja in Saint-Germain, und wenn wir als Kinder mal ins Kino gingen, was ehrlich gesagt nicht sehr oft vorkam, dann sind wir immer ins Cinéma Paradis. Da haben wir uns ja knapp verpasst, was, Alain?»

Ich lächelte bei der Vorstellung, dass wir uns damals schon hätten begegnen können. Zwischen Solène und mir lagen schätzungsweise fünf Jahre. Fünf Jahre, die in der Kindheit so entscheidend sind und später so völlig bedeutungslos.

Ich dachte an die vielen Nachmittage im Cinéma Paradis, an Onkel Bernard, von dem ich den beiden an diesem Abend erzählt hatte, an meinen ersten Kuss und an das kleine Mädchen mit den Zöpfen und hatte irgendwie das Gefühl, dass sich ein Kreis schloss.

«Ich habe eine Idee! Was haltet ihr davon, wenn wir die Premiere des Films im Cinéma Paradis machen?» Solène war schon wieder im Hier und Jetzt und völlig hingerissen von ihrem Einfall. Sie zupfte Allan Wood eine kleine weiße Blüte vom Jackett. «Das wäre doch sehr charmant, *chéri*, findest du nicht?»

Kurz nach Mitternacht saßen wir in der Bar. Nachdem er die Rechnung aufs Zimmer hatte schreiben lassen, hatte Allan Wood nämlich auch noch eine Idee gehabt.

«Und jetzt nehmen wir noch einen kleinen Drink in der Hemingway-Bar», sagte er. «Ich glaube, ich kann noch einen Schlummertrunk vertragen.»

«Ach ja, ein letzter Nightcup, kommen Sie, Alain!» Solène hatte sich schon bei mir eingehakt und dirigierte mich einen endlos langen Flur entlang, an dessen Seiten sich riesige gläserne Schaukästen befanden, in denen für die Schönen und Reichen dieser Welt kostbare Geschmeide und feine Handtaschen, Zigarren und Porzellan, Kleider, Badesachen und Schuhe ausgestellt waren, die sich sicherlich nicht jeder leisten konnte. Doch Solène zog mich an sich und würdigte all die Vitrinen keines Blickes.

Und so fanden wir uns kurze Zeit später auf einem Ledersofa in der holzgetäfelten Bar des Hotels wieder, inmitten von Hemingway-Bildern und -Büsten, Jagdgewehren, Angelruten und alten schwarzen Schreibmaschinen mit kleinen runden Tasten. Wir hielten unsere Mojitos in der Hand und feierten Paris, denn Paris war ein Fest fürs Leben.

Ich muss zugeben, dass meine beiden neuen Freunde mühelos die exzessive Feierlaune aufgriffen, die in den zwanziger Jahren ganz Paris erfasst hatte. Man feierte das Leben, um die unvorstellbaren Schrecken des Krieges zu vertreiben.

«Wenn du das Glück hattest, als junger Mensch in Paris zu sein», setzte Allan nun schon zum zweiten Mal an, und seine Stimme klang etwas verschliffen, als er den großen Hemingway zitierte, «dann trägst du die Stadt für den Rest deines Lebens in dir, wohin du auch gehen magst.» Er schwenkte sein Glas, und der Mojito schwappte fast über den Rand.

«Auf Paris!»

«Auf Paris!», entgegneten wir.

«Und auf den größten Schriftsteller aller Zeiten!»

«Auf Hemingway!», riefen wir ausgelassen, und einige Gäste sahen zu uns herüber und lachten.

Ich war nicht wenig überrascht gewesen, als ich begriff, dass der schmächtige New Yorker Regisseur, den ich mir schon aus Gründen seiner eigenen Sicherheit nur sehr ungern mit einer Schrotflinte vorstellen mochte, ausgerechnet den Mann zu seinem Idol erkoren hatte, der das Synonym für Großwildjagd, Krieg und Gefahr war und, wie man sagte, keine Gelegenheit zu einem Faustkampf ausließ.

«Wissen Sie, Alläng, ich bin ein großer Fan von Hemingway», hatte Allan mir anvertraut, als wir die Bar betraten. «Ich meine, *das* war ein Mann, was?» Er tätschelte mit der Hand die Hemingway-Büste, die in einer Ecke neben der Bar stand. «Ich bewundere ihn. Er konnte kämpfen. *Und* er konnte schreiben! Das soll ihm erst einmal einer nachmachen.» Dann war er vor der schwarzen Schreibmaschine stehen geblieben, die auf einem Sockel an der Rückseite der Bar aufgebaut war, und tippte versuchsweise auf ein paar Tasten herum.

«Irgendwann werde ich mal einen Film machen, in dem Hemingway eine Rolle spielt», sagte er und nickte entschlossen.

Allan Wood war nicht zum ersten Mal hier. Der Barkeeper, ein gesprächiger Chef, der gerne auch seine eigenen Cocktailbücher signierte, die man in der Bar käuflich erwerben konnte, hatte ihn mit Handschlag begrüßt, gleich das Reserviert-Schildchen vom Tisch genommen und uns gebeten, auf dem Sofa Platz zu nehmen.

Während wir unsere Mojitos tranken, wurde Allan gesprächig. Er erzählte von seiner Tochter, die er vor einigen Jahren zuletzt in der Hemingway-Bar gesehen hatte. «Leider keine sehr schöne Begegnung», sagte er nachdenklich. «Ich glaube, meine Tochter hat mir nie verziehen, dass ich ihre Mutter verließ und eine andere Frau heiratete. Seit diesem unseligen Abend habe ich nichts mehr von ihr gehört.» Er hob die Hände in einer bedauernden Geste.

Man wusste, dass der Regisseur drei Ehen und mehrere Beziehungen hinter sich hatte, aus denen einige Kinder hervorgegangen waren. Dass er auch eine Tochter in Paris hatte, war mir neu.

Eine junge Frau in weißer Bluse, die ihre dunklen Haare zu einem perfekten Chignon geschlungen hatte und in der Bar bediente, stellte eine neue Schale mit Nüssen und Salzmandeln auf den Tisch. Sie trug ein kleines Namensschildchen auf der Brust. Allan Wood rückte seine Brille zurecht. «Danke ... Melinda», sagte er freundlich.

Das große schlanke Mädchen entfernte sich lächelnd, und Allan Wood blickte ihr traurig hinterher. Es war ihm anzusehen, dass er an seine Tochter dachte. «Sie ging immer ganz aufrecht», sagte er. «Wie eine Balletttänzerin.»

Solène erhob sich, und einige Gäste schauten neugierig auf.

«Ach, komm schon, *chéri*, es war ein so schöner Abend, lass uns jetzt nicht Trübsal blasen. Darauf hab ich keine Lust. Du wirst deine Tochter schon eines Tages wiedersehen. Am Ende sieht man sich doch immer wieder.» Sie griff nach ihrer Handtasche. «Ich möchte jetzt eine Zigarette rauchen, und ich möchte noch ein paar Schritte an der frischen Luft machen, bevor ich ins Bett gehe. Wer kommt mit?»

Allan schüttelte den Kopf. Er wollte noch bleiben und gesellte sich zum Barkeeper an den Tresen. Als wir die Hemingway-Bar verließen, waren die beiden Männer schon im Gespräch.

Zwei Typen in Lederjacke lümmelten in den Sesseln in der Nähe der Tür. Sie saßen unter einer Fotografie, die Ernest Hemingway mit einem Fisch zeigte. Sie sahen uns nach und tuschelten.

Erst als ich Solène draußen vor dem Hotel Feuer gab und sie sich mit ihrer Zigarette für einen Moment zu mir beugte und den Rauch dann zufrieden ausstieß, realisierte ich, dass wir allein waren. Selbst der Türsteher stand um diese Uhrzeit nicht mehr draußen vor dem Eingang.

Ich zündete mir auch eine Zigarette an und schaute auf die Siegessäule, die im Glanz der Scheinwerfer wie ein goldener Obelisk in den nachtschwarzen Himmel ragte. Nicht dass es dazu einen Grund gegeben hätte, nicht dass ich irgendwelche Absichten gehabt hätte, aber ich fühlte mich seltsam befangen, und das Außergewöhnliche der Situation war mir auf diesem stillen Platz plötzlich sehr bewusst.

«Woran denken Sie, Alain?», fragte Solène.

«An nichts. Nein, das stimmt nicht. Ich dachte gerade ... nun ja ... wie still es hier ist», sagte ich. «Wie auf einer einsamen Insel.»

«Das Glück ist immer eine kleine Insel», sagte Solène und lächelte. «Ich glaube, wir haben gerade beide dasselbe gedacht. Kommen Sie, lassen Sie uns ein paar Schritte gehen.»

Sie hakte sich bei mir unter. Unsere Schritte hallten, als wir an den Geschäften vorbeigingen, deren Auslagen auch um diese Uhrzeit noch erleuchtet waren, und der Geruch der Zigarette vermischte sich mit dem pudrigen Duft ihres Parfüms.

«Sie haben ein sehr ungewöhnliches Parfüm – was ist das?», fragte ich.

Sie sah mich von der Seite an und steckte mit der freien Hand eine Haarsträhne fest, die sich aus ihrer Frisur gelöst hatte.

«Gefällt es Ihnen? Das ist von Guerlain. *L'Heure bleue*. Ein sehr alter Duft. Stellen Sie sich vor, den gibt es schon seit 1920.»

«Unglaublich. Er gefällt mir sehr.»

«Sie gefallen mir auch, Alain.»

«Ich? Ach, du meine Güte.» Ich grinste verlegen. «Ich bin eine Katastrophe von einem Mann. Ich jage nicht, ich boxe nicht, ich kann nicht mal Klavier spielen.»

«Das ist in der Tat eine Katastrophe.» Sie lachte. «Ich wette, Sie können nicht mal tanzen, aber das ist nicht entscheidend. Das hier oben ...», sie tippte mir an die Stirn, «das ist wichtig, das ist attraktiv, und das gefällt mir so an Ihnen. Sie wissen viel, Sie sind intelligent, Sie haben Fantasie. Ich erkenne so etwas sofort.» Sie warf mir einen schelmischen Blick zu. «Doch, doch, Sie haben einen guten Kopf. Ein richtiger Intellektueller, ein bisschen schüchtern vielleicht, aber ich finde das sehr süß!»

Ein schüchterner Intellektueller! Ich schüttelte den Kopf. Es ist erstaunlich, was die Leute alles so in einen reinprojizieren, nur weil man nicht Tag und Nacht redet.

«Na, so intellektuell nun auch wieder nicht.»

«Sie kennen die texanischen Farmer nicht.» Solène seufzte, dann blieb sie unvermittelt stehen und sah mich an.

«Und ich? Gefalle ich Ihnen? Ich meine, so rein theoretisch.»

Ein paar feine hellblonde Haare wehten in ihr Gesicht, und sie verzog den Mund zu einem Lächeln. Sie stand da, eine Lichtgestalt in der Dunkelheit, und wartete auf eine Antwort.

Mir wurde ganz anders. Bekam ich da gerade einen Antrag von Solène Avril? Wieder befiel mich dieses unwirkliche Gefühl. Der Boden schien leise unter mir zu schwanken, und ich meinte, die Erdbewegung zu spüren. Ich schluckte und räusperte mich.

«Meine Güte, Solène, was ist das für eine Frage? Natürlich gefallen Sie mir. Und das nicht nur theoretisch. Schauen Sie sich doch an! Von der Theorie sind Sie so weit entfernt wie ... wie ein Sommertag von einem ... von einem Hängeregister. Ich meine, gibt es irgendeinen Mann, der Ihnen widerstehen könnte? Sie sind so eine wunderschöne und strahlende Frau ... und wirklich sehr ... sehr verführerisch ...» Ich brach ab und fuhr mir durch die Haare.

«Höre ich da ein Aber?»

«Solène ... ich ...»

«Ja?» Ihre tiefblauen Augen nahmen einen eigenartigen Glanz an.

Es war wirklich nicht leicht, und vielleicht war ich der größte Idiot, den die Welt jemals gesehen hatte, denn dies war unzweifelhaft einer jener Momente, die sich nicht wiederholten im Leben. Doch dann schob sich wie die Scheibe des Mondes ein anderes Bild vor mein Auge.

Ich sah eine alte Kastanie und eine mädchenhafte Frau im roten Mantel, die leise fragte: «Wäre jetzt nicht der Moment?»

«Es tut mir leid», sagte ich. «Es ist der falsche Moment.»

«Es gibt also jemanden?»

Ich nickte. «Ja. Und es ist nicht irgendjemand, Solène. Ich habe mich ernsthaft verliebt – in eine Frau, die schon seit einigen Monaten in meine Vorstellungen kommt. Am Mittwoch habe ich sie zum ersten Mal geküsst. Und es fühlt sich so an, als hätte ich sie immer schon geliebt, auch wenn ich sie nicht immer schon gekannt habe, verstehen Sie das?» Ich legte eine Hand auf mein Herz. «Ich hoffe, Sie sind mir jetzt nicht böse.»

Solène schwieg. Dann lächelte sie. «Nun, es scheint offenbar unser Schicksal zu sein, dass wir uns immer knapp verpassen.» Sie hakte sich wieder bei mir ein. «Natürlich bin ich Ihnen nicht böse, aber hätten Sie nicht noch ein paar Tage warten können mit dem Küssen? Dann hätte ich wenigstens eine kleine Chance gehabt.»

Ich lachte, erleichtert darüber, dass sie es so gelassen nahm. Solène Avril hatte sicherlich jede Menge Chancen, und das wusste sie auch. Während wir weiter den Platz umrundeten, warf sie mir einen koketten Blick zu und seufzte. «Also schön, Sie bis über beide Ohren Verliebter. Dann wünsche ich Ihnen viel Glück und komme in zehn Jahren noch mal vorbei.»

«In zehn Jahren haben Sie mich längst vergessen.»

«Oder Sie mich.»

«Das wird schwer – Sie lächeln ja von jeder Leinwand.»

«Geschieht Ihnen ganz recht.»

Mittlerweile waren wir einmal um die Place Vendôme spaziert, und Solène zog mich vor die Auslage eines Juweliergeschäfts, das wenige Meter vom Eingang des Ritz entfernt lag.

Sie warf einen Blick auf die Uhren, die funkelnden Ringe und Ketten, die für astronomische Preise zu haben waren.

«Vielleicht sollten Sie Ihrem Mädchen ein schönes Schmuckstück kaufen.»

«Ich fürchte, das ist nicht ganz meine Preisklasse.»

«Aber meine», sagte sie. «Jedenfalls heute. Cartier, Chanel, Dior – alles kein Problem. Haben Sie noch eine Zigarette für mich?»

Ich hielt ihr die Schachtel hin und gab ihr Feuer.

«Danke.» Sie stieß den Rauch aus und sah ihm nachdenklich hinterher. «Meine Eltern hatten nicht sehr viel Geld. Es reichte hinten und vorne nicht. Unsere ganze Wohnung war vielleicht so groß wie heute mein Badezimmer in Santa Monica. Ich war schön, ehrgeizig und unausstehlich. Als sich damals die Gelegenheit bot, bin ich weg aus Paris. Mit einem Austauschstudenten aus San Francisco. Victor.» Ihre Miene verdüsterte sich für einen Augenblick, und sie schnippte die Asche weg. «Dann lebte ich ein paar Jahre in Carmel.» Die Erinnerung ließ ihre Stimme ganz weich werden. «Kennen Sie Carmel?» Ich schüttelte den Kopf, aber sie schien es nicht einmal zu bemerken. «Carmel. Allein der Name klingt schon kostbar, oder? Ein kleiner Ort direkt am Pazifik. Es gibt ein altes Kloster dort und einen endlosen goldgelben Sandstrand. Diese Weite ist kaum vorstellbar. Wenn man dort sitzt, vergisst man alles.»

Sie rauchte schweigend, und ich stand nur da und wartete. In der Nacht waren Bekenntnisse gut aufgehoben.

«Am Strand von Carmel bin ich dann auch angesprochen worden», sagte sie schließlich. «Ich jobbte damals in einem Coffeeshop, um mich über Wasser zu halten. Und dann war ich plötzlich das Gesicht, das man suchte. Probeaufnahmen, Vorsprechen, der erste Film. Und dann ging alles ganz schnell. Fast unheimlich.» Sie lachte. «Mit einem Mal hatte ich Geld. Viel Geld. Ich konnte es kaum fassen. Es war alles so leicht.» Sie schüttelte den Kopf. «Von einer meiner ersten Gagen habe ich meinen

Eltern eine Reise nach Saint-Tropez geschenkt. Ins Belrose.»

Sie lehnte sich gegen die Mauer des Juweliergeschäfts und zog sich ihre dunkle Stola um die Schultern.

«Meine Mutter hat immer davon geträumt, einmal im Leben mit meinem Vater in Saint-Tropez Ferien zu machen. Sie konnten sich keine teuren Reisen leisten. Saint-Tropez war das Größte für sie. In ihrem Nähzimmer hing ein altes Plakat von der Côte d'Azur, da hat sie immer draufgeschaut. Bevor sie losfuhren, rief *Maman* mich noch einmal an. Ihre Stimme klang ganz hell vor Aufregung, wie die einer jungen Frau. Sie war so glücklich. ‹Ich glaube, das ist der schönste Tag meines Lebens, Kind›, hat sie gesagt.» Solène schluckte. Sie wirkte plötzlich traurig, und ich fragte mich, warum.

«Was für eine wunderbare Idee», sagte ich vorsichtig. Solène sah mich an, und ihre dunkelblauen Augen glänzten.

«Nein, keine wunderbare Idee», sagte sie bitter und warf den glimmenden Zigarettenstummel auf den Boden. Sie presste die Lippen aufeinander, und ich hatte Angst, dass sie gleich anfangen würde zu weinen.

«Meine Eltern sind auf der Fahrt tödlich verunglückt. Irgend so ein übermüdeter Lastwagenfahrer, der nicht in den Rückspiegel geschaut hat, bevor er die Spur wechselte. Sie sind nie nach Saint-Tropez gekommen.»

«Um Gottes willen, Solène, das ist ja grauenvoll!» Ohne zu überlegen, legte ich den Arm um sie. «Meine arme Solène!»

«Ist schon gut», sagte sie und wischte sich kurz über die Augen. «Das ist alles so lange her. Ich weiß gar nicht, wieso ich gerade jetzt wieder daran denken muss. Es ist so seltsam, nach all den Jahren wieder hier zu sein in Paris – vielleicht ist es das.»

Sie versuchte ein Lächeln und strich mir dann mit einer raschen Bewegung eine Haarlocke aus der Stirn. «Danke jedenfalls für den Spaziergang, Alain. Sie sind wirklich sehr süß. Ihre Freundin hat Glück.»

Und dann passierte es. Aus heiterem Himmel. Im ersten Moment dachte ich, ein Wetterleuchten sei lautlos über uns hereingebrochen. Ich zog die Schultern hoch und wartete instinktiv auf den grollenden Donner. Ein greller Blitz zuckte durch die Dunkelheit, dann der nächste. Schützend hob ich die Hand und schloss geblendet die Augen. Als ich sie wieder öffnete, blickte ich direkt in das Objektiv einer Kamera.

13

Drei Dinge im Leben sind sicher, hatte Solène gesagt. Die Liebe, der Tod und die Paparazzi.

An diesen Satz musste ich denken, als ich am Dienstagvormittag ahnungslos den Boulevard Saint-Germain entlangging. Ich hatte den Morgen genutzt, um ein paar Besorgungen zu erledigen, und war nun mit allem fertig. Ich hatte die Quartalsbelege bei meinem Steuerberater abgegeben, ich hatte meine Hemden von der Reinigung abgeholt und neues Katzenfutter gekauft. Montags war ich nicht im Kino gewesen, und abgesehen davon, dass Orphée sich in einem unbeobachteten Moment das Hühnchen, das ich eigentlich hatte essen wollen, von der Küchenanrichte herunterriss und zu großen Teilen verspeiste, war der vorherige Abend völlig ereignislos verlaufen. Ich hatte fast vergessen, wie es sich anfühlte, mal wieder richtig gut ausgeschlafen zu sein.

Der Tag war noch jung, und die Sonne zauberte den Frühling auf die Straßen von Paris. Ein perfekter Morgen, um sich irgendwo nach draußen zu setzen und bei einem großen *café crème* die Zeitung zu lesen. Ich setzte meine Sonnenbrille auf und ging beschwingt an zwei Mädchen vorbei, die in leichten Mänteln und mehrfach um den Hals geschlungenen Tüchern vor einem der Zeitungskioske standen und durch die Illustrierten blätterten.

Ich überlegte gerade, dass ich am Nachmittag mit Madame Clément und François darüber reden musste, dass uns in drei Wochen hoher Besuch ins Haus stand und wir das Kino wegen Dreharbeiten für ein paar Tage würden schließen müssen, als ich fast von einer Gruppe japanischer Touristen über den Haufen gerannt wurde, die lachend und schwatzend, mit Fotoapparaten und bunten Einkaufstüten bewaffnet, einer Reiseführerin folgten, die ihren roten Regenschirm im Takt ihrer Schritte in die Luft stieß.

Ich trat zur Seite, um auszuweichen, und stand mit einem Mal direkt vor einem Kiosk mit Tageszeitungen.

Ringe von Cartier – ist das ihr Neuer?

Die Schlagzeile des *Parisien* sprang mir sofort ins Auge. Entgeistert starrte ich auf das Foto. Ein junger Mann mit dunkelbraunen Locken sah mir entgegen. Er schaute verdutzt in die Kamera und schien seinerseits ziemlich überrascht zu sein. Neben ihm stand eine Blondine im schwarzen Abendkleid und lächelte.

Es dauerte ein paar Sekunden, bis ich realisierte, wer der Mann war.

«Das gibt's ja nicht», sagte ich.

Der Zeitungsverkäufer war sehr freundlich gewesen. Er hatte mir sogar eine Tüte angeboten. Ich hatte nicht nur *Le Parisien* gekauft, sondern auch *Le Monde*, *Le Figaro*, *Libération*, *Les Échos*, *L'Équipe* und sicherheitshalber auch noch die aktuelle Ausgabe des *Paris Match*. Dann war ich aufgeregt mit Katzenfutter, Hemden und Zeitungen ein paar Meter weiter ins Café de Flore geeilt und hatte mich in den ersten Stock begeben.

Um diese Uhrzeit war in der ersten Etage des Flore nicht viel los, und man war ungestört. Normalerweise mied man Pariser Etablissements wie das Deux Magots oder das Café de Flore, wo jeden Tag die Touristen saßen und ein bisschen von dem Glanz alter Tage zu erhaschen suchten, aber wenn es denn schon sein musste, entschied man sich doch lieber für das Café de Flore, das etwas weiter von der Kirche Saint-Germain entfernt lag, und dann am liebsten für die obere Etage, in die die meisten Touristen nicht vorstießen, es sei denn, sie wollten auf die Toiletten.

Ich durchquerte den hellen Raum, in dem nur zwei Damen saßen, die in ein angeregtes Gespräch vertieft waren und verdächtig nach Verlag aussahen. Sie blickten kurz auf, als ich hereinkam, dann wandten sie sich wieder einer Liste zu, die vor ihnen auf dem Tisch lag. Die eine redete und untermalte ihre Worte mit lebhaften Gesten. Die andere nickte interessiert und machte sich Notizen in ein kleines schwarzes Moleskine.

Ich verschanzte mich an einem der hinteren Tische am Fenster. Vorsichtshalber behielt ich meine Sonnenbrille auf. Ein Kellner in dunkler Weste kam herbei, um die Bestellung aufzunehmen.

Nachdem ich meinen *café crème* und ein Rührei bestellt hatte, erwartete ich schon beinahe ein «Sehr gerne, Monsieur Bonnard». Doch der Kellner sagte nicht einmal «Sehr gerne, Monsieur». Er brummte gleichgültig sein *Oui* und nahm die Karte wieder an sich.

Die Kellner im Flore sind schwer zu beeindrucken und meistens schlecht gelaunt. Immerhin haben im Laufe der Jahre schon sehr bedeutende Gäste an den Tischen ihres Cafés gesessen und sehr bedeutende Gespräche über Kunst, Philosophie und Literatur geführt. Was war dagegen ein kleiner Kinobesitzer, der es gerade mal auf die Titelseite von *Le Parisien* geschafft hatte und zumindest auf dieser keinen besonders intelligenten Eindruck machte?

«Paparazzi, verdammt!», hatte Solène gezischt, als wir am Sonntagabend auf der trügerisch stillen Place Vendôme vor dem Juweliergeschäft von den Blitzlichtern der beiden Fotografen überrascht worden waren. «Kommen Sie, Alain. Cool bleiben.»

Sie hatte mich an der Hand genommen und rasch zum wenige Schritte entfernten Eingang des Ritz gezogen, ohne die beiden Männer in den dunklen Lederjacken zu beachten, die uns bis zum Hotel folgten und die Schauspielerin mit Fragen aus der Reserve zu locken versuchten.

Ich bewunderte die Souveränität, mit der Solène die

Paparazzi ignorierte. Sie schwieg und schaute stur geradeaus, während sie eilig auf den Hoteleingang zustrebte. Dann hatte die Schauspielerin sich noch einmal kurz umgedreht und fein gelächelt.

«*Messieurs*, wenn Sie Fragen haben, die meinen neuen Film betreffen, dann kommen Sie doch einfach morgen Nachmittag um zwei Uhr zur Pressekonferenz. Guten Abend.»

Es war klar, dass diese Herren nicht unbedingt auf Informationen zu einem neuen Allan-Wood-Film scharf waren. Die Frage, wer mit wem schlief, war sehr viel interessanter.

«Die Schattenseiten des Berühmtseins», hatte Solène lachend erklärt, nachdem wir wie zwei Kinder, die eine Scheibe eingeworfen hatten, am Portier vorbeigelaufen waren und uns noch für eine Viertelstunde in die Lobby gesetzt hatten. «Ich hatte das für einen Moment fast vergessen.» Sie hob die Hände in gespielter Verzweiflung. «Früher habe ich mich immer fürchterlich aufgeregt, wenn so ein blöder Knipser hinter einer Hecke hervorsprang und anschließend die tollsten Geschichten in der Boulevardpresse standen. Aber man bleibt am besten cool. Publicity gehört zum Geschäft, so ist das eben. Wenn nichts mehr über einen in der Zeitung steht, ist man auf dem absteigenden Ast. Dann kann man gleich in die Frührente gehen oder Tierschützerin werden.» Sie grinste. «Aber wenn diese Pressefuzzis zu frech werden, bekommen sie meinen Anwalt auf den Hals gehetzt.»

Sie hatte die Beine übereinandergeschlagen und nachdenklich ihren spitzen schwarzen Lackschuh betrachtet. «Sie glauben gar nicht, wen man mir schon alles angedichtet hat – vor drei Monaten war es der Gärtner. Schlagzeile: ‹Sie sagt *chéri* zu ihm. Ist er Lady Chatterley's Lover?›» Sie verzog ihren Mund zu einem breiten Lächeln. «Irgendwie süß, oder? Diese Klatschblätter greifen wirklich nach jedem Strohhalm, um die Konkurrenz auszustechen.» Sie warf mir einen verschwörerischen Blick zu. «Ich hoffe, Sie haben sich nicht zu sehr erschrocken, Alain.»

«So schlimm war's nun auch nicht», gab ich zurück und grinste.

Der Zwischenfall auf der Place Vendôme hatte Solène in die Gegenwart zurückkatapultiert. Ihre Traurigkeit schien verschwunden. Und auch die Paparazzi waren es, als ich mich kurze Zeit später auf den Heimweg machte.

Ich ließ mich in die hellen Lederpolster des Cafés zurücksinken und studierte amüsiert die Titelseite des *Parisien*. Es war schon höchst erstaunlich, was die Zeitung in den Schnappschuss hineinfabuliert hatte, der Solène und mich zeigte.

Ist die schöne Solène Avril ihrem texanischen Großgrundbesitzer untreu geworden? Am Sonntagabend sah man sie mit einem attraktiven Mann vor der Auslage eines Juweliergeschäfts an der Place Vendôme stehen.

Ich lächelte geschmeichelt. Der attraktive Mann war ich.

Der Kellner kam und knallte ein Tablett mit einer silbernen Kanne, einem Glas Leitungswasser, einer Tasse und einem Kännchen heißer Milch auf den Tisch. Ich goss mir Kaffee und Milch ein und verbrühte mir fast die Zunge, als ich gedankenlos einen großen Schluck nahm, während ich weiterlas.

Haben die beiden sich ihre Verlobungsringe ausgesucht? Die Hollywood-Schauspielerin, die in einer Luxusvilla in Santa Monica lebt und mit Regisseur Allan Wood nach Paris gekommen ist, um in den nächsten Wochen einen neuen Film zu drehen, wirkte gelöst und glücklich, als sie mit dem Unbekannten im Hotel Ritz verschwand.

Ich schüttelte fassungslos den Kopf und legte die Zeitung kurz zur Seite, weil mein Rührei kam. Während ich es zusammen mit etwas Baguette aß, schaute ich auch noch die restlichen Zeitungen durch.

Auch die anderen Blätter hatten etwas zu Allan Woods neuem Film und seiner Hauptdarstellerin gebracht. Obwohl sie schon viele Jahre im Ausland lebte, war Solène Avril in Frankreich sehr beliebt – wahrscheinlich vor allem deswegen, weil sie aus Paris stammte und fließend Französisch sprach.

Von dem attraktiven Unbekannten, der Verlobungsringe bei Cartier kaufte, war in den anderen Zeitungen allerdings nicht die Rede, wohl aber davon, dass im Cinéma Paradis einige Szenen des Films gedreht werden würden. Dies hatte Solène Avril offenbar auf der Pressekonferenz am Tag zuvor erwähnt, und die Journalisten hatten ihre Worte eifrig mitgeschrieben.

«In diesem Kino war ich schon als kleines Mädchen – es ist für mich etwas ganz Besonderes, dort zu drehen. Und Paris ist immer noch Paris. Erst jetzt wird mir klar, wie sehr ich diese Stadt vermisst habe», zitierte der *Figaro*, und *Le Monde* hatte unter der Headline *Paris, je t'aime! Solène Avril und Allan Wood im Paradis!* einen Artikel verfasst, der sich unter anderem auch etwas ausführlicher mit dem Inhalt des neuen Films beschäftigte.

«Zärtliche Gedanken an Paris» – das ist die Geschichte von *Juliette, die ihren zukünftigen Ehemann Sam (gespielt von Ron Barker) auf einer Geschäftsreise nach Paris begleitet und in dem Kino ihrer Kindheit zufällig ihrer großen Jugendliebe Alexander (Howard Galloway) wiederbegegnet. Drei Tage haben die beiden, um gemeinsam ihre alten Lieblingsplätze aufzusuchen und eine Zeit heraufzubeschwören, in der alles möglich schien und die Gefühle eine Intensität hatten, die in ihrem Leben nicht mehr vorkommt.*

«Natürlich ist manches im Leben unwiederbringlich. In ‹Zärtliche Gedanken an Paris› geht es mir darum zu zeigen, dass die Träume der Vergangenheit niemals ganz verloren gehen. Sie werden vielleicht überlagert von anderen Dingen, aufgegeben oder verdrängt. Aber sie sind immer da. So wie auch die Liebe immer da ist. Man muss sie nur finden. Und wo könnte man das besser als in Paris?», erklärte Allan Wood. Der scheue Regisseur tauchte nur kurz auf der Pressekonferenz auf.

Dass das traditionsreiche *Cinéma Paradis* einer der Originalschauplätze sein wird, freut Solène Avril, die in Woods neuem Film die weibliche Hauptrolle spielen wird, ganz besonders.

«In Amerika sind diese kleinen Programmkinos leider fast

schon ausgestorben», sagte der französische Star. «Ich finde es so beruhigend, dass es Menschen wie Alain Bonnard gibt, die an Qualität und alten Werten festhalten, auch wenn dies gewiss nicht dem Zeitgeist entspricht.»

Darunter war ein Foto von Solène Avril und Allan Wood zu sehen, wie sie nebeneinander vor einem alten Kaminsims standen. Und sogar in *Paris Match* fand sich eine zusammenmontierte Fotocollage von Solène Avril, Howard Galloway und dem Eiffelturm, die mit einer kurzen Meldung über den bevorstehenden Aufenthalt der Schauspieler in Paris versehen war und mit der Frage endete, ob aus der schönen Solène und dem gut aussehenden Howard auch im wirklichen Leben ein Paar werden könnte.

Ich faltete die Zeitungen zusammen, stopfte sie in die Plastiktüte und wartete auf den Kellner, der sich schon seit geraumer Zeit im oberen Stockwerk nicht mehr blicken ließ. Schließlich klemmte ich einen Zwanzig-Euro-Schein zusammen mit dem Kassenbon unter die Tasse, griff nach meiner Jacke und sämtlichen Tüten und ging zum Treppenabgang, wo in einem Schaukasten Aschenbecher und Tassen aus dem Café de Flore zum Kauf angeboten wurden. Als ich unten an der Kasse vorbeiging, standen drei Kellner zusammen und unterhielten sich. Sie schenkten mir einen gleichgültigen Blick, dann redeten sie weiter. Diese Ignoranten wussten nicht, mit wem sie es zu tun hatten. Mit Alain Bonnard, einem Mann, der für Qualität und alte Werte stand.

Nach der Zeitungslektüre im Café de Flore, die mich amüsiert hatte und mir zudem eine leise Ahnung davon gab, was es bedeutete, im Blickpunkt des öffentlichen Interesses zu stehen, kam mir zum ersten Mal der Gedanke, dass die folgenden Wochen recht aufregend für mich werden könnten. Und ich sollte recht behalten.

Ich war kaum mit meinen Tüten und Hemden ein paar Schritte die Rue Bonaparte entlanggegangen, als mein Telefon klingelte.

«Wow!», sagte Robert. «Chapeau, Monsieur Bonnard, chapeau! Ich wusste doch immer, dass ein echter Dandy in dir schlummert. Du bist ja schneller als der Schall.»

«Du aber auch, oder?», entgegnete ich. «Seit wann liest du überhaupt den Parisien?»

«Seitdem mein Freund auf der Titelseite ist?» Robert lachte lauernd in den Hörer. «Hat allerdings ein bisschen gedauert, bis ich dich erkannt habe. Ich hab schon bessere Fotos von dir gesehen.»

«War ein Schnappschuss.» Ich grinste, als ich an mein blödes Gesicht dachte. «Die Paparazzi schlafen nicht.»

«Und?»

«Und nichts», sagte ich. «Es war ein netter Abend. Danach haben wir draußen eine Zigarette geraucht.»

«Eine Zigarette danach?», feixte Robert. Ich merkte, dass er mich aufzog, aber ich wurde trotzdem rot.

«Ja. Danach», erklärte ich. «Nach dem Essen. Der Rest ist Märchenstunde.»

Er seufzte. «Du raubst mir jede Illusion.»

«Ich bin untröstlich. Hast du mal über eine Karriere

beim *Parisien* nachgedacht? Du hättest jedenfalls die Art Fantasie, die man für den Job braucht.»

«Ich weiß.» Er nahm es als Kompliment. «Aber die Astrophysik ist mir dennoch lieber. Sehen wir uns heute Mittag?»

Ich schüttelte den Kopf. «Nein, keine Zeit. Ich ruf dich an.»

«Oha. *Don't call us, we call you* – du klingst schon wie so 'n verdammter Promi.»

Ich lachte. «Ja, mein Lieber. Ich bin jetzt berühmt, weißt du?»

Ich schwöre, es sollte ein Witz sein, doch als ich an diesem Tag ins Kino kam, wurde ich eines Besseren belehrt.

«Oh, Monsieur Bonnard! Stellen Sie sich vor, was passiert ist», rief Madame Clément außer sich vor Entzücken und wedelte mit einer Ausgabe von *Le Monde* vor meiner Nase herum. «Es war jemand von der Zeitung da, der nach Ihnen gefragt hat. Er will etwas über das Cinéma Paradis schreiben. Hier ... seine Karte. Sie sollen ihn *sofort* anrufen, hat er gesagt. Und dass er unser altes Kino ganz fabelhaft findet. Ich hab ihn ein bisschen herumgeführt, und er hat sich alles genau angeschaut. Ist das nicht furchtbar aufregend? Wir sind jetzt berühmt!» Sie strich sich über ihre kurzen grauen Haare und warf einen selbstgefälligen Blick in den Spiegel des Foyers.

«*Mon Dieu*, wenn ich das Gabrielle erzähle ... Solène Avril und Howard Galloway in unserem Kino!»

Großer Gott, dachte nun auch ich. Offenbar hatte ich die Geschwindigkeit, mit der sich solche Neuigkeiten verbreiteten, grandios unterschätzt. Im Cinéma Paradis jedenfalls war man schon umfassend im Bilde.

«Warum haben Sie uns nichts von den Dreharbeiten gesagt, Monsieur Bonnard», fragte François. Seine Stimme klang gleichmütig wie immer, und nur die Tatsache, dass er eine Augenbraue leicht hochzog, verriet mir seine Irritation.

Mein Filmvorführer ist ein Gemütsmensch, der die Dinge nimmt, wie sie kommen. Er ist unerschütterlich in seiner Ruhe. Auch jetzt sah er mich nur fragend an, während Madame Clément weiterhin halblaut überlegte, wem aus ihrem Bekanntenkreis sie die großartigen Neuigkeiten noch mitteilen konnte.

«Ich weiß davon auch erst seit ein paar Tagen», erklärte ich ein wenig schuldbewusst. «Eigentlich steht die ganze Sache erst seit Sonntagabend definitiv fest, und ich wollte es euch heute sowieso erzählen. Nun sind mir, wie es aussieht, die Leute von der Presse zuvorgekommen.»

Ich betrachtete die Visitenkarte des Journalisten von *Le Monde*, eines gewissen Henri Patisse, der unter seinen Namen gekritzelt hatte, ich möge ihn bitte anrufen, und runzelte die Stirn. Von Journalisten hatte ich schon jetzt die Nase voll. «Was genau wollte denn dieser Herr? Mit Verlobungsringen von Cartier kann ich nämlich nicht dienen.»

«Verlobungsringe von Cartier?!», rief Madame Clément aus. «Was soll das heißen, Monsieur Bonnard?

Wollen Sie sich verloben?» Sie riss die Augen auf. Anders als mein Freund schien sie nichts von dem nächtlichen Zwischenfall auf der Place Vendôme zu wissen.

«Lesen Sie denn nicht den *Parisien*?», sagte ich, und es klang zynischer, als ich es beabsichtigt hatte.

«Den *Parisien* – wofür halten Sie mich, Monsieur Bonnard?» Madame Clément war sichtlich gekränkt. «Sie denken wohl, weil ich an der Kasse sitze und Karten verkaufe, lese ich nur die Klatschblätter. Ich komme aus einem anständigen Hause, Monsieur. Bei uns las man den *Figaro* zum Frühstück. Ich habe nicht immer an der Kasse gesessen, wissen Sie? Früher habe ich mal in einer Bibliothek gearbeitet, und erst als mein Mann starb und ich die Kinder ganz allein durchbringen musste, hab ich im Bon Marché diesen Job angenommen, weil der viel besser bezahlt war, und das ist ja wohl keine Schande...»

«Madame Clément, bitte!» Ich hob beschwichtigend die Hand. Offenbar hatte ich einen wunden Punkt getroffen. «Es war ein Witz, nichts weiter. Vergessen Sie es einfach, ja? Und was den heutigen Tag betrifft, bin ich jedenfalls sehr froh, dass Sie den *Parisien* nicht lesen, denn da steht manchmal wirklich der größte Unfug drin.»

Madame Clément nickte besänftigt.

«Also, was möchte dieser Monsieur Patisse denn nun?»

«Oh, das war ein sehr seriöser Herr.» Über Madame Cléments Gesicht zog sich ein Ausdruck höchster Zufriedenheit. «Und sehr freundlich und aufmerksam. Er hat sich schon ein paar Notizen gemacht über alles, was ich ihm erzählen konnte – dass das Kino früher Ihrem Onkel gehörte und dass Sie es dann übernommen haben, obwohl Sie eigentlich einen ganz anderen Beruf erlernt haben.» Sie sah mich an wie eine stolze Mutter, und ich musste daran denken, dass meine eigene Mutter die Entscheidung, den lukrativen Vertrieb von Luxusbadewannen in die Vereinigten Emirate einzustellen und zum Kino zurückzukehren, als höchsten Grad von «Traumtänzerei» empfand.

«Junge, hast du dir das auch gut überlegt? So einen tollen Posten aufzugeben für ein altes Plüschkino, also, ich weiß nicht», hatte sie zweifelnd gesagt, und mein Vater hatte ihr mit gewichtiger Miene beigepflichtet. «Die guten Jobs bekommt man heutzutage nicht hinterhergeworfen, Alain. Irgendwann muss jeder mal erwachsen werden.» Das waren seine Worte, und ich hatte mich damals zum ersten Mal gefragt, ob Erwachsenwerden zwangsläufig bedeutete, seine Träume zu verraten und möglichst viel Geld zu verdienen. Offenbar ja.

Ich seufzte unwillkürlich.

«Das war doch in Ordnung, dass ich dem Herrn von *Le Monde* das erzählt habe, oder, Monsieur Bonnard?» Madame Clément sah mich fragend an, und ich nickte.

«Jaja, natürlich, das ist ja kein Geheimnis.»

«Er war übrigens ganz begeistert von unserer Reihe *Les Amours au Paradis*. ‹Meine Güte – *Jules und Jim*›, hat er gesagt, als er die Programmvorschau durchblätterte, ‹das habe ich ja schon ewig nicht mehr gesehen, das komme ich mir anschauen.›»

Madame Clément wies auf das alte Schwarz-Weiß-Plakat im Foyer, das Jeanne Moreau zeigte, wie sie mit Ballonmütze und angemaltem Schnurrbart mit ihren beiden Freunden lachend über eine Brücke lief. «Er hat ganz lange davorgestanden und den Kopf geschüttelt und – na ja, jedenfalls will er einen Artikel schreiben über das Cinéma Paradis und über Sie, Monsieur Bonnard. Darüber, wie es ist, heutzutage ein Programmkino zu betreiben. Das ist ja nicht immer einfach, nicht wahr, das wissen wir doch alle!»

Sie blickte zu François hinüber, der irgendetwas Zustimmendes brummte, und dann sahen sie mich an, als wäre ich d'Artagnan. Es hätte nicht viel gefehlt, und ich hätte gerufen: «Einer für alle! Alle für einen!»

Madame Clément und François waren von der ersten Stunde an dabei gewesen, aber die Art und Weise, wie sie sich jetzt hinter mich und das kleine Lichtspieltheater stellten, rührte mich doch.

«*Bon*. Ich rufe den Herrn von der Presse später an.» Ich nickte den beiden zu und lächelte. Es war in der Tat nicht immer einfach, der Betreiber eines kleinen Kinos zu sein, dennoch hatte es seinen ganz eigenen Charme und konnte, wie sich in den letzten Tagen herausgestellt hatte, bisweilen recht aufregend sein.

Doch war ich nicht so naiv zu glauben, dass das plötzliche Auftauchen eines Journalisten etwas mit meiner Person zu tun hatte oder mit der Wiederentdeckung des Cinéma Paradis. Eine Geschichte über ein Kino wie das Paradis war für eine Zeitung wie *Le Monde* nur von sehr begrenztem Interesse. Es sei denn, es war August und man suchte händeringend nach Themen, die das Sommerloch füllten, bevor die *Rentrée* die Menschen wieder in die Stadt zurückkehren ließ. Oder es war April, und eine Schauspielerin namens Solène Avril hatte aus sentimentalen Gründen ein gewisses Cinema zu ihrem Lieblingskino erklärt.

Bevor ich in mein Büro verschwand, das neben dem Kassenhäuschen lag, drehte ich mich noch einmal um.

«Ach ja, und was diese Dreharbeiten angeht – wir werden das Kino Anfang Mai für eine Woche schließen, um es den Schauspielern zur Verfügung zu stellen. Da fallen die Vorstellungen dann aus. Ansonsten wird sich nichts ändern.»

In diesem Moment glaubte ich wohl selbst, was ich sagte. Doch es änderte sich viel. Um nicht zu sagen: alles.

14

* * *

Ein strahlend blauer Himmel zog sich über Paris, als ich am nächsten Morgen das Fenster öffnete. Ich sah eine kleine weiße Wolke, die direkt über mir zu schweben schien, und mein erster Gedanke war Mélanie, die ich am Abend endlich wiedersehen würde. Ich dachte an ihre niedlich zerzausten Haare und ihren schönen Mund und seufzte sehnsuchtsvoll. Eine Woche war vergangen, seit wir uns nachts unter der alten Kastanie mit tausend Küssen voneinander verabschiedet hatten, doch es hätten auch vier Wochen sein können – so viel war passiert in diesen letzten Tagen. Die meiste Zeit über hatte ich kaum die nötige Muße gefunden, um meiner neuen Lieblingsbeschäftigung nachzugehen und von der Frau im roten Mantel zu träumen, doch hatten all die außergewöhnlichen Ereignisse mir das Warten auch verkürzt. Und so war mir diese eine Woche länger und gleichzeitig kürzer erschienen als eine normale Woche.

Normal war im Augenblick sowieso gar nichts mehr. Allein am Vortag hatten noch drei weitere Journalisten angerufen, die etwas über das Cinéma Paradis schreiben wollten und sich nach dem Beginn der Dreharbeiten erkundigten. Monsieur Patisse von *Le Monde* hatte es sich nicht nehmen lassen, noch am selben Nachmittag wiederzukommen, um seine Fragen zu stellen und mich dann an der Seite meines alten Filmprojektors abzulichten, der ihm einen Glanz in die Augen zauberte, wie man es sonst nur bei Sechsjährigen sieht, die vor ihrer ersten Märklin-Bahn stehen.

«Großartig, Monsieur Bonnard! Ganz wundervoll», hatte er gerufen und prüfend in das Display seiner Kamera geschaut, und ich hatte nicht genau gewusst, ob er mich meinte oder den Projektor.

«Und jetzt noch einmal, bitte ... lächeln!»

Meine Reputation stieg mit jeder Stunde. Robert, mit dem ich abends unbedingt noch eine Kleinigkeit essen gehen musste – dafür hatte er sogar die sensationelle Melissa versetzt –, war schwer beeindruckt von meinem neuen aufregenden Leben. Und selbst meine Eltern, die wohl den Artikel im *Figaro* entdeckt hatten, hatten mir auf den Anrufbeantworter gesprochen und mir zu meinem «schönen Erfolg» gratuliert. «Das ist eine tolle Sache, mein Junge, mach was draus», hatte Papa gesagt, und ich wusste nicht so genau, wie er das meinte. Sollte ich mein Kino jetzt ständig für Dreharbeiten zur Verfügung stellen? Hatte ich denn irgendeinen Einfluss darauf? Dennoch kann ich nicht bestreiten, dass mich seine anerkennenden Worte freuten.

Die letzten Tage waren wie ein Wirbelwind durch

mein sonst so beschauliches Leben gefegt, und doch hatte ich die ganze Zeit über das Gefühl, Mélanie in einem Winkel meines Herzens bei mir zu tragen. Ab und zu fasste ich an das Brieflein, das ich stets bei mir trug, und fragte mich, was sie wohl zu alldem sagen würde. Es gab so vieles, das ich ihr erzählen, an dem ich sie teilhaben lassen wollte. Doch das hatte Zeit.

Denn das Wichtigste, das ich ihr sagen wollte, hatte nur etwas mit uns beiden zu tun. Das Warten hatte meine Sehnsucht vergrößert, und mir kamen tausend Worte in den Sinn, die ich in ihr hübsches Ohr flüstern wollte, wenn der Abend zur Nacht werden würde und die Nacht zum Morgen.

Ich machte mir einen Espresso und stellte mir vor, wie Mélanie die Straße entlangkommen würde in ihrem roten Mantel, mit diesem leichten, aufrechten Gang und einem erwartungsvollen Lächeln.

Ich würde draußen auf sie warten und sie in meine Arme ziehen. Nein, ich würde ihr entgegenlaufen voller Ungeduld. «Endlich bist du da», würde ich sagen. Und ich würde sie nie mehr loslassen.

Es war lange her gewesen, dass ich unter der Dusche gesungen hatte. An diesem Morgen tat ich es. *«Viens, je suis là, je n'attends que toi»*, sang ich immer wieder den Refrain eines alten Chansons von Georges Moustaki, *«tout est possible, tout est permis»*.

Ja, ich war da, selten hatte ich mich so präsent gefühlt wie an diesem Morgen. Ich wartete nur noch auf

Mélanie, die heute kam. Alles war möglich, es gab keine Grenzen, und das Leben war ein endloser Frühlingstag voller Verheißungen.

Summend räumte ich die Wohnung auf. Ich stellte Orphée, die meine Unruhe spürte und die ganze Zeit erwartungsvoll um meine Beine strich, frisches Wasser und Futter hin, legte zwei Flaschen Chablis in den Kühlschrank und rannte die Treppe hinunter, um in der kleinen Blumenhandlung in der Rue Jacob einen Armvoll Rosen zu kaufen, die ich in der ganzen Wohnung verteilte.

Ich überlegte, später einen Tisch im Petit Zinc zu reservieren, einem guten Restaurant, das schräg gegenüber der alten Kirche von Saint-Germain lag und nur einen Katzensprung von meiner Wohnung entfernt. Ich würde einen Tisch direkt am Fenster nehmen, in einer der Nischen mit den hübsch bemalten zartgrünen Jugendstilsäulen, wo man das Gefühl hatte, in einer Gartenlaube zu sitzen.

Ich tat den Rest der Rosen in eine Glasvase und stellte sie auf den runden polierten Kirschholztisch. Die üppigen Blüten in Rosa, Rot und Zartgelb neigten sich sommerlich schwer über den Rand. Ein Sonnenstrahl verfing sich im Blumenwasser und malte zitternde Lichtkleckse auf das Holz. Für einen Augenblick sah ich den Zustand meines Herzens gespiegelt – so hell und warm und voller freudiger Unruhe.

Ich stand für einen Moment still, dann fuhr ich mir durch die noch feuchten Haare, ließ den Blick durch die Wohnung schweifen und betrachtete zufrieden mein Werk. Es war alles perfekt. Ich war bestens vorbereitet auf einen außergewöhnlichen Abend und auf die Liebe, die mit den leichten Schritten eines Mädchens heute bei mir Einzug halten würde.

Als ich am Nachmittag die Wohnung verließ, lächelte ich mir beim Hinausgehen im Spiegel zu. Noch niemals in meinem Leben war ich so bereit gewesen für das Glück.

Das Cinéma Paradis war an diesem Abend ausverkauft. Bereits eine halbe Stunde vor der ersten Vorstellung gab es keine Karten mehr. Ich glaube, es war das erste Mal, dass ich den kleinen rundlichen Herrn mit der Akten-tasche abweisen musste, als er wie immer erst ein paar Minuten vor Vorstellungsbeginn in das Foyer hastete, in dem sich die Kinobesucher drängten. Auch für die Frau mit den schwarzen Locken, die sich heute ein sma-ragdgrünes Seidentuch ins Haar gebunden hatte und ohne ihre kleine Tochter gekommen war, gab es keinen Platz mehr. Bedauernd hob ich die Hände und sah zu, wie meine beiden Stammgäste enttäuscht das Kino ver-ließen und draußen noch ein paar erstaunte Worte mit-einander wechselten, bevor sie gemeinsam auf die ande-re Straßenseite gingen.

Sie waren genauso überrascht wie ich. Oder um es mit den Worten Madame Cléments zu sagen: «Genauso überrascht wie wir *alle*».

Ohne Zweifel war Julie Delpys *2 Tage New York* ein in jeder Hinsicht bemerkenswerter Film. Und erst recht

Claude Sautets *Die Dinge des Lebens*, der an diesem Mittwoch in der Spätvorstellung lief und in dem man immer wieder Neues entdecken konnte über das, was wirklich zählte. Doch den plötzlichen Ansturm, dem das Cinéma Paradis kaum gewachsen war, erklärte er nicht.

Tsunamigleich war eine Welle des Interesses über unser Kino geschwappt, die alles vereinnahmte und auch in den nächsten Wochen und Monaten nicht abebben sollte. Die wohlwollende Berichterstattung der Presse, die sich zur Abwechslung einmal auf ein Programmkino kapriziert hatte, in dem es kein Popcorn gab – was offensichtlich als ungewöhnlich und *très sophistiqué* empfunden wurde –, die anstehenden Dreharbeiten zu *Zärtliche Gedanken an Paris* und der überraschende Vorschlag der Filmakademie, das Cinéma Paradis und seinen Besitzer für «besondere Verdienste um den französischen Film» auszuzeichnen, lockten wahre Besucherscharen an.

Menschen, die ich noch niemals zuvor gesehen hatte, drängten in die Vorstellungen und entdeckten ihre Liebe zum *Cinéma d'Art* und den Zauber eines alten, etwas plüschigen, fast vergessenen Kinos, in dem die Zeit stehen geblieben zu sein schien und das den immergleichen Alltag für ein paar Stunden auszusperren verstand.

Auch wenn die meisten Besucher als Schaulustige, Neugierige, Auf-keinen-Fall-etwas-verpassen-Wollende kamen, so verließen doch viele das Paradis anders, als sie es betreten hatten, man konnte es an ihren Gesichtern sehen.

Der magische Moment, der jedem guten Film innewohnt, schien sich in ihren Augen zu spiegeln. Getragen von Bildern, die größer waren als sie selbst, berührt von Gesten, die mit zärtlichen Fingern unmerklich Spuren durch ihre Herzen gezogen hatten, bereichert durch Sätze voller Wahrhaftigkeit, die man wie eine Handvoll Diamanten nach Hause tragen konnte, kamen die Zuschauer aus dem Kinosaal. Und das war mindestens genauso schön wie der erfreuliche Nebeneffekt, dass ich mit einem Mal der Besitzer eines ziemlich *erfolgreichen* Kinos war – getragen von einer Welle der Sympathie und Bewunderung, umworben von Journalisten und am Ende sogar von einer großen Kinokette, die mir zu erstaunlichen Konditionen und mit der Zusicherung, dass auch unter ihrer Leitung für mich «alles beim Alten bleiben würde», eine freundliche Übernahme anbot.

Selbst der Eigentümer einer Pariser Nobeldiskothek kam auf mich zu mit dem Ansinnen, aus dem Cinéma Paradis eine Art Premium-Kino zu machen, wo die vom Luxus Verwöhnten bei Cocktails und erlesenem Fingerfood unter sich blieben, wenn sie während einer Filmvorführung chillten.

Ich lehnte alles dankend ab, wohl wissend, dass der Preis der Sicherheit die Freiheit war. In jenen turbulenten Wochen schien das Cinéma Paradis mir beides bieten zu können: finanzielle Sicherheit und unternehmerische Freiheit. Und was war schöner für einen Mann, der in aller Ruhe und Bestimmtheit einer Idee gefolgt war und nun mit einem Mal in den Genuss kam, dass diese Idee auch Früchte trug.

«Alain Bonnard ist etwas ganz Zauberhaftes gelungen, etwas, das selten geworden ist in unseren Tagen, man möchte glatt neidisch werden», hatte Monsieur Patisse in seinem Artikel geschrieben.

Mir war schon klar, dass die Aufmerksamkeit, die mir plötzlich zuteilwurde, ihren Auslöser vor allem in der Fürsprache von Solène Avril hatte. So vermessen war ich nicht, anzunehmen, dass Paris eine Art nostalgische Revolution erlebte, deren Vorreiter ich gewesen war – aber zu jedem Erfolg gehört eben auch ein bisschen Glück. Und das hatte sich nun einmal vor meine Tür gestellt.

Ohne Zweifel und in den Worten meines Vaters war dies der Höhepunkt meiner beruflichen Karriere in der Kinobranche.

Und so hätte dieser zweite Mittwoch im April eigentlich der fulminante Auftakt zu den schönsten Wochen meines Lebens sein können, wenn nicht etwas passiert oder besser gesagt *nicht* passiert wäre – etwas, das ich nicht für möglich gehalten hatte, als ich am Morgen in freudiger Ausgelassenheit meine Wohnung mit Blumen dekorierte.

Die Frau im roten Mantel war nicht gekommen.

Der Mond stand hoch über den alten Häusern der Stadt. Seine runde Scheibe schmiegte sich an eine Wolke, die einsam am tiefblauen Himmel schwebte. Und als ich mich endlich zögernd auf den Weg in die Rue de Bourgogne machte, dachte ich, dass die Nacht wie geschaffen war für zwei Verliebte. Doch ich ging allein durch die engen Straßen, das Echo meiner Schritte hallte schwer von den Hauswänden wider, und auch mein Herz war schwer.

Mélanie war nicht gekommen, und ich wusste nicht, warum.

Kurz vor acht, die Besucher der zweiten Vorstellung saßen gerade in ihren Sesseln und amüsierten sich mit Julie Delpy und ihrem unkonventionellen französischen Vater, war ich vor das Kino getreten, um Mélanie zu empfangen. Als sie um zwanzig nach acht noch nicht erschienen war, glaubte ich ganz zuversichtlich an eine Verspätung. Vielleicht gehörte Mélanie zu den Menschen, die nicht pünktlich sein konnten – diese Seite ihres Wesens hatte ich noch gar nicht kennengelernt. Ich hatte nachsichtig gelächelt, wer war in seinem Leben denn nicht schon einmal zu spät gekommen – so etwas passierte eben.

Vielleicht hatte ein Anruf sie daran gehindert, ihre Wohnung rechtzeitig zu verlassen, vielleicht hatte der Zug aus der Bretagne Verspätung gehabt, vielleicht hatte sie sich besonders hübsch machen wollen.

Es gab tausend Gründe. Ich hatte mir eine Zigarette aus dem Päckchen geschüttelt und war rauchend ein paar Schritte vor dem Kino auf und ab gegangen. Doch mit dem Verstreichen weiterer Viertelstunden hatte sich in mein Lächeln eine unbestimmte Angst geschlichen.

Wenn etwas dazwischengekommen war, warum hatte Mélanie dann nicht im Kino angerufen? Auch wenn sie meine Privatnummer nicht besaß, hätte sie doch sehr leicht die Nummer des Cinéma Paradis herausfinden und sich melden können.

Während die zweite Vorstellung an diesem Abend sich ihrem Ende zuneigte und die kulturschockmäßigen Verwicklungen der französisch-amerikanischen Großfamilie in New York ihrem Höhepunkt zustrebten, tigerte ich im Foyer auf und ab.

Konnte es sein, dass Mélanie gar nicht aus der Bretagne zurückgekehrt war? Vielleicht hatte die alte Tante eine schlimme Lungenentzündung, und Mélanie wachte an ihrem Bett und hatte in all der Aufregung unsere Verabredung vergessen.

Wider jedes bessere Wissen zog ich mein Mobiltelefon aus der Tasche und warf einen Blick darauf. Tatsächlich zeigte das Display drei neue Anrufe an – ich kannte keine der Nummern. Aufgeregt rief ich zurück.

Zwei Journalisten meldeten sich, keine Ahnung, wie die an meine Nummer gekommen waren, und eine reizende alte Dame, die sich mit ihrem neuen Mobiltelefon – dem Geschenk ihrer Tochter zu ihrem dreiundachtzigsten Geburtstag – erst einmal verwählt hatte und sich tausend Mal bei mir entschuldigte. «Die Tasten sind so klein, da tippe ich immer daneben», kicherte sie.

Ich sagte: «Kein Problem, wirklich», und steckte mein Mobiltelefon wieder weg. Dann ging ich erneut nach draußen, um Ausschau zu halten. Plötzlich war ich mir nicht mehr sicher, ob Mélanie und ich wirklich für diesen Mittwoch verabredet waren.

Hatte sie gesagt, sie führe eine Woche nach Le Pouldu zu dieser Tante? Oder zwei? Aber ich hatte doch den Brief, ihr kleines Brieflein, das ich seit sieben Tagen mit mir herumtrug und dessen Zeilen ich auswendig wusste. Und da stand es unmissverständlich:

... aber ich freue mich – auf nächsten Mittwoch, auf Dich – und auf alles, was noch passiert.

Und der nächste Mittwoch – das war heute. Ohne Zweifel. Seufzend steckte ich den Brief wieder zurück, behielt die Hände in den Hosentaschen, trat an die Glastür und starrte nach draußen.

Madame Clément, die im Kassenhäuschen saß und Zeitung las – es fiel mir nicht einmal auf, dass es der *Parisien* war, den sie verschämt nach unten sinken ließ, wann immer ich an dem Kassenhäuschen vorbeikam –, sah mir besorgt nach.

«Alles in Ordnung, Monsieur Bonnard?», fragte sie. «Sie kommen mir so nervös vor. Oder sind es die vielen Leute heute Abend?»

Ich schüttelte den Kopf. Nein, es waren nicht die vielen Leute. Es war nur eine Frau, die mich nervös machte an diesem Abend. Eine Frau, die sonst jeden Mittwoch ganz selbstverständlich hier aufgetaucht war und jetzt ausblieb.

Der Film war aus, ich öffnete die Tür des Kinosaals, und die Zuschauer drängten sich an mir vorbei auf die Straße, einige nahmen die Programmvorschau mit, die an der Kasse auslag, und das Lachen und Reden vermischte sich mit dem der neuen Besucher, die gekommen waren, um sich die Spätvorstellung anzuschauen.

Das Foyer war fast zu klein für all die Menschen, die sich neugierig umsahen und an der Kasse anstanden, um eine Karte zu ergattern für einen Film aus den Siebzigern, dessen Motto es war, eine Geschichte zu erzählen, ohne zu lügen.

Unter den Gästen der Abendvorstellung entdeckte ich den alten Professor. Er kam als Letzter, hielt seine Karte fest in der Hand und raunte mir beim Betreten des Kinosaals verblüfft zu, dass er es nicht für möglich gehalten hätte, dass *Die Dinge des Lebens* sich als derartiger Publikumsmagnet erweisen würden. «Ich finde das großartig», meinte er und lächelte mir zu.

Ich nickte gequält und schloss die Tür hinter ihm. In der Reihe *Les Amours au Paradis* hätte mir an diesem Abend eine einzige Zuschauerin völlig ausgereicht.

Ich schaute bei François im Vorführraum vorbei und starrte durch das kleine Rechteck, das den Blick auf die Leinwand freigab. Als Michel Piccoli mit seinem Alfa Romeo Giulietta gegen den Baum raste und stumm im Gras lag und sich an sein Leben erinnerte, überfiel mich Panik.

Was, wenn Mélanie einen Unfall gehabt hatte? Was, wenn sie in ihrer Aufregung über den Boulevard Saint-Germain gelaufen war, ohne nach rechts und links zu schauen, und ein Auto sie in die Luft geschleudert hatte? Ich verzog den Mund und kaute an meiner Unterlippe, während ich François, der wie immer über seinen Büchern saß, kurz zuwinkte. Dann drehte ich unter den wachsamen Blicken von Madame Clément wieder eine Runde im Foyer. Schließlich beschloss ich, in einem nahe gelegenen Bistro einen *café au lait* trinken zu gehen. «Wenn eine junge Frau nach mir fragt, sagen Sie ihr bitte, dass sie unbedingt warten soll», instruierte ich meine Kassiererin.

«Sie meinen das hübsche Mädchen, mit dem Sie letzte Woche verabredet waren?», fragte sie und zog die Augenbrauen hoch. Ich nickte, ohne eine weitere Erklärung abzugeben, und trat auf die Straße.

In wenigen Minuten war ich im Bistro, setzte mich auf einen der abgewetzten Holzstühle und trank hastig meinen *café*. Die Wärme, die durch meinen Körper rann, tat mir gut, aber meine Unruhe blieb.

Als auch die Spätvorstellung aus war, wartete ich noch eine weitere Stunde im Cinéma Paradis. Entgegen aller Wahrscheinlichkeit konnte es ja immer noch sein, dass Mélanie plötzlich auftauchte, mit leichtem Schritt und außer Atem, mit einem Lächeln, das um Entschuldigung bat, und einem Satz, der alles auflöste.

«Machen Sie sich keinen Kopf, Monsieur Bonnard», sagte Madame Clément, als sie sich ihren Mantel überzog, um zu gehen. «Es gibt bestimmt eine ganz einfache Erklärung.»

Und die gab es vielleicht auch, mit Sicherheit sogar. Dennoch hatte ich ein ungutes Gefühl und beschloss, zu dem Haus zu gehen, in dem Mélanie wohnte. Wie vor einer Woche überquerte ich den Boulevard Saint-Germain, kam an der Brasserie Lipp mit ihren orange-weiß-gestreiften Markisen vorbei und lief dann ungeduldig die Rue de Grenelle entlang, die sich eine Weile hinzog, bis ich schließlich an der Drogerie an der Ecke Rue de Bourgogne ankam und nach links abbog. Dann stand ich vor dem großen grünen Eingangstor, das selbstverständlich verschlossen war. Unschlüssig blickte ich auf die vielen Klingelschilder. Es war unmöglich, um diese Uhrzeit jemanden aus dem Bett zu klingeln, und ich wusste ja nicht einmal, wo ich hätte läuten sollen.

Ich drückte mich eine Weile am Hauseingang herum und ging dann zu dem kleinen Schreibwarenladen hinüber, an dem vor einer Woche der verrückte alte Mann in seinen Pantoffeln vorbeigeschlurft war und uns «Liebespaar» hinterhergerufen hatte. Fast bedauerte ich es, den Alten nicht zu sehen. Ich zündete mir eine Zigarette an. Ich wartete, ich wusste gar nicht so recht, worauf, aber ich mochte mich nicht von dem Haus wegbewegen, hinter dessen Mauern ein Innenhof mit einem Kastanienbaum war und vielleicht auch ein Mädchen namens Mélanie.

Und dann hatte ich Glück.

Das Tor in dem alten hohen Gebäude schob sich mit einem leisen Surren zur Seite. Ein Taxi fuhr langsam suchend vor und verdeckte für einen Augenblick den Mann in dem langen dunklen Wollmantel, der jetzt aus dem Eingang trat und rasch in den Wagen stieg.

Noch bevor das Taxi anfuhr, hatte ich die Straßenseite

gewechselt und war durch das Tor geschlüpft, das sich hinter mir wieder schloss.

Das Mondlicht fiel sanft in den Hof, und in den Ästen der alten Kastanie hörte ich ein Rascheln und blickte unwillkürlich hoch, konnte aber nichts erkennen. Nur drei Fenster in den oberen Etagen des Rückgebäudes waren noch erleuchtet, und in einem meinte ich dasjenige wiederzuerkennen, hinter dem Mélanie beim letzten Mal verschwunden war. Aber ich war mir nicht sicher.

Ratlos starrte ich auf das hohe Fenster, dessen Flügel weit offen standen und aus dem das Licht warm und golden schimmerte. Ich überlegte, ob ich Mélanies Namen rufen sollte. Oder ob das albern oder unpassend war. Und dann erschien eine weiße Frauenhand im Rahmen und zog das Fenster mit einem entschlossenen Ruck zu. Das Licht ging aus, und ich blieb einigermaßen verstört zurück.

War es Mélanie gewesen, deren Hand ich für eine Sekunde am Fenstergriff gesehen hatte? War sie also in Paris und doch nicht zu unserer Verabredung gekommen? Oder war es die Hand einer anderen Frau, und ich hatte mich überhaupt in der Wohnung geirrt? Und wer war der Mann im dunklen Mantel, der wenige Minuten zuvor in einem Taxi davongefahren war?

Wieder raschelte es in den Ästen über mir, und ich schrak auf. Da machte es einen Satz, und vor mir stand plötzlich ein großer schwarzer Kater und starrte mich aus grünen Augen unverwandt an.

Damals begriff ich natürlich nicht, wie alles zusammenhing, und ich ahnte auch nicht, dass das schwarze Tier mit den irisierenden Augen mir zumindest auf eine meiner Fragen hätte Antwort geben können.

In diesem Augenblick fiel mir absurderweise nur eine Szene aus einem alten Preston-Sturges-Film ein, in der eine schwarze Katze durchs Bild läuft und die Frau den Mann fragt, was das bedeute, und er ihr antwortet: «Das hängt ganz davon ab, was einem danach zustößt.»

Die Rue de Bourgogne lag ausgestorben da, und auch in der Rue de Varenne sah ich keine Menschenseele, als ich mich nachdenklich und einigermaßen verwirrt auf den Heimweg machte. Nicht einmal einer jener unvermeidlichen Wachleute, die üblicherweise vor den Regierungsgebäuden mit den alten sandsteinfarbenen Fassaden standen, war da. Die Zeitschriften- und Antiquitätengeschäfte, die kleinen Gemüseläden, die Boulangerien, aus denen morgens der verlockende Geruch nach frischem Baguette drang, die Patisserien mit ihren kunstvollen *tartes* und Küchlein und den pastellfarbenen *meringues*, die an Wolkengebilde denken ließen und beim ersten Bissen in süße Partikel zerstoben, die Restaurants und Cafés, die Traiteure, bei denen man tagsüber für kleines Geld *coq au vin* mit Chicorée und dazu ein Glas Rotwein bekam – sie alle hatten ihre Rollläden heruntergezogen.

Um diese Uhrzeit war Paris ein verlassener Stern. Und ich war sein einsamster Bewohner.

15

---※---

Tja», sagte Robert und bestrich unbeeindruckt sein Croissant mit Butter und Marmelade. «Ich hab dir immer gesagt, es war ein Fehler, nicht nach ihrer Telefonnummer zu fragen. Jetzt hast du den Schlamassel. Das sieht nicht gut aus, wenn du mich fragst.»

Dummerweise hatte ich ihn gefragt. Ich war es gewesen, der ihn früh am Morgen angerufen und gebeten hatte zu kommen. Ich musste mit jemandem sprechen. Mit einem guten Freund. Doch das Schlimme an wirklich guten Freunden ist, dass sie nicht immer das sagen, was man hören möchte.

Seit neun Uhr schon saßen wir draußen in der Rue Jacob in dem kleinen Café vor dem Hotel Danube und diskutierten. Ich winkte der Kellnerin, einer riesigen Frau mit eigenartig vorgestrecktem Kopf und dunklem schwerem Haar, welches sie im Nacken zu einem Knoten geschlungen trug, und bestellte meinen zweiten *café au lait*, in der Hoffnung, dass meine Gedanken sich ordneten.

Ich hatte schlecht geschlafen, und natürlich war es nett von Robert gewesen, dass er sich an seinem vorlesungsfreien Morgen hierherbequemt hatte, um sich die Geschehnisse der letzten Nacht und das Hin und Her meiner Überlegungen anzuhören. Ich weiß, dass ich undankbar war, aber ich hatte mir eine stärkere moralische Unterstützung erhofft. Unwillig starrte ich auf meinen sorglos kauenden Freund.

«Was redest du da, Robert. Man weiß doch gar nicht genug, um sagen zu können, ob es gut oder schlecht aussieht», entgegnete ich und redete mir meine eigenen Zweifel schön. «Gut, auf den ersten Blick mag es seltsam erscheinen, dass sie sich nicht gemeldet hat, aber das muss doch nicht bedeuten, dass sie, dass sie ...»

Ich schluckte und dachte an den Mann, den ich gestern Nacht in der Rue de Bourgogne gesehen hatte. War er aus Mélanies Wohnung gekommen? Oder aus *irgendeiner* Wohnung? War er der Grund, weshalb Mélanie nicht zu unserem Rendezvous erschienen war? Oder wohnte er vielleicht einfach nur in demselben Gebäude? Die Ungewissheit versetzte mir einen Stich ins Herz. Ich seufzte tief.

Robert trank seinen Kaffee und fegte ein Paar Krümel vom Tisch. «Warum machst du es dir so schwer, Alain? Ich sage dir, vergiss die Kleine – glaub mir, die Sache ist komplizierter, als du denkst.» Er beugte sich vor und sah mich aus seinen hellen unbestechlichen Augen an. «Das liegt doch auf der Hand.»

Ich schüttelte den Kopf. «Ich kann mich nicht so täuschen, Robert. Du hast ihren Blick nicht gesehen, als wir uns voneinander verabschiedet haben. Sie *wollte* kommen, das weiß ich ganz genau», beharrte ich. «Es muss etwas Gravierendes passiert sein. Etwas, das sie daran hindert, zu mir zu kommen oder mich anzurufen.»

«Ja, ja, das sagtest du bereits.» Robert rutschte ungeduldig auf seinem Stuhl herum. «Aber die Wahrscheinlichkeit, dass deine Süße gerade jetzt von einem Lkw überfahren wurde oder die Treppe heruntergefallen ist und sich das Bein gebrochen hat, ist äußerst gering.» Er verdrehte die Augen und rechnete: «Eins zu ... hunderttausend, würde ich sagen. Natürlich steht es dir frei, in allen Krankenhäusern und Polizeidienststellen von Paris anzurufen, ich persönlich glaube nicht, dass dabei viel herauskommt.»

«Es muss ja nicht gleich ein Unfall sein», sagte ich. «Vielleicht ist es etwas anderes ... etwas, an das wir jetzt gar nicht denken.»

«Nun, ich habe schon ziemlich klare Vorstellungen. Willst du sie hören?»

«Nein», sagte ich.

«Gut», fuhr er ungerührt fort. «Jetzt lassen wir mal deinen sechsten Sinn und alle Wunschvorstellungen beiseite und konzentrieren uns auf die Fakten.» Robert hob den Finger. «Ich bin Naturwissenschaftler, ich sehe die Dinge, wie sie sind.»

Die Riesin mit dem Haarknoten kam und brachte neuen Kaffee. Ich klammerte mich an meiner Tasse fest, während Robert in Fahrt kam. Er machte das sehr gut, und ich konnte mir vorstellen, warum seine Seminare so beliebt waren. Er hatte etwas ungeheuer Manipulatives. Man konnte sich dem Sog seiner Worte, der Logik seiner Sätze kaum entziehen.

«Fassen wir also zusammen: Du sprichst eine Frau an, die du schon lange im Visier hast. Sie ist offenbar solo, das sagt sie jedenfalls – hat sie dir nicht erzählt, sie würde immer an die falschen Männer geraten oder so ähnlich? *Bon.* Ihr verbringt einen tollen Abend, Spaziergang, Küsse, tiefe Blicke – die ganze Palette rauf und runter, richtig?»

So, wie Robert es sagte, klang es ziemlich reduziert, aber im Prinzip hatte er recht. Ich nickte.

«Ihr verabschiedet euch. Ihr verabredet euch für den nächsten ...», er legte eine Kunstpause ein, «Mittwoch.»

«Weil sie zu ihrer Tante fährt», warf ich ein.

«Richtig. Sie fährt zu ihrer alten ... *Tante*», wiederholte er, und das Wort klang plötzlich wie eine Lüge. «Ihr küsst da also im Hof rum, es ist mitten in der Nacht, alles ist spitzenmäßig. Sie bittet dich *nicht* in ihre Wohnung. Sie gibt dir *nicht* ihre Telefonnummer.»

Ich schwieg.

«Sie fährt eine Woche zu ihrer Tante und kommt nicht auf die Idee, dir ihre Nummer zu geben? So als frisch Verliebte? Ich meine, da hängt man doch jede freie Minute am Telefon. Sie ist eine *Frau*, mein Lieber. Frauen lieben das Telefon. Und jetzt, mein Freund, kommen wir zum springenden Punkt.» Er zielte mit dem Messer auf mich. «Sie *möchte* gar nicht angerufen werden. Ist vielleicht zu gefährlich. Jemand könnte das Gespräch mitbekommen. Jemand könnte ihr Handy checken ...»

«Lächerlich!», rief ich und merkte, wie ein leises Unbehagen in mir aufstieg. *Honni soi qui mal y pense.* Jetzt schließt du aber gewaltig von dir auf andere, *mon ami.* Und hör auf, mit dem Messer vor meiner Nase herumzufuchteln.» Ich lehnte mich in meinem Stuhl zurück. «Das sollen Fakten sein? Du gibst hier eine Unterstellung nach der anderen von dir.»

«Ich kenne die Frauen», sagte er schlicht.

Es war nicht einmal Angabe, er kannte wirklich viele Frauen, und ich hatte oft das Gefühl, dass er sie mindestens so aufmerksam studierte wie die Sterne der Milchstraße.

«Diese hier ist anders», sagte ich.

Er sah mich mitleidig an. «Nun gut. Lassen wir das. Schauen wir lieber weiter auf unsere kleine Geschichte. Mélanie ...»

«Mélanie schreibt mir einen Brief», fuhr ich triumphierend dazwischen. «Warum hätte sie das tun sollen? Warum hätte sie mir einen Brief schreiben sollen, wenn ihr nichts daran liegen würde, mich wiederzusehen?»

Robert hob die Hand. «Mo-ment. Das ist doch nur ein weiteres Argument für meine Theorie. Überleg doch mal! Sie schreibt dir einen Brief, aber telefonieren will sie nicht. Sonst hätte sie nach deiner Nummer gefragt.»

«Okay, lassen wir das mit dem Brief», entgegnete ich eingeschnappt. «Menschen wie du wissen wahrscheinlich nicht mal mehr, was ein Füller ist.»

«Keine Beleidigungen, bitte.» Robert lächelte gewinnend. «Jeder nach seiner Façon.» Er klopfte mit dem Messer auf die Tischplatte. «Fakt ist, sie ruft dich die ganze Woche nicht an, nicht mal, als sie dich versetzt. Und das, obwohl sie die Adresse deines Kinos kennt. Aber vielleicht ist sie ja so altmodisch, dass sie es nicht schafft, im Internet eine Telefonnummer ausfindig zu machen. Sie arbeitet doch in einem Antiquitätenladen, nicht wahr?»

«Ich bin erstaunt, wie genau du zugehört hast.»

«Ich höre immer genau zu, Alain. Schließlich bist du mein Freund, und dein Wohl und Wehe liegt mir sehr am Herzen.»

«Falls du eins hast.»

Robert nickte bedächtig und legte seine Hand an die Brust. «Oh ja, das habe ich. Ein Herz. Gesund und rot und äußerst vital – willst du mal fühlen?»

Ich schüttelte den Kopf.

«Fakt zwei: Sie erscheint nicht zu eurer Verabredung, obwohl sie – wie du später selbst feststellen konntest – zu Hause ist...»

«Ich bin mir nicht sicher, ob das überhaupt ihre Wohnung war!», rief ich dazwischen. «Meine Güte, ich war nur einmal da, und damals hab ich weiß Gott nicht darauf geachtet, ob es nun der erste, zweite oder dritte Stock war...»

«Fakt drei: Mitten in der Nacht kommt ein fremder Mann aus dem Haus – wahrscheinlich sogar aus ihrer Wohnung. Das würde natürlich auch erklären, warum sie keine Zeit für dich hatte. Das war wahrscheinlich einer von diesen ‹falschen Männern›.»

Robert lehnte sich zufrieden zurück. «Ich glaube, diese Mélanie hat dir ganz schön was vorgemacht mit ihrem mimosenhaften Getue. Vielleicht ist das so 'ne Masche von ihr. Die wollte zweigleisig fahren, und da kamst du ihr gerade recht. So wie ich die Sache sehe, hatte sie einfach Krach mit ihrem Freund, und dann war sie mit ihm im Urlaub, und alles war wieder gut. Oder sie war tatsächlich in der Bretagne bei ihrer Tante, und ihr Typ ist anschließend wiederaufgetaucht. Große Versöhnung im *grand lit*, Ende aus, Micky Maus.»

Er spießte ein Stück Baguette mit dem Messer auf und hielt es hoch wie eine Trophäe. «Nun mach nicht so ein Gesicht, Alain, so was ist selbst mir schon passiert. Man gerät da in eine Geschichte rein und weiß gar nicht, wie einem geschieht. Ist nicht deine Schuld. Du hattest von Anfang an keine Chance.»

«Nein, nein, nein, Robert, ich weiß, dass es anders ist», sagte ich und versuchte, mich aus dem Bann seiner Argumentationskette zu lösen. «Warum nimmst du immer das Schlechteste an?» Ich sah, wie die Riesin an der Eingangstür des Cafés lehnte und interessiert zu uns herübersah. «Mein Freund ist Pessimist, wissen Sie», sagte ich in ihre Richtung. Sie lächelte ihr breites Carmen-Lächeln, aber sie war zu weit weg, um meine Worte zu verstehen, und machte ein fragendes Zeichen in die Luft, ob wir noch einen Kaffee wollten. Ich schüttelte den Kopf.

«Dein Freund ist Realist», sagte Robert.

«Wir wissen doch gar nicht, ob es überhaupt ihre Wohnung war», wiederholte ich. «Wenn das Licht gar nicht in ihrer Wohnung brannte, fällt deine Theorie nämlich ganz schön in sich zusammen.»

«Na, dann gibt es nur eins», Robert schwenkte seine Trophäe und sah mich nachsichtig an. «Geh in die Rue de Bourgogne zurück, und finde es heraus.»

«Stell dir vor, auf diese Idee bin ich auch schon gekommen. Das werde ich heute Abend machen. Und dann werden wir ja sehen.»

Robert grinste. «Das werden wir. Ich wünsche jedenfalls schon jetzt viel Spaß beim Klingeln.»

«Ich frage mich schon durch, keine Sorge. Das kann ja nicht so schwer sein.»

«Oh, nein. Ich stelle es mir äußerst unterhaltsam vor. Du wirst sicher viele neue Bekanntschaften machen.» Robert fand offenbar großen Gefallen an der Vorstellung, wie ich vor den Klingelschildern stand und eine Wohnung nach der anderen durchprobierte.

«Wie gut, dass du nur ihren Vornamen hast, sonst wäre es in der Tat zu einfach.» Er lachte vergnügt auf.

«Wie gut, dass du so witzig bist.»

«Ah, da kommt Melissa!» Robert sprang auf und winkte, als jetzt ein schlankes Mädchen mit langen glatten roten Haaren auf uns zulief. Sie trug Jeans und helle Turnschuhe und eine braune Wildlederjacke über ihrem bunt-gemusterten T-Shirt. Sie lächelte.

«Melissa – das ist mein Freund Alain. Setz dich noch einen Moment zu uns, wir sind sofort fertig.» Er legte seinen Arm um das rothaarige Mädchen und gab ihr einen Kuss auf den Mund.

Melissa nickte mir zu und ließ sich dann von Robert auf den Stuhl neben sich ziehen. Das Erstaunlichste an ihr waren die Augen. Ganz klar und ganz grün.

«*Salut, Alain. Ça va?* Ich habe schon viel von Ihnen gehört. Roberts bester Freund. *Oh là là!*» Sie betonte die letzten drei Worte, und mir gefiel ihre lustige, freundliche Art auf Anhieb.

Ich lächelte und fragte mich einen Moment, was Robert seiner neuen Freundin wohl von mir erzählte.

«Ich habe auch schon viel von Ihnen gehört», entgegnete ich, und ihre grünen Augen funkelten.

«Ach! Tatsächlich?» Mit einer übermütigen Geste zerzauste sie Robert das Haar. «Was erzählst du denn so über mich, *mon petit professeur*, ich hoffe doch, nur Gutes!»

«Natürlich, mein Kleines», sagte Robert. «Ich kann gar nicht anders.» Er ging souverän über den *petit professeur* hinweg und zwinkerte mir zu. Seine Miene sprach Bände. *Na, habe ich zu viel versprochen? Sensationell, oder?*

Ich grinste.

Robert griff spielerisch nach Melissas Hand und verschränkte seine Finger mit den ihren. «Meine Süße, ich hoffe, du verzeihst mir, dass ich heute Morgen so überstürzt wegmusste, aber dieser junge Mann hier hat Probleme.»

«Oh. Das tut mir leid. Ich hoffe, es ist nichts Ernstes.»

«Nun ja», sagte ich.

«Kleine Fische», sagte Robert.

Melissa blickte verwundert von einem zum anderen.

«Alain ist gestern Abend von einer Frau versetzt worden, die er ein einziges Mal geküsst hat, und hält dies nun für den größten Schicksalsschlag seines Lebens», erklärte Robert süffisant und breitete in einer theatralischen Geste seine Hände aus. «Und leider, leider ... weiß er nur ihren Vornamen – Mélanie. Kennst du eine Mélanie?»

«*Mais oui!*» Melissa lachte. «Meine Cello-Lehrerin heißt Mélanie. Mélanie Bertrand, aber die ist es ganz bestimmt nicht. Sie hat eisengraues Haar und streicht wie besessen auf ihrem großen Cello herum. Ein kleines, dürres Teufelchen. Und wenn ich mich verspiele, dann guckt sie immer ganz streng – so!» Sie runzelte ihre hübsche Stirn und kniff die Augen zusammen. «Mademoiselle Melissa, Sie müssen üben, üben, üben – so wird das nie etwas», keifte sie mit verstellter Stimme.

Wir lachten, und ich sagte: «Nein, das ist nicht die Mélanie, nach der ich suche, um Gottes willen.»

«Mein guter Freund hat es sich in den Kopf gesetzt, dieses Mädchen wiederzufinden. Ich habe ihm abgeraten», sagte Robert. «Man kann seine Zeit sinnvoller nutzen.» Er legte seine Hand auf Melissas Knie und lächelte wie einer, der seine Zeit sinnvoller zu nutzen versteht.

«Ich werde sie trotzdem suchen», sagte ich und lächelte wie einer, der es besser weiß. «Trotzdem danke, dass du gekommen bist.» Ich erhob mich und griff nach meiner Brieftasche.

«Er ist einfach nicht zu belehren», sagte Robert. «Das

schätze ich so an ihm. Nein, nein, lass mich das machen, bitte.» Er schob meine Hand mit der Brieftasche beiseite. «Aber mal im Ernst, Alain. Bleib locker! Du könntest auch einfach ganz entspannt abwarten, anstatt dich selbst so zu stressen. Sie weiß doch, wo dein Kino steht, und wenn es ihr ernst ist, wird sie sich schon melden, oder?»

Er warf Melissa einen Blick zu und wartete auf Bestätigung.

«Nicht unbedingt», entgegnete Melissa, und ich fand sie wirklich sehr sympathisch. Sie stützte ihr schmales Gesicht in die Hand und schaute mich kokett von unten an. Mit ihren schillernden Augen und den in der Mitte gescheitelten langen Haaren, die ihre Stirn fast verdeckten, hatte sie etwas von einer Quellnymphe.

«Also, ich finde das alles sehr romantisch», sagte sie und stieß einen kleinen wohligen Seufzer aus. «Geben Sie nicht auf, Alain. Suchen Sie sie!»

16

***

Es waren zwanzig Namen. Nachnamen allesamt. Ich stand vor dem grünen Eingangstor in der Rue de Bourgogne und studierte eingehend die Messingschilder mit den schwarzen Gravuren.

Die Sache ist komplizierter, als du denkst, hatte Robert gesagt, aber er wusste nicht, wovon er sprach. Keiner wusste das. Es entbehrt im Nachhinein nicht einer gewissen Ironie, dass mein Freund in völliger Unkenntnis den Nagel auf den Kopf traf. Die Sache war nämlich tatsächlich weitaus komplizierter, um nicht zu sagen komplexer, als wir alle dachten.

Doch an diesem Donnerstag, als ich am frühen Abend etwas unschlüssig, aber dennoch entschlossen und mit einem gewissen Grundoptimismus auf die Namensschilder starrte, hing noch ein Rest von Sonnenwärme in der schmalen Straße, und ich dachte, na gut, das ist jetzt etwas mühsam, aber doch durchaus im Bereich des Möglichen.

Ich hatte mir überlegt, systematisch vorzugehen. Da

Mélanies Wohnung sich wohl in einem der oberen Stockwerke des Hintergebäudes befand, würde ich mich zunächst auf die oberen Schilder konzentrieren. Ich ließ den Blick über die Namen gleiten – oft genug war es doch so, dass Vor- und Nachname eine gewisse Einheit bildeten – und murmelte sie versuchsweise vor mich hin:

«Bonnet, Rousseau, Martin, Chevalier, Leblanc, Pennec, Duvalier, Dupont, Ledoux, Beauchamps, Mirabelle...»

Mirabelle? Mélanie Mirabelle – das schien mir gut zusammenzupassen.

Doch zunächst würde ich einfach irgendwo klingeln, um mir unter einem Vorwand den Zutritt ins Haus zu verschaffen. Auf diese Weise konnte ich durch den Innenhof gehen und gleich in das hintere Gebäude gelangen.

Kurz entschlossen drückte ich die Klingel neben einem Schild im Erdgeschoss, das augenscheinlich zum Vordergebäude gehörte, und wartete. Nichts passierte. Ich wollte gerade schon woanders klingeln, als es in der Gegensprechanlage knackte.

«Hallo?», meldete sich eine zittrige Stimme, die offensichtlich einer alten Dame gehörte. «Hallo???»

Ich atmete tief durch und versuchte, eilig und doch unbeteiligt zu klingen, wie einer dieser Boten von UPS, die ihre Wagen ohne jede Rücksicht mit Warnblinkanlage in den Straßen parkten.

«Ich habe hier eine Sendung für Mirabelle – würden Sie mir bitte aufdrücken?»

«Hallo?», kreischte es wieder. «Ich höre nichts.»

«Ja, hallo!» Ich bemühte mich, lauter zu sprechen. «Entschuldigen Sie, Madame, ich habe hier eine Sendung für ...»

«Hallo? Dimitri? Dimitri, bist du es? Hast du wieder deinen Schlüssel vergessen, mein Jungchen?»

Ich trat so dicht an die Sprechanlage wie nur möglich und schrie: «Nein, hier ist nicht Dimitri, hier ist die Post! Könnten Sie mir bitte aufdrücken, Madame?»

«Aaah ...» Die alte Frau schrie kurz auf, und in der Sprechanlage knackte es verdächtig. «Um Himmels willen, *schreien* Sie doch nicht so, Sie haben mich erschreckt. Ich bin ja nicht taub.»

Es folgte Schweigen. Dann, lauernd: «Wollen Sie zu Dimitri?»

«Nein», schrie ich zurück. «Ich habe ...»

«Dimitri ist nicht da», rief sie mit schriller Stimme, und ich fragte mich, wer dieser verdammte Dimitri eigentlich war. Ich kam mir vor wie in einem schlechten Spionagethriller. Und Dimitri ging mir jetzt schon auf die Nerven.

«Das ist gut», entgegnete ich und versuchte, ruhig zu bleiben. «Ich will nämlich nicht zu Dimitri.»

«Hallo?», rief sie wieder. «Sie müssen *deutlicher* sprechen, junger Mann, ich verstehe Sie sonst nicht. Dimitri kommt erst später. Hören Sie? Kommen Sie *später*!»

Die Alte war taub oder verrückt. Oder beides. Ich beschloss, meine Taktik zu ändern und mein Anliegen auf das Wesentliche zu reduzieren.

«Ich habe Post für Mirabelle!», sagte ich laut und energisch. «Bitte machen Sie mir auf, Madame. Ich möchte nur etwas abgeben.»

Sie schien meinen Worten nachzulauschen, und ich konnte förmlich hören, wie es in ihr arbeitete.

«Isabelle? Isabelle ist auch nicht da!», rief sie dann.

Ich lachte auf. War ich im Irrenhaus? Dann fragte ich mit einem Anflug von Galgenhumor: «Und Mélanie? Ist Mélanie denn da? Wohnt eine Mélanie hier im Haus? Wissen Sie das?»

«Mélanie?», schrie sie wieder. «Hier ist keine Mélanie.» Sie murmelte etwas Unverständliches. Es klang aufgebracht. «Ständig klingeln fremde Leute an meiner Tür und wollen Namen von mir wissen. Dabei bin ich schon umgezogen, aus der Rue de Varenne. Hier gibt es keine Mélanie. Ich weiß *nichts*.» Ihre Stimme wurde schrill und bekam eine hysterische Note. «Wer sind Sie überhaupt?»

«Alain Bonnard», sagte ich laut. «Machen Sie mir die Eingangstür auf!»

«Niemals! Verschwinden Sie!»

Es knackte noch einmal in der Gegensprechanlage, dann war es totenstill. Ich hoffte, dass ich die alte Dame nicht zu Tode erschreckt hatte. Sonst würde sie im Flur liegen müssen, bis Dimitri zurückkam und sie dort fand.

Seufzend drückte ich auf die Klingel des nächsten Schildes im Parterre. Ich schellte bei Roznet.

Diesmal ging es schneller. Innerhalb weniger Sekunden meldete sich die sonore Stimme eines Mannes. Sie klang etwas schleppend, aber ansonsten ganz normal. Erleichtert atmete ich auf.

«*Oueh?*»

«Ich hätte da eine Sendung für Mirabelle im Rück-gebäude», sagte ich ruhig und deutlich. «Könnten Sie mir netterweise das Eingangstor aufmachen?»

«Klar, kein Problem.»

Einen Moment später ging der Summer, und das Tor glitt zurück.

Im Treppenhaus des Rückgebäudes war es kühl und dun-kel, und es roch durchdringend nach Pfirsich. Offenbar war gerade geputzt worden. Es gab einen Aufzug, aber er schien nicht zu funktionieren. Ich eilte die abgetretenen Steinstufen hoch und beschloss, in der obersten Etage mit meinen Ermittlungen anzufangen. Es war achtzehn Uhr fünfundzwanzig. Mein Herz klopfte. Ich schellte bei Mirabelle.

Hinter der Wohnungstür waren leichte Schritte zu hören. Dann eine Frauenstimme: «Es hat geklingelt, machst du mal auf?»

Getrappel im Flur. Die schwere Holztür wurde aufge-rissen. Ein kleines blondes Mädchen mit Pferdeschwanz stand im Türrahmen und sah mich neugierig an. Die Kleine war vielleicht fünf. «Bist du der Getränkemann?», fragte sie mich.

Ich schüttelte den Kopf. «Nein. Ist deine Mama zu Hause?»

Konnte es sein, dass Mélanie mir nichts von ihrer Tochter erzählt hatte?

«Marie? Wer ist denn da?»

«Ein Mann», antwortete Marie wahrheitsgemäß.

In einem der hinteren Räume klapperte es, und eine Frau in einem geblümten Kleid trat in die Diele. Sie hatte sich eilig ein Handtuch um die nassen Haare geschlungen und befestigte im Gehen den dunkelblauen Frottee-Turban auf ihrem Kopf.

Sie sah mich an und lächelte abwartend. «Ja?»

Es wäre ja auch zu schön gewesen, wenn ich gleich beim ersten Versuch den Jackpot geknackt hätte.

«Bonsoir, Madame», sagte ich. «Entschuldigen Sie bitte die Störung. Ich hatte gehofft, hier eine Frau namens Mélanie zu finden. Sie arbeitet in einem Antiquitätenladen», setzte ich hilflos hinzu.

Madame Mirabelle sah mich freundlich an und schüttelte dann den Kopf. Offenbar fand sie mich sympathisch. «Leider nein. Hier wohnen nur mein Mann, Marie und ich. Wie heißt die Dame denn mit Nachnamen, vielleicht haben Sie sich in der Etage geirrt.»

Ich hob die Schultern. «Das ist ja gerade das Problem – ich kenne ihren Nachnamen nicht.»

«Oh», sagte Madame Mirabelle.

«Sie ist so Mitte bis Ende zwanzig, dunkelblond, braune Augen, sie trägt einen roten Mantel», versuchte ich es noch einmal.

Madame Mirabelle schüttelte bedauernd den Kopf.

Marie umfasste das Bein ihrer Mutter. «Ist das ein Rätsel, *Maman*?»

Madame Mirabelle strich ihrer Tochter über das Haar. «Schhh – das erkläre ich dir später.» Dann wandte sie sich mir wieder zu. «Ich fürchte, ich bin keine große Hilfe. Wir wohnen noch nicht so lange hier. Eine junge Frau im roten Mantel habe ich im Haus noch nie gesehen. Aber das muss nichts heißen. Vielleicht fragen Sie mal bei Madame Bonnet im Parterre – die bekommt sicher mehr mit als wir hier oben. Sie war früher mal Concierge.»

«Ja, danke», erwiderte ich unglücklich.

«Es tut mir wirklich leid», sagte Madame Mirabelle mitfühlend. «Wir bekommen gleich Besuch, sonst hätte ich Sie auf einen Kaffee eingeladen.»

Ich dankte ihr und wandte mich zum Gehen. Auf der gegenüberliegenden Seite des Hausflurs gab es noch eine weitere Tür.

«Da wohnt nur Monsieur Pennec mit seiner Frau», sagte sie. «Ein griesgrämiger Werbetexter, der sich schon mal bei uns beschwert hat, als Marie ihren Kindergeburtstag feierte. Aber seine Frau suchen Sie gewiss nicht.» Sie zog eine lustige kleine Grimasse, bevor sie die Tür schloss. «Die beiden sind wirklich grässlich.»

Bei Leblanc in der zweiten Etage machte keiner auf. Ich hörte ein merkwürdiges Kratzen hinter der Tür, dann ein Miauen. Wieder drückte ich auf die Klingel, diesmal länger. Ich war mir mit einem Mal sicher, dass es das erleuchtete Fenster im zweiten Stock gewesen sein musste. Ich wartete einen Augenblick, dann klingelte ich ein letztes Mal.

Hinter mir wurde eine Tür aufgerissen. Ich drehte

mich erstaunt um und sah geradewegs in die hasserfüllten Augen eines kleinen Japaners, der mich hinter seinen dicken Brillengläsern misstrauisch musterte.

«Wie oft wollen Sie denn noch schellen, Monsieur? Sie sehen doch, dass niemand zu Hause ist», rief er.

Ich packte die Gelegenheit beim Schopf. «Ich suche eine junge Frau mit dunkelblondem Haar – sie heißt Mélanie – wissen Sie, ob die hier wohnt? Mélanie ... Leblanc?» Ich wies auf die Tür, und aus irgendeinem Grund brachte es den kleinen Mann in Rage.

«Mademoiselle Leblanc ist nicht da», keifte er. «Da können Sie schellen, so lange Sie wollen. Sie ist abends nie da, und wenn sie mitten in der Nacht zurückkommt, knallt sie jedes Mal die Tür, und ich werde wach.»

Die Katze miaute aufgeregt hinter der Wohnungstür, der kleine japanische Mann schimpfte wie ein Rohrspatz, und ich konnte mir ein Lächeln nicht verkneifen. Wohnte hinter dieser Tür vielleicht Miss Holly Golightly?

«Das tut mir leid. Können Sie mir denn vielleicht sagen, ob Mademoiselle Leblanc mit Vornamen Mélanie heißt?»

«Keine Ahnung», knurrte der Japaner. «Warum wollen Sie das wissen – wird sie gesucht?»

«Nur von mir», versicherte ich ihm.

«Sind Sie ihr Freund?»

«Sozusagen.»

Er schnaufte ärgerlich. «Machen Sie sich keine Hoffnungen. Die hält's mit keinem lange aus. Das ist so eine, die die Männer ins Verderben stürzt.»

«Aha», sagte ich, nun doch einigermaßen betroffen. «Wer sagt das?»

«Das hat mir Monsieur Beauchamps erzählt, mein Vermieter.»

Ich trat näher und warf einen Blick auf das Namensschild.

«Sind Sie nicht Monsieur Beauchamps?»

Er sah mich an, als wäre ich verrückt. «Sehe ich so aus? Ich bin Tashi Nakamura.» Er streckte sich zu voller Größe, aber er reichte mir dennoch nur bis zur Brust. «Pierre Beauchamps war mein Kollege bei Global Electronics.»

«War?» Ich verstand immer weniger.

Er nickte. «Bis ihn diese kleine schwarzhaarige Hexe um den Verstand gebracht hat. Für meinen Geschmack hat sie eine viel zu große Nase, aber gut. Jedenfalls hat er sich für zwei Jahre nach Michigan versetzen lassen und mir die Wohnung untervermietet.» Er schüttelte den Kopf. «Nachdem sie Schluss mit ihm gemacht hatte, hat er es nicht mehr hier ausgehalten – so Tür an Tür.»

«Ach so», sagte ich. Es tat mir leid für diesen Beauchamps, aber noch mehr tat es mir leid für mich. Mélanie hatte eine ganze normale Nase, und obwohl mir bekannt war, dass nach dem Dafürhalten der Asiaten alle Weißen eine große Nase haben – sie nennen uns Langnasen hinter unserem Rücken – und sowieso alles eine Frage der Relation ist – auch die Größe einer Nase, so hatte die Frau, die ich suchte, definitiv keine schwarzen Haare.

«Trägt sie manchmal einen roten Mantel?», fragte ich trotzdem.

«Ich habe Mademoiselle Leblanc immer nur in Schwarz gesehen.»

Ich seufzte enttäuscht. «Dann heißt sie wohl auch nicht Mélanie, oder?»

Er überlegte. «Keine Ahnung. Oder nein, doch, warten Sie – ich musste mal ein Paket für sie annehmen, da stand ... da stand ...»

«Ja?»

«Lucille oder Laurence oder Linda – irgendwas mit einem ‹L› jedenfalls.» Tashi Nakamura wackelte entschlossen mit dem Zeigefinger.

«Tja. Das habe ich schon befürchtet.» Ich hätte schwören können, dass es das zweite Stockwerk gewesen war, in dem vor einer guten Woche das Licht an- und dann wieder ausgegangen war. Ich hatte mich geirrt.

Monsieur Nakamura nickte mir zu und machte Anstalten, wieder in seiner Wohnung zu verschwinden.

«Ach, Monsieur Nakamura?»

Er seufzte.

«Kennen Sie vielleicht noch eine andere Mélanie hier im Rückgebäude?»

Er sah mich an und kniff die Augen zusammen, sodass man kaum noch etwas von der dunklen Iris erkennen konnte. «Sagen Sie, Monsieur – was ist eigentlich los mit Ihnen? *Muss* es eine Mélanie sein? Sie scheinen mir etwas obsessiv.»

Ich lächelte standhaft.

«Nein», sagte er schließlich. «Und wenn, dann wäre es mir egal. Ich interessiere mich nicht übermäßig für Frauen.» Mit diesen Worten knallte er die Tür zu und ließ mich draußen stehen.

Bei Dupont im ersten Stock war niemand zu Hause, also klingelte ich an der zweiten Wohnungstür auf der Etage bei Montabon.

Es dauerte eine Weile, bis die Tür vorsichtig aufgemacht wurde. Vor mir stand ein distinguierter alter Herr im hellgrauen Anzug. Ein lockiger weißer Haarkranz, der sich halbkreisförmig um seinen gebräunten, mit Altersflecken übersäten Schädel zog, ließ vermuten, dass er einmal sehr dichtes Haar gehabt haben musste. Trotz der abendlichen Stunde und der eher schummrigen Beleuchtung im Flur trug er eine dunkle Sonnenbrille. Er rückte sie mit einer sehnigen Hand voller Sommersprossen zurecht und schwieg. Offenbar schien er zu warten, dass ich als Erster sprach.

«Monsieur Montabon?», fragte ich vorsichtig.

«Der bin ich», sagte er. «Was wünschen Sie?»

Ich wusste sofort, dass ich an der falschen Tür geklingelt hatte. Trotzdem stellte ich meine Frage.

Monsieur Montabon war ein äußerst höflicher Mann, der mich bat hereinzukommen, weil es nicht seine Art war, Gespräche an der Tür zu führen. Er lebte allein, hörte gern Musik von Ravel, Poulenc und Débussy und spielte Schach. Er war lange Zeit Botschafter in Argentinien und Chile gewesen und seit fünfzehn Jahren aus dem diplomatischen Dienst ausgeschieden. Er hatte eine Zugehfrau, die einmal am Tag kam und die Wohnung aufräumte, seine Wäsche machte, die Einkäufe erledigte und für ihn kochte.

Sie hieß nicht Mélanie, sondern Margot.

Ich bin mir sicher, wenn es im Bereich seiner Möglichkeiten gewesen wäre, hätte dieser freundliche Herr mir sicherlich geholfen. Doch Monsieur Montabon hatte keine Frau im roten Mantel gesehen. Jacob Montabon war nahezu blind.

Inzwischen war es acht Uhr, und meine Laune hatte sich merklich verschlechtert. All diese Gespräche waren anstrengend und wenig zielführend gewesen. Dies sollte sich ändern, als ich nun entmutigt die Treppe zum Erdgeschoss hinunterstieg und einer fülligen Person um die sechzig in die Arme lief, die in schwarzem Rock und lilafarbener Strickjacke im Hausflur stand, als hätte sie bereits auf mich gewartet. Bedachte man das Gewicht, das sie tragen mussten, waren ihre Füße erstaunlich zierlich. Sie steckten in winzigen, ausgetretenen, lilafarbenen Ballerinas. Die Dame in Lila grüßte freundlich, und auf diese Weise machte ich, ohne irgendwo läuten zu müssen, die Bekanntschaft von Madame Bonnet.

Françine Bonnets Lieblingsfarbe war unzweifelhaft Lila. Als sie mit lebhaften Gesten ein Gespräch mit mir begann, bemerkte ich, dass sogar ihre Ohrringe, die tropfenförmig unter ihren kurzen silbergrauen Löckchen hervorbaumelten, aus lilafarbenen Glassteinchen bestanden.

In einem früheren Leben war Madame Bonnet Concierge in einem der alten Stadthäuser an der Place des Vosges gewesen. Dann hatte ihr Mann Bauchspeicheldrüsenkrebs bekommen, war innerhalb weniger Monate gestorben und hatte ihr eine ansehnliche Rente hinterlassen. «Der arme Hugo – ging alles ganz schnell», seufzte sie bedauernd.

Seitdem arbeitete sie nicht mehr. Aber sie strickte bunte Schals für ein kleines Modegeschäft in der Rue Bonaparte (Seide mit Wolle – natürlich vorwiegend in Lilatönen), und diese Schals, jeder ein Unikat und mit einem ovalen Schild versehen, auf dem in Schreibschrift *Les Foulards de Françine* stand, fanden offenbar großen Anklang. Auf diese Weise beschäftigte sich Madame Bonnet sinnvoll und konnte doch tagsüber zu Hause sein. Und sie wusste auch einiges über die Bewohner in der Rue de Bourgogne. Sobald ich den Namen Mélanie erwähnte, fiel ihr ein, dass Madame Dupont (*Madame*, nicht Mademoiselle, aber dunkelblond und hübsch und alleinstehend) einen ebensolchen Vornamen trug.

«Eine reizende Person, diese Mélanie Dupont», erklärte sie mir. «Obwohl sie nicht viel Glück hatte im Leben.»

Ich jauchzte innerlich auf.

«Aber sie ist leider nicht zu Hause, ich habe schon bei ihr geschellt», sagte ich dann.

«Ich weiß», erwiderte Madame Bonnet, und ihre Ohrringe untermalten ihre Worte mit einem leisen Schaukeln. «Madame Dupont kommt erst morgen wieder oder heute ganz spät. Sie musste ein paar Tage weg und hat mich gebeten, ihre Zeitungen aus dem Briefkasten zu nehmen.»

Ich konnte mein Glück kaum fassen. Das war Mélanie, ohne Zweifel! Ich ballte meine Hände in den Hosentaschen, um mir die Erregung nicht anmerken zu lassen. Nach einem zugegeben etwas mühseligen Anfang hatte ich Mélanie nun doch gefunden. Und der Grund, weshalb sie nicht ins Kino gekommen war, lag nun auf der Hand. Sie war noch gar nicht aus der Bretagne zurück. Wer weiß, was sie dort aufgehalten hatte. Auf jeden Fall nicht ein fremder Mann in einem dunklen Mantel! Der war, wie es aussah, dann wohl doch aus der Wohnung von dieser Mademoiselle Leblanc gekommen. Ich unterdrückte ein Kichern. Auch ich war schon recht vertraut mit dem alten Haus in der Rue de Bourgogne und seinen Bewohnern.

Ich beschloss, Mélanie eine Nachricht zu hinterlassen, einen Brief! Und als ich aufgeregt zum Schreibwarenladen hinüberlief und beinahe von einem Auto erfasst worden wäre, das mit eindeutig zu hoher Geschwindigkeit die kleine Straße entlangraste, und dann feststellen musste, dass das Geschäft schon geschlossen hatte, war Madame Bonnet so freundlich, mir mit einem Blatt Papier und einem Kuvert auszuhelfen.

Hastig kritzelte ich ein paar Zeilen auf das Blatt und steckte es in den Umschlag. Dann ging ich zum vierten Mal an diesem Abend an der alten Kastanie vorbei. Ich zögerte einen Augenblick und liebäugelte mit der Idee, den Brief, auf dem schlicht «Für Mélanie von Alain» stand, an dem alten Baum zu befestigen – die Vorstellung, dass Mélanie nachts oder früh am Morgen in den Hof treten und meine Botschaft an einem Baum finden würde, fand ich zutiefst romantisch. Inzwischen hatte ich das Lebensgefühl des jungen Goethe aus dem gleichnamigen Film – ein Verliebter, der, zu allem bereit, auf seinem Pferd durch eine unendlich grüne Landschaft galoppiert, ja nahezu fliegt, um zu seinem Mädchen zu kommen.

Der Film *Goethe!*, eine deutsche Produktion mit jungen, zum Teil ganz unbekannten Schauspielern, war erst vor ein paar Monaten im Cinéma Paradis gelaufen.

Goethe hätte den Brief sicher an die alte Kastanie gehängt. Aber mir erschien es doch zu unsicher. Der Brief konnte herunterfallen oder gar von einer anderen Person weggenommen werden, obwohl es mir sehr unwahrscheinlich erschien, dass es in diesem Haus, in dem die meisten Bewohner sich nicht wirklich zu kennen schienen, oder wenn doch, nicht gut aufeinander zu sprechen waren, noch eine weitere Mélanie geben sollte.

Ich durchquerte den Innenhof, betrat das Vordergebäude und stand dort einen Augenblick vor den schwarzen Postkästen, meinen Brief in der Hand. Folgendes hatte ich geschrieben:

Liebe Mélanie,
Du bist am Mittwoch nicht gekommen und ich hatte schon angefangen, mir Sorgen zu machen. Ich hätte Dich angerufen, aber ich habe Deine Nummer nicht. Nun höre ich gerade, dass Du erst heute Abend oder morgen früh zurückkehrst.

Ich hoffe, es ist alles in Ordnung? Ich habe mich so sehr über Deinen kleinen Brief gefreut und ihn mindestens schon hundert Mal gelesen. Eben noch habe ich unter der alten Kastanie gestanden, wo wir uns geküsst haben. Ich vermisse Dich! Bitte melde Dich, wenn Du wieder zurück bist, meine kleine Nicht-Abenteurerin. Ich erwarte Deinen Anruf in zärtlicher Ungeduld.
Alain

Unten auf die Seite hatte ich meine Telefonnummer geschrieben. Ich schob den Brief durch die kleine Metallklappe des Kastens, auf dem *Dupont* stand, und hörte das leise Geräusch, mit dem er nach unten fiel. Ich lächelte zufrieden. Nun musste ich nur noch warten.

Im Rückblick habe ich oft gedacht, es wäre vielleicht besser gewesen, es wie Goethe zu machen und meiner ersten Eingebung zu folgen.

Etwa eine Stunde nachdem ich das Haus in der Rue de Bourgogne leichten Herzens verlassen hatte, kam eine Person an der alten Kastanie vorbei, die mit Adressat und Absender etwas anzufangen gewusst hätte. Hätte ich das Brieflein an die alte Kastanie geheftet, wäre es möglicherweise bereits kurze Zeit später in die Hände der Frau gelangt, für die es bestimmt war. Ich hätte mir viele Umwege erspart.

Möglicherweise.

17

─── ❊ ───

In dem Moment, als das Telefon klingelte, wusste ich, dass sie es war. Eigentlich wollte ich an diesem Vormittag eine neue Vorauswahl für die nächsten Filme der *Amours-au-Paradis*-Spätvorstellungen treffen. Zu diesem Zweck war ich schon früh ins Kino gekommen. Ich sah mir gerade nach langer Zeit mal wieder *Aus dem Tagebuch einer männlichen Jungfrau* mit Cathérine Deneuve an, als die Filmmusik aus *Der dritte Mann* ertönte, die ich mir als Klingelton geladen hatte.

Ich riss das Telefon von dem Tischchen im Vorführraum und warf dabei fast meine Cola um.

Es rauschte in der Leitung. «Hier ist Mélanie.»

Mein Herz klopfte wie verrückt.

«Mélanie! Endlich», sagte ich heiser. «Ach, du!» Meine Güte, war ich froh, ihre Stimme zu hören.

«Spreche ich da mit ... Alain?» Die Stimme am anderen Ende klang zögernd. Es war eine melodische Frauenstimme, sie kam mir seltsam fremd vor, doch das mochte an der Verbindung liegen.

«Ja!», rief ich. «Ja, natürlich! Hier ist Alain. Hast du meinen Brief bekommen? Meine Güte, bin ich froh, dass du anrufst. Was ist passiert?»

Ein langes Schweigen folgte, und ich erschrak. Es musste etwas Schlimmes passiert sein. Vielleicht war die alte Tante gestorben?

«Mélanie?», fragte ich noch einmal. «Du klingst so komisch, was ist denn nur? Bist du zu Hause? Soll ich kommen?»

«Ach», seufzte die Stimme. «Ich habe mir schon gedacht, dass es ein Missverständnis ist.»

Ich lauschte verwirrt. Ein Missverständnis? Was sollte das bedeuten? «Wie jetzt?», fragte ich.

«Ich bin nicht Mélanie», sagte die Stimme.

Was redete sie da? Sie war Mélanie, und sie war *nicht* Mélanie?

Ich presste den Hörer an mein Ohr und hatte das deutliche Gefühl, dass unser Telefonat in eine völlig falsche Richtung lief.

«Ich meine, ich bin schon Mélanie – Mélanie Dupont. Aber wir kennen uns nicht.»

«Kennen uns nicht?», echote ich fassungslos.

«Ich habe heute früh Ihren Brief gefunden», sagte sie. «Ich weiß nicht, wer Sie sind, Alain, aber ich fürchte, Sie haben mich mit einer anderen Mélanie verwechselt.»

Mein Herz sank mit jedem ihrer Worte. Allmählich begriff ich, dass das Fremde in ihrer Stimme nicht an unserer Verbindung lag. Es war eine andere Stimme, aber ich wollte es einfach nicht wahrhaben.

«Aber, aber ...», stotterte ich. «Du ... ich meine, Sie ... Sie wohnen doch in der Rue de Bourgogne im Rückgebäude, oder?»

«Ja», sagte die andere Mélanie. «Das ist richtig. Aber wir waren nicht verabredet. Und wir haben uns auch nie unter der alten Kastanie geküsst. Ich kenne Sie nicht, Alain, und ich habe mir gleich gedacht, dass der Brief nicht für mich bestimmt ist. Ich wollte Ihnen nur Bescheid geben.»

«Oh», sagte ich leise. «Das ist ... das ist ... sehr bedauerlich.»

«Ja», sagte sie. «Das finde ich auch. Ich habe schon lange nicht mehr einen so schönen Brief bekommen. Auch wenn er gar nicht an mich gerichtet war.»

Ich brauchte ein paar Sekunden, um mich wieder zu fangen. Meine Gedanken fingen an, sich zu überschlagen, und ich versuchte, eine gewisse Logik in dieses ganze Durcheinander zu bringen.

«Aber ...», sagte ich dann, «aber es *muss* eine Mélanie geben. Ich habe sie doch selbst nach Hause begleitet – bis in den Innenhof. Wir haben uns Gute Nacht gesagt. Sie ist in das Rückgebäude gegangen, ich hab es mit eigenen Augen gesehen. Ich habe das Licht gesehen, das anging und wieder ausging. Ich meine, ich bin doch nicht verrückt», schloss ich ein wenig ratlos.

Die andere Mélanie schwieg. Wahrscheinlich hielt sie mich für überspannt. Ich kam mir selbst schon ein wenig überspannt vor.

«Das ist in der Tat merkwürdig», sagte sie schließlich.

«Wissen Sie, ob es noch eine andere Mélanie im Haus gibt?»

«Nein», sagte sie. «Tut mir wirklich leid.»

Ich nickte ein paarmal und presste enttäuscht die Lippen aufeinander. «Tja ...», sagte ich, «tja, dann entschuldigen Sie bitte vielmals die Verwechslung, Madame Dupont. Und danke jedenfalls, dass Sie sofort angerufen haben.»

«Kein Problem, Alain», sagte die andere Mélanie. «Sagen Sie doch einfach Mélanie zu mir.»

Von den nächsten Tagen weiß ich nur noch, dass ich wie durch Watte ging. Die Geräusche der Welt traten zurück, und ich bewegte mich tastend und seltsam verunsichert durch meinen eigenen kleinen Film, dessen Ende sich im Ungewissen verlor. Ich wusste nicht, was ich getan hatte, dass mir das Schicksal einen solchen Streich spielte. Noch drei weitere Male war ich in der Rue de Bourgogne gewesen, um Mélanie aufzuspüren. Ich kam zu allen möglichen Tageszeiten vorbei, um meine Chancen zu vergrößern, aber ich kam vergeblich. Ich war Madame Bonnet wieder begegnet, ich hatte den griesgrämigen Monsieur Pennec gesehen mit seiner genervten Ehefrau, einer klapprigen, extrem gepflegten Blondine mit auftoupiertem Haar, die von oben bis unten mit Goldschmuck behängt war und an die Weihnachtsdekoration im Printemps erinnerte. Selbst Madame Dupont, die andere Mélanie, eine reizende Enddreißigerin mit aschblondem Haar und melancholischem Blick, hatte ich an einem dieser ergebnislosen Nachmittage vor dem Briefkasten angetroffen und mich kurz vorgestellt. Sie hatte mich begrüßt wie einen alten Bekannten, und am Ende hatte sie sich herzlich verabschiedet mit dem Versprechen, bald einmal ins Cinéma Paradis zu kommen.

Mademoiselle Leblanc, die Nachtschwärmerin, die Männerherzen brach, war wie immer ausgeflogen. Ihr Nachbar Monsieur Nakamura war mit Geschenken beladen zu einem Familienfest nach Tokio aufgebrochen – dies erfuhr ich selbstverständlich von Madame Bonnet. Der vornehme Monsieur Montabon verließ seine Wohnung offenbar sehr selten – jedenfalls sah ich ihn nicht.

Mittlerweile hatte ich auch bei den übrigen Nachbarn geklingelt, selbst bei denen aus dem Vordergebäude, aber niemand hatte mir helfen können. Und dann hatte ich auch den letzten Namen auf meiner Liste durchgestrichen.

Ich trat auf die Straße und hatte das Gefühl, verrückt zu werden, so wie der alte Mann es offensichtlich schon war, der mir bei diesem letzten Besuch in der Rue de Bourgogne wieder in seinen Pantoffeln entgegenschlurfte. Er ging gebeugt, hielt einen Moment an, als er mich sah, und verzog seinen Mund zu einem bösen kleinen Lächeln. «Dilettanten. Alles Dilettanten», sagte er und spuckte kurz aus.

Man wusste nicht genau, gegen wen sein Zorn sich richtete. Was meine Person anging, hatte er vollkommen recht. Noch nie hatte ich mich so unfähig gefühlt. Mit bitteren Gedanken ging ich nach Hause.

Es war um die Mittagszeit, als ich gesenkten Hauptes die Rue de Grenelle wieder zurückging. Die meisten Geschäfte machten um diese Uhrzeit ihre Mittagspause, und in der Straße war es ruhig.

Missmutig trat ich eine Cola-Dose aus dem Weg, die scheppernd über den Bürgersteig rollte und schließlich vor einem Laden liegen blieb, dessen Rollladen heruntergezogen war.

Á la recherche du temps perdu stand auf dem weißen Emailleschild, und es schien mir wie ein höhnischer Fingerzeig des Himmels. Ich ließ die Dose liegen und lachte bitter auf. In der Tat – ich war auf der Suche nach ein paar glückseligen Stunden, die unwiederbringlich verloren schienen.

In der darauffolgenden Woche konnte es passieren, dass ich einem roten Mantel oder einem dunkelblonden Haarschopf hinterherjagte, der irgendwo auf der Straße auftauchte. Einmal sah ich vor dem Bon Marché eine Frau mit rotem Mantel und karamellbraunem Haar in den Bus einsteigen und war mir sicher, Mélanie gesehen zu haben.

Keuchend rannte ich ein paar Meter neben dem anfahrenden Bus her und rief und machte Zeichen, bis mein Herz stach und ich mir an die Brust fasste wie Doktor Schiwago in jener zutiefst tragischen Szene, in der er seine Lara hinter der Scheibe eines Busses entdeckt und auf offener Straße zusammenbricht, als diese ihn nicht bemerkt.

Anders als dem unglücklichen Schiwago gelang es mir sogar, Mélanies Aufmerksamkeit zu erzwingen. In einem letzten Kraftakt sprang ich hoch und hämmerte gegen die Scheibe, doch als die Frau in dem roten Mantel sich zu mir umdrehte, sah ich in ein erstauntes Gesicht.

Nach jedem Rückschlag holte ich trotzig Mélanies kleines Brieflein hervor und las es. Danach ging es mir besser. Doch das war Augenwischerei. Die Frau im roten Mantel blieb spurlos verschwunden.

Schließlich rief ich Robert an. «Sie wohnt nicht in dem Haus», erklärte ich kleinlaut und erzählte ihm von meinen Nachforschungen. «Keiner dort kennt eine Frau namens Mélanie.»

Mein Freund pfiff durch die Zähne. «Die Sache fängt an, interessant zu werden», sagte er zu meiner Überraschung. «Vielleicht ist deine Mélanie eine Geheimagentin. Vielleicht war sie in eine brisante Sache verwickelt und musste ganz plötzlich abtauchen. Oder sie ist in einem Zeugenschutzprogramm, hehehe.»

Er lachte meckernd über seinen eigenen Witz, und ich schwieg beleidigt, weil er meinen Kummer nicht ernst nahm.

«Scheherz!», rief er, als er sich wieder beruhigt hatte. «Aber jetzt mal im Ernst, Alain – vielleicht hat sie dir einfach einen falschen Namen genannt. Das tun Frauen manchmal. Vielleicht suchst du nach dem falschen Namen, und es ist doch diese kleine Hexe aus dem zweiten

Stock, die der Japaner so hasst. Die scheint mir interessant zu sein.»

«Oh, mein Gott, Robert, jetzt mach mal einen Punkt. Warum sollte irgendjemand so etwas tun? Es hat sie schließlich keiner gezwungen, den Abend mit mir zu verbringen. Und dann ist sie die ganze Zeit vorher jeden Mittwoch mit einer *Perücke* ins Kino gekommen, oder was? Mademoiselle Leblanc hat schwarze Haare, du Blödmann! Das hat Monsieur Nakamura gesagt, und der muss es schließlich wissen. Er wohnt in der Wohnung gegenüber, und er hasst diese Frau. Außerdem arbeitet sie ja ganz offensichtlich *nicht* in einem Antiquitätenladen!»

«Nun ja. Auch das könnte erfunden sein», sagte Robert, und ich hörte, wie er sich eine Zigarette anzündete. «Diese Mélanie hat dich irgendwie reingelegt, das steht mal fest. Ich glaube nur, was ich sehe. Mir macht keiner was vor.» Offenbar gefiel mein Freund sich in der Pose des Daniel Craig. Knallhart und nicht zu beeindrucken.

«Das ist absurd, Robert. Du bist absurd. Siehst du denn nicht, dass das alles überhaupt keinen Sinn macht?» Ich seufzte. «Es ist zum Verrücktwerden. Da treffe ich einmal die richtige Frau, und dann verschwindet sie – einfach so. Was soll ich jetzt noch machen? Was *kann* ich machen?»

Robert seufzte auch. «Ach, Alain», sagte er. «Mach einfach einen Haken drunter. Akzeptier es endlich. Auf der ganzen Geschichte liegt kein Segen, ich habe das von Anfang an gesagt. Und deine Laune wird auch immer schlechter. Lass uns heute Abend mit Melissa und ihrer

Freundin in den Jazzclub gehen und ein paar Whisky Sour trinken. Lass uns was Schönes machen.»

Ich schüttelte unwillig den Kopf. «Whisky Sour mag ich nicht. Hast du keinen besseren Vorschlag? Ich muss diese Frau wiederfinden, ich muss einfach herausfinden, was passiert ist. Hast du jetzt noch eine Idee, oder nicht?»

«Ich muss diese Frau wiederfinden, ich muss diese Frau wiederfinden – herrje, du kannst einem echt auf den Senkel gehen», sagte Robert. Aber dann hatte er tatsächlich eine Idee.

Als ich mich am Abend zu meinem Freund in die Rue Huyghens im vierzehnten Arrondissement auf den Weg machte, hatte ich meine Hausaufgaben gemacht.

Wir saßen in der geräumigen Küche, die zu Roberts Junggesellenwohnung im vierten Stock gehörte, und beugten uns über die «Aufstellung aller Fakten», wie es mein Freund genannt hatte.

Vor uns standen zwei Wassergläser, die mit Rotwein gefüllt waren, ein großer Kristallaschenbecher, in dem schon einige ausgedrückte Zigaretten lagen, und eine Schale mit Wasabinüssen, deren Schärfe mir jedes Mal stechend in die Nase stieg, wenn ich geistesabwesend eine der grün ummantelten Kugeln im Mund zerplatzen ließ.

Im Schlafzimmer stand die Tür einen Spalt auf. Dahinter, auf einem großen Bett mit unglaublich vielen Kissen, räkelte sich Melissa in einem zartgrünen Kimono und studierte halbherzig eine Broschüre mit dem unsinnlichen Titel: «Interstellare Gesetzmäßigkeiten unter

Berücksichtigung der schwarzen Löcher und der Gravitation von Himmelskörpern».

«Lasst euch durch mich nicht stören», hatte sie gerufen, als ich meine Jacke im Flur aufhängte. «Ich lerne.»

Trotzdem lauschte sie unserem Gespräch und rief immer wieder ihre Kommentare aus dem Schlafzimmer.

«Also, dann lass mal sehen», murmelte Robert. Er warf einen prüfenden Blick auf die Liste. «Wir müssen nach Anhaltspunkten suchen.»

Ich nickte dankbar. Im Grunde seines Herzens war Robert einer von den Guten – ich hatte es immer gewusst.

«Mach eine Liste. Schreib alles auf, was dir einfällt», hatte er am Ende unseres Telefonats gesagt. «Was sie anhatte, was sie gesagt hat, worüber sie gesprochen hat. Versuch, dich zu erinnern. Nimm dir Zeit. Konzentrier dich. Jedes noch so kleine Detail kann wichtig sein.»

Er war Sherlock Holmes und ich Dr. Watson, ein Zulieferer, der an dem großen Genie des Meisterdetektivs teilhaben durfte.

An diesem Sonntag war ich nicht ins Kino gegangen.

Madame Clément und François zeigten Verständnis. «Wir schaffen das gut allein, Monsieur Bonnard, machen Sie sich keinen Kopf», hatte Madame Clément gesagt. Und so saß ich den ganzen Nachmittag in meiner Wohnung und redete ab und zu mit Orphée, die auf meinen Schreibtisch sprang und mich mit dem Kopf anstupste, sobald ich mit dem Schreiben innehielt und nachdenklich an meinem Stift kaute. Ich hatte Hunger, aber ich beschloss, meinen knurrenden Magen zu überhören. Essen konnte ich später.

Nach eineinhalb Stunden hatte ich alles zusammengetragen, was mir von jenem Mittwochabend und überhaupt von Mélanie im Gedächtnis geblieben war. Ich bemühte mich, sehr genau zu sein, was mir nicht besonders schwerfiel. An einige ihrer Sätze konnte ich mich fast wörtlich erinnern. An ihr reizendes Gesicht sowieso.

Der Stuhl knarrte leise, als ich mich zurücklehnte und die Liste mit der Überschrift «Was ich über Mélanie weiß» noch einmal durchlas.

Was ich über Mélanie weiß

1. *Aussehen: mittelgroß, schlank, aufrechter Gang, große braune Augen, dunkelblonde Haare. Ein besonderes Blond, das an ein glänzendes Karamellbonbon denken lässt. Oder an Krokant.*

2. *Trägt oft (immer?) karmesinroten, knielangen, altmodisch geschnittenen Mantel.*

3. *Trägt goldenen Ring mit ziselierten Rosen am Ringfinger.*

4. *Kommt immer mittwochs in die Spätvorstellung.*

5. *Immer Reihe 17*

6. *Lieblingsfilm: Cyrano de Bergerac*

7. *Hat eine Tante Lucille (Lucie? Luce?), die in Le Pouldu wohnt.*

8. *War dort eine Woche im Urlaub, bevor sie verschwunden ist.*

9. *Wohnt offenbar nicht in der Rue de Bourgogne (oder doch?), wohnt auf jeden Fall in Paris (kommt auch aus Paris? Bretagne?).*

10. *Keine Familie in Paris, war nie verheiratet (sagt sie jeden-*
    falls), lebt allein (ganz allein!).
11. *Kein Haustier, aber mag Katzen.*
12. *Letzter Freund hat sie betrogen (Jadeohrring!), trifft immer*
    die falschen Männer («Ich habe ein Talent dafür, mich in die
    falschen Männer zu verlieben»).
13. *Mutter verstorben (von der ist der Rosenring), traurige Er-*
    innerungen. Familie? Männer?
14. *Freundin arbeitet in einer Hotelbar.*
15. *Sie arbeitet in einem Antiquitätenladen. Chef liegt mit*
    Lungenentzündung im Krankenhaus (starker Raucher), es
    gibt noch eine weitere Kollegin.
16. *Sie arbeitet bis 19.00 Uhr, donnerstags auch länger.*
17. *Auf den ersten Blick schüchtern, aber auch gewitzt*
18. *Mag alte Dinge.*
19. *Lieblingsbrücke: Pont Alexandre («Wissen Sie, wie schön*
    es ist, am frühen Abend über den Pont Alexandre zu gehen,
    wenn die Lichter der Stadt anfangen, sich im Wasser zu
    spiegeln, und der Himmel ganz lavendelfarben wird? Ich
    bleibe manchmal einen Moment stehen»). Daraus folgt:
    Wohnt / Arbeitet in der Nähe der Brücke? Falls nicht doch in
    der Rue de Bourgogne.
20. *Geht ins Kino, wenn sie die Liebe sucht.*

Ich lächelte zufrieden. «Das ist doch gar nicht so schlecht
für den Anfang», murmelte ich. Orphée sah mich mit
ihrem unergründlichen kleinen Katzengesicht an, und
ich streichelte ihr über das getigerte Fell.

Ich hielt ihr Schnurren für Zustimmung, doch ein gewisser Professor für Astrophysik, den ich anschließend aufsuchte, war nicht so leicht zu überzeugen.

«Hmm», machte Robert und überflog mit zusammengekniffenen Augen meine Liste. «Das ist alles?»

«Immerhin zwanzig Punkte», sagte ich.

Robert schnalzte unwillig mit der Zunge. «Geht ins Kino, wenn sie die Liebe sucht?», las er vor. «Wie soll uns so was denn weiterbringen?» Er schüttelte seufzend den Kopf. «Ich fürchte, auch die Tatsache, dass ihre Haarfarbe an Krokant erinnert, ist keine echte Spur.» Er las weiter. «Kommt immer mittwochs in die Spätvorstellung.» Er sah mich an. «*Kam*, meinst du wohl. Tsss. Tsss. Tsss. Immer in Reihe siebzehn. – Sollen wir da jetzt unterm Stuhl nachschauen, oder was?»

«Du hast gesagt, ich soll alles aufschreiben, was mir einfällt», verteidigte ich mich. «Alles. Und das habe ich eben getan. Wenn du dich jetzt darüber lustig machen willst, bitte, aber das wird uns erst recht nicht weiterbringen.»

«Schon gut, schon gut», sagte Robert. «Du musst nicht gleich sauer sein. Ich tue, was ich kann.» Er runzelte die Stirn und starrte konzentriert auf das Papier.

«Le Pouldu? Wo ist das denn?»

«In der Bretagne. Da hat sie eine Tante. Meinst du, da sollte man ansetzen? So wie es jetzt aussieht, ist ja nicht mal sicher, dass Mélanie überhaupt aus der Bretagne zurückgekommen ist.»

Ich rückte näher an den Tisch heran.

«Nein, nein.» Robert machte eine unwillige Handbewegung. «Stecknadel im Heuhaufen. Willst du jetzt im Ernst nach Le Pouldu fahren und die Bewohner fragen, ob eine Mélanie bei einer Tante Lucette oder Lucie oder Laurence gewesen ist, von der man leider auch nicht den Nachnamen kennt?»

Ich schwieg enttäuscht. Irgendwie hatte ich gehofft, dass durch meine Auflistung möglicherweise neue Zusammenhänge sichtbar würden oder dass mein Freund auf einen entscheidenden Hinweis stieß.

«Die Freundin arbeitet in der Bar eines Grandhotels», versuchte ich es.

«Tja, wenn die Freundin einen Namen hätte, wäre das ein heißer Tipp», sagte Robert.

«Tut mir leid. Ich weiß gar nicht mehr, ob Mélanie ihren Namen überhaupt erwähnte. Ich weiß nur, dass sie sagte, dass die Katze ihrer Freundin immer aus der Blumenvase trinkt.»

«Aha.» Robert zog eine Augenbraue hoch. «Weißt du denn wenigstens, wie die Katze heißt?» Er grinste. «Das wäre doch mal ein neuer Ansatz.»

«Jaja, Mr. Holmes, spotten Sie nur.» Ich überlegte kurz, ob ich den schwarzen Kater erwähnen sollte, den ich im Innenhof von Mélanies Haus in der Rue de Bourgogne gesehen hatte. Aber ich hatte keine Lust auf weitere Späße auf meine Kosten. Also ließ ich es bleiben. Die Rue de Bourgogne hatte sich sowieso als Sackgasse erwiesen.

«Hmm», machte Robert wieder. «Der einzige brauchbare Hinweis, den ich hier sehe, ist die Sache mit dem

Antiquitätenladen. Darüber könnte man was rausfinden.» Er sah mich an. «Hat sie erwähnt, wie der Laden heißt? Oder wo sie arbeitet? Zumindest in welchem Arrondissement?»

Ich schüttelte betrübt den Kopf.

«Vielleicht hat sie ja so was gesagt wie ‹Ich arbeite hier ganz in der Nähe› – überleg mal!»

«Das hätte ich ja dann aufgeschrieben.»

«Und dieser Chef? Hat sie einen Namen genannt? Die meisten Antiquitätenläden werden ja unter dem Namen des Besitzers geführt.»

Ich nickte verzweifelt. «Ja, das hat sie. Ich weiß sogar noch, dass sie über ihren Chef sprach, als wir den Boulevard Raspail überquerten. Aber ich kann mich beim besten Willen nicht mehr an den Namen erinnern.»

«Komm, Alain, nun überleg noch mal.» Robert sah mich beschwörend an. «Es fällt dir bestimmt wieder ein. Du musst nur wollen. Man kann jede Erinnerung abrufen.»

Ich schloss die Augen für einen Moment und versuchte, mich auf den Boulevard Raspail zurückzubeamen. Ich wollte es, ich wollte es so sehr.

Ich habe einen netten Chef, hatte Mélanie gesagt. Aber er raucht viel zu viel. Jetzt liegt er mit einer Lungenentzündung im Krankenhaus. Als wir ihn besucht haben, hat er als Erstes gewitzelt, dass er am meisten seine Zigarren vermisst. Monsieur – hier hatte sie den Namen genannt – ist so unvernünftig.

Monsieur ... Monsieur ... Ich strengte mich dermaßen

an, dass ich das Gefühl hatte, gleich den Küchentisch zum Schweben zu bringen.

Ich machte die Augen wieder auf.

«Lapin», sagte ich. «Er heißt Lapin.»

Es war ein Buchstabe, der mich von meinem Glück trennte, aber es war ein entscheidender.

Robert hatte sich wirklich ins Zeug gelegt.

«Lass mal, ich mach das für dich. Sieh zu, dass du ein bisschen Schlaf bekommst, du siehst schrecklich aus», hatte er gesagt.

Und dann hatte er drei seiner wissenschaftlichen Mitarbeiterinnen drangesetzt, um diesen Monsieur Lapin und sein kleines Antiquitätengeschäft aufzutreiben. Die Studentinnen waren ganz reizend und ohne Zweifel hochmotiviert, ihrem Lieblingsprofessor einen besonderen Gefallen tun zu können. Doch nach mehreren Tagen emsigen Googelns und Telefonierens warfen die Damen das Handtuch. Es gab Hunderte von kleinen Antiquitätengeschäften in Paris, aber offenbar keinen Laden, der unter dem Namen Lapin geführt wurde oder eingetragen war.

«Entweder ist dieser zigarrenrauchende Lapin inzwischen in die ewigen Jagdgründe eingegangen und hat seinen Laden dichtgemacht, oder wir sind auf der falschen Fährte», sagte mein Freund. «Irgendetwas kann da nicht stimmen.»

Und damit hatte Robert ganz und gar recht. Die schlichte Tatsache, dass ich ein «P» mit einem «L» verwechselt hatte, ließ uns scheitern.

Ich war unruhig, nervös. Ich wollte es einfach nicht begreifen. Mein Mut war müde geworden, meine Laune schlecht. In den folgenden zwei Wochen wachte ich stets mit dem Gefühl auf, dass etwas in meinem Leben nicht in Ordnung war.

Ich rauchte zu viel. Viel zu viel. Bald würde ich dem unseligen Monsieur Lapin in die ewigen Jagdgründe folgen. Ich stellte mir vor, wie Mélanie mich zu spät fand und unglücklich über meinem Grab zusammenbrach. Erst der Chef, dann der Freund, tragisch, tragisch.

«Alain, du übertreibst maßlos. Junge, es ist nur eine Frau, du kommst schon drüber hinweg», sagte Robert in seiner netten direkten Art. Ich wusste, dass ich maßlos war in meinem Schmerz, ich wusste, dass ich übertrieb, aber was nützte mir das? Es tröstete mich nicht.

Jeden Nachmittag ging ich ins Cinéma Paradis, und wenn es Abend wurde, starrte ich nach draußen auf die Straße. Madame Clément und François warfen sich besorgte Blicke zu, ich flüchtete vor ihren Fragen in mein Büro.

Je mehr Zeit verstrich, desto unwahrscheinlicher wurde es, dass ich Mélanie wiedersehen würde. Jeden Mittwoch steigerte sich meine Unruhe ins Unermessliche. Mittwoch war ihr Tag gewesen. Unser Tag! Und bis zum Beginn der Dreharbeiten, die ich zwischenzeitlich ganz aus den Augen verloren hatte, waren es nur noch fünf Tage.

Ich beschloss, ein Zeichen zu setzen, und änderte kurzfristig den Film für die Spätvorstellung. Statt *Die*

Spaziergängerin von Sans-Souci wurde in der Reihe *Les Amours au Paradis* nun *Cyrano de Bergerac* gespielt. Für einen kurzen unsinnigen, das Universum beschwörenden Moment bildete ich mir ein, dass ich Mélanie damit ins Kino locken könnte.

Ach, man greift nach jedem Strohhalm, wenn man sich etwas so sehr wünscht!

Auch an diesem Mittwochabend war die Vorstellung ausverkauft. Keine Frau im roten Mantel. Wahrscheinlich trägt sie den schon gar nicht mehr, dachte ich bitter. Der Mai hatte gerade Einzug gehalten, und das Wetter war längst zu warm für winterliche Mäntel.

Als ich an diesem Abend vor das Kino trat, um eine Zigarette zu rauchen, war die Luft mild, und die Besucher, die ins Paradis kamen, schlenderten in frühlingshafter Kleidung über das Kopfsteinpflaster. Röcke flogen auf, zarte Schals in pastellfarbenen Stoffen wehten im Wind, Pullover waren locker über die Schultern geworfen. Die Menschen gingen leichtfüßiger als sonst und hatten ein Lächeln in den Augen.

Sehnsüchtig blickte ich die Straße entlang, als ein Paar mir Arm in Arm entgegenkam. Fast hätte ich die beiden nicht erkannt.

Es war die Frau mit den dunklen Locken, die sonst immer so unglücklich ausgesehen hatte – diesmal ohne Tochter –, und an ihrer Seite ging beschwingten Schrittes und ohne Aktentasche der kleine runde Mann, der sonst immer ein wenig abgehetzt im Foyer auftauchte. Wie es aussah, schienen die beiden sich sehr auf *Cyrano de Bergerac* zu freuen. Vielleicht, sehr wahrscheinlich sogar, freuten sie sich aber einfach so. Ausgelassen gingen sie an mir vorüber und bemerkten mich nicht einmal.

Ich wusste nicht genau, woran es lag, aber die Frau mit ihrem rot geschminkten Mund wirkte plötzlich sehr viel weniger traurig, und der Mann, der seine Anzugjacke mit einem leichten blauen Pullover vertauscht hatte, wirkte sehr viel weniger dick.

Ich tat einen letzten Zug und warf den Rest der Zigarette in den Rinnstein. An diesem ersten Mittwoch im Mai war ich wohl der Einzige, der unglücklich war.

18

———— ❀ ————

Wie so oft im Leben kam Hilfe von unerwarteter Seite. Es sollte Allan Wood sein, der den entscheidenden Hinweis gab, denn er erkannte die deutliche Verknüpfung, den Zusammenhang, den Robert und ich übersehen hatten und der dem Ganzen eine völlig neue Wendung gab.

«Vielleicht ist meine Idee auf den ersten Blick etwas abstrus, aber Sie mussen zugeben, es könnte etwas dran sein.»

Allan Wood ließ sich in dem cognacfarbenen Ledersofa zurücksinken und sah nachdenklich die Erdbeere an, die kunstvoll auf seinem Erdbeer-Daiquiri drapiert war.

Ich nickte. Es war Sonntagabend, und ich saß schon eine ganze Weile mit dem Regisseur aus New York in dessen Lieblingsbar.

Am Morgen hatte überraschend Solène Avril angerufen, die ich seit jenem Spaziergang um die Place Vendôme nicht mehr gesehen hatte.

«Wir wollen mit der ganzen Truppe einen Ausflug zum Montmartre machen. Haben Sie nicht Lust mitzukommen, Alain?», sagte sie. «Auf diese Weise lernen Sie gleich alle kennen.»

Alle – das waren die wichtigsten Leute der Filmcrew, die ab morgen im Cinéma Paradis einfallen würden. Die Kameraleute und Beleuchter, die Maskenbildner, der Regisseur und die Regieassistenz, die persönliche Assistentin von Solène Avril – und die Schauspieler natürlich. Man kann es ja eigentlich in jedem Filmabspann lesen, dennoch macht man es sich selten klar, wie viele Menschen für einen Film oder auch nur einige Szenen darin vonnöten sind.

Am Anfang und in der behaglichen Atmosphäre eines Abendessens mit Allan Wood und Solène Avril waren die Filmarbeiten eine tolle Sache gewesen, aber jetzt, da sie unmittelbar bevorstanden, graute mir etwas vor dem ganzen Trubel – so wie mir eigentlich vor allem graute, was meinen normalen Tagesablauf durcheinanderbrachte.

Anders als Robert, Madame Clément und François, die diesem Event gespannt und mit den unterschiedlichsten Erwartungen entgegensahen, hatte ich beschlossen, mich in den kommenden Tagen möglichst vom Kino fernzuhalten.

«Vom 3. bis 7. Mai bleibt das Kino wegen Dreharbeiten geschlossen.» – Schon als ich das Schild mit gemischten Gefühlen an die Eingangstür hängte, blieben ein paar Passanten neugierig stehen, aber auch ohne diesen Hinweis hätte man sofort bemerkt, dass etwas anders war als sonst. Bereits jetzt war ein Teil der schmalen Straße abgesperrt, ein Wohnwagen, der wie ein Fremdkörper wirkte zwischen den alten Gebäuden, parkte an der Seite, dahinter der Wagen eines Cateringunternehmens und der Produktionswagen.

Am Montag würde ich sicherlich im Kino vorbeischauen, um alle kurz kennenzulernen – darauf hatte Solène bestanden –, aber der Gedanke, nun bereits am Sonntag einen mehrstündigen Ausflug mit der ganzen Truppe zu machen und dann auch noch zum Montmartre, verursachte mir Magenschmerzen.

Von Weitem ist die weiße Zuckerbäckerkirche, die hoch über der Stadt auf dem berühmten Hügel liegt, den man auch mit dem *Funiculaire*, einer kleinen Drahtseilbahn, erreichen kann, ja noch erträglich. Doch vor Ort und vor allem tagsüber ist der Montmartre eine etwas trostlose Angelegenheit. Unten, am Fuße des Hügels, reihen sich Billigläden aneinander, und zweifelhafte Gestalten wühlen in den Bergen von Unterwäsche, die draußen auf den Tischen angeboten wird. Weiter oben quetschen sich viel zu große Touristenbusse durch die engen Gässchen und an den Restaurants vorbei, und in jedem hat mindestens ein großer Maler gegessen, gemalt oder getrunken, wie man sofort auf den ausgehängten Schildern zu lesen bekommt.

Auf den Treppen unterhalb der Kirche sitzen verliebte Studenten und mit Fotoapparaten behängte Touristen aus aller Welt und sind ein wenig enttäuscht, dass man den Eiffelturm von hier aus gar nicht sehen kann.

Horden von Zigeunermädchen stürzen sich wie die Tauben von San Marco auf alles, was sich bewegt, und wollen aus der Hand lesen, die Brieftasche oder eine Unterschrift für eine Petition, vielleicht auch alles drei. Die meisten Menschen, die hier oben mit suchenden Blicken umhergehen, verstehen nichts, denn die meisten Menschen sind Touristen, und nirgendwo in Paris fällt das mehr auf als hier. Im Bannkreis der Kirche Sacré-Cœur kann man leicht den Eindruck gewinnen, dass nur die Kellner in den Bars und Restaurants Einheimische sind, und dieser Eindruck ist nicht mal so verkehrt.

Auf der pittoresken Place du Tertre versuchen Maler, mit mehr oder weniger gelungenen Bildern die Tradition von einst aufrechtzuerhalten. Rund um den Platz, auf dem stets ein buntes Treiben herrscht, drängen sich Besucher und kleine Restaurants gleichermaßen.

Bei Nacht und im schmeichelnden Licht der alten Laternen hat Montmartre unzweifelhaft auch heute noch etwas sehr Malerisches, und der Zauber alter Zeiten scheint unzerstörbar. Doch im hellen Licht des Tages erinnert es an eine zu stark geschminkte Frau, die ihre beste Zeit schon hinter sich hat.

Montmartre bei Tag deprimiert mich, und ich war eh schon in melancholischer Stimmung. Also sagte ich Solène ab und wünschte ihr viel Spaß.

Eine halbe Stunde später rief Allan Wood an und fragte, ob ich *wirklich* nicht mitkommen wolle. Es sei doch so ein perfekter Tag für den Montmartre. Man habe drei Wagen plus Fahrer gemietet, um das Viertel der Maler und Künstler zu erkunden, und alle seien schon völlig aus dem Häuschen.

Ich konnte mir nicht vorstellen, dass es so etwas wie einen perfekten Tag für den Montmartre gab, aber schließlich war ich auch kein amerikanischer Tourist. Also schwieg ich höflich.

«Solène hat uns vorgeschwärmt, wie schön es dort ist», sagte Allan Wood. Er wirkte völlig enthusiasmiert, und ich nahm an, dass zehn Jahre USA bei der schönen Schauspielerin Erinnerungen erzeugt hatten, die nicht nur zärtlich, sondern auch in hohem Maße sentimental waren.

«Wir wollen uns das Musée Montmartre anschauen, und anschließend nehmen wir ein kleines Imbisslein im Le Consulat – da hat auch schon Picasso gemalt.»

Ich grinste und war mir nicht sicher, ob das stimmte, aber das Consulat kannte ich gut. Es lag etwas erhöht, im spitzen Winkel zweier kopfsteingepflasterter Gassen, und hatte eine winzige Terrasse, auf der ich auch schon gesessen und Zwiebelsuppe gegessen hatte. Die allerdings war wirklich gut gewesen.

«Eine gute Wahl», sagte ich. «Essen Sie die Zwiebelsuppe!»

«Und Sie kommen wirklich nicht mit?»

«Nein, wirklich nicht.»

Allan Wood war kein Mensch, der insistierte. Dazu war er viel zu klug. «Also gut, Alläng. Dann kommen Sie heute Abend mit mir in die Hemingway-Bar, und wir nehmen zusammen einen Erdbeer-Daiquiri, okay?»

«Okay», sagte ich.

Und so kam es, dass ich am Sonntagabend bei leiser Jazz-
musik mit Allan Wood in der Hemingway-Bar saß und
sich unter Angelzeug und Jagdgewehren plötzlich ein
vertrauliches Gespräch unter Männern entspann.

Zunächst hatten wir noch über ein paar organisatori-
sche Dinge wegen der Dreharbeiten geredet, doch dann
beugte sich Allan unvermittelt zu mir und sah mich eindringlich an.

«*You are so blue*, Alläng», sagte er. «Was ist los mit Sie –
Sie wirken irgendwie gedruckt.» Er gestikulierte suchend mit den Händen in der Luft. «Heißt es gedruckt?»

«Bedrückt», sagte ich und nahm verlegen lächelnd
einen großen Schluck von meinem Daiquiri. Aber es änderte nichts daran. Ich *war* bedrückt.

«Ach, was», sagte ich und zuckte die Achseln. «Ich
bin nur ein bisschen müde.»

«Nein, nein, Sie sind bedruckt, Alläng, ich sehe so
etwas.» Der Regisseur schüttelte den Kopf. «Als ich Sie
letztes Mal erlebt habe bei unserem lustigen Essen im
Ritz, da waren Sie so frohlich und glucklich. Und nun
sind Sie ganz verändert. Ich fuhle mir sehr familiär mit
Ihnen, Alläng, wirklich, ich mag Sie.» Er schenkte mir
einen besorgten Blick aus seinen braunen Augen. «Wollen Sie mir nicht sagen, was los ist? Vielleicht kann ich
Sie helfen?»

«Das glaube ich kaum. Die Sache ist ziemlich kompliziert.»

«Lassen Sie mir raten. Es geht um eine Frau.»
Ich nickte stumm.

«Um eine sehr schöne Frau?»

Ich seufzte zustimmend.

«Sie sind verliebt?»

«Mich hat's ziemlich erwischt, ja.»

«Aber Ihre Liebe wird nicht geantwortet.»

«Keine Ahnung.» Ich schnippte meine Erdbeere vom Rand des Glases und sah zu, wie sie mit einem leisen Platschen in den dritten Daiquiri dieses Abends fiel. «Erst dachte ich, sie würde meine Gefühle erwidern. Alles schien perfekt. Einmalig. So etwas habe ich noch nie zuvor erlebt.» Ich lachte bitter auf. «Einmalig war es dann auch wirklich. Danach ist sie nicht zu unserer Verabredung gekommen und hat sich auch sonst nicht mehr gemeldet. Manchmal denke ich, ich habe mir das alles nur eingebildet. Es ist, als ob es sie nie gegeben hätte, verstehen Sie?»

Er sah mich mitfühlend an. «Ja», sagte er schlicht. «Ich verstehe genau, was Sie meinen.» Er seufzte. «Oh, boy, ich habe das schon befürchtet. Das ist so typisch. Sie kann so bezaubernd sein. *So* mitreißend. Und dann ändert sie mit einem Mal ihre Meinung und lässt einen fallen, einfach so.» Er schnippte mit den Fingern. «Mit Carl hat sie es genauso gemacht.» Bekümmert nippte Allan Wood an seinem Getränk.

«Carl?», fragte ich. «Wer ist Carl?»

Carl Sussman war der Kameramann. Er hatte einen schwarzen Vollbart, brasilianische Wurzeln und eine kurze und heftige Affäre mit Solène Avril, bevor diese sich

wieder von ihm ab- und einem texanischen Großgrundbesitzer namens Ted Parker zuwandte. Carl war, laut Allan
Wood, ein Bild von einem Mann. Doch wenn es um die
schöne Schauspielerin ging, war er weich wie Wachs. Er
litt immer noch. Und machte sich jetzt, da Ted Parker auf
seiner Ranch in Texas weilte, wieder neue Hoffnungen.

Gebannt und leicht benebelt vom Alkohol lauschte ich Allan Woods wortreichen Ausführungen, die mir
Trost spenden sollten. «Sie dürfen das um Gottes willen
nicht persönlich nehmen, Alläng», schloss er seine Rede.
«Solène ist eine sehr verführerische Frau. Und das weiß
sie auch. Sie ist, wie sie ist. Aber sie mag Sie, Alläng.
Das weiß ich. Sie war jedenfalls ganz enttäuscht, dass Sie
heute nicht mitgekommen sind.» Er sah sich in der Bar
um. «Tja», sagte er. «So was! Hier hat alles angefangen
vor ein paar Wochen. Oh, Mann.» Er schüttelte den Kopf.
«Tut mir wirklich leid, alter Junge.»

Benommen sah ich ihn an. Was redete er da?

«Hören Sie, Allan», sagte ich. «Ich glaube, Sie haben
da etwas falsch verstanden ... Solène und ich ...»

«Keine Angst», sagte er. «Ich schweige wie ein Grab.
Solène hat keine Ahnung, dass ich es weiß.»

«Aber es geht gar nicht um Solène», sagte ich. «Ich
habe mich in Mélanie verliebt.»

Allan Woods Augen wurden groß.

«Mélanie?», sagte er. «Wer ist Mélanie?»

Ich erzählte ihm alles. Von Anfang an. Der Regisseur
zupfte immer wieder an seiner Cordhose herum und

unterbrach mich mit kleinen Zwischenrufen. «Also das ... das ist ja wirklich komisch! Und ich dachte, Sie hätten sich in *Solène* verliebt», sagte er. Und dann: «Was für eine Geschichte!» Als ich schließlich am Ende von meiner Liste berichtete und von der ergebnislosen Suche nach einem kleinen Antiquitätenladen, sah er mich voller Mitgefühl an.

«Oh, boy», sagte er. «Das ist *wirklich* kompliziert.» Er winkte der Kellnerin und bestellte zwei weitere Daiquiris. «Was wollen Sie jetzt tun?»

«Ich habe nicht die geringste Ahnung.» Ich ließ mich in das weiche Ledersofa zurücksinken und starrte vor mich hin.

Auch Allan Wood schwieg. So saßen wir eine Weile nebeneinander auf dem Sofa. Zwei Männer in einer Bar, die schweigend tranken, ihren Gedanken nachhingen und sich ohne ein Wort verstanden.

Hemingway hätte es sicher gefallen.

«Haben Sie schon einmal daran gedenkt, dass es einen Zusammenhang geben könnte zwischen den Dreharbeiten in Ihrem Kino und dem Verschwinden von diese Frau?», fragte Allan Wood plötzlich in die letzten Klänge von Ella Fitzgeralds *Springfever* hinein.

«Wie?» Ich schreckte aus dem wohligen Gleichmut auf, der mich erfasst hatte.

«Na ja, ich meine, ist das nicht alles sehr seltsam? Wir tauchen auf ... und kurze Zeit später ist diese Frau spurlos verschwunden. Vielleicht gibt es da eine Verbindung?»

«Hmm», machte ich. «Was sollte das für eine Verbindung sein? Das Glück lächelt einem kleinen Kinobesitzer, und dafür verliert er seine große Liebe? Ist es das? Glück im Spiel und Pech in der Liebe?» Ich zuckte die Achseln. «Werde ich jetzt von irgendwelchen schicksalhaften Mächten dafür bestraft, dass es bei mir auch mal in der Kasse klingelt?»

«Nein, nein, so meine ich das nicht. Keine schicksalhaften Mächte. Ich rede hier nicht von ausgleichender Gerechtigkeit oder Nemesis.» Allan Wood überlegte, wie er es mir erklären sollte. «Was ich sagen will, ist: Könnte es vielleicht einen Zusammenhang zwischen diesen beiden Sachen geben? Irgendeine Verbindung. Oder halten Sie das alles für Zufall?»

«Hmm», machte ich wieder. «So habe ich das noch nie betrachtet. Ich meine, es passieren ja pausenlos Dinge zeitgleich – schöne Dinge und schreckliche Dinge –, und sie haben in der Regel nicht das Geringste miteinander zu tun. So funktioniert doch unsere Welt.» Ich redete schon wie mein Freund Robert. «Jemand hat Geburtstag ... und sein Vater stirbt am selben Tag. Ein Auto wird geklaut ... und am selben Tag gewinnt der Besitzer im Lotto. Ein amerikanischer Regisseur kommt nach Paris, um in einem kleinen Kino zu drehen ... und ein Mädchen namens Mélanie, in das sich der Kinobesitzer gerade Hals über Kopf verliebt hat, verschwindet. Spurlos.»

Ich beugte mich nach vorn und fuhr mir mit beiden Händen durch die Haare. «Mag sein, dass es da einen Zusammenhang gibt, aber ich sehe ihn nicht.» Ich lächelte müde und machte dann einen albernen Witz. «Es sei denn, der Regisseur ist die verloren geglaubte große Liebe dieser jungen Frau, und die beiden haben sich wiedergefunden und wissen jetzt nicht, wie sie es mir sagen sollen.» Ich lachte. «Allerdings würde ich den Altersunterschied doch für bedenklich halten.»

Allan Wood sah mich lange schweigend an, und ich fürchtete schon, ihn mit meinen locker hingeworfenen Worten beleidigt zu haben.

«Und wenn der Regisseur ihr Vater wäre – was wäre dann?»

Zunächst hielt ich es für einen Scherz. Ich glaubte, Allan Wood sei in Fabulierstimmung. Bei kreativen Menschen war es ja nicht ungewöhnlich, dass die Fantasie mit ihnen durchging. Aber wie sagte Sir Arthur Conan Doyle einst so schön: «Wenn du das Unmögliche ausgeschlossen hast, dann ist das, was übrig bleibt, die Wahrheit, wie unwahrscheinlich sie auch ist.»

«Was meinen Sie damit?», fragte ich.

«Genau das, was ich sage.» Allan Wood nahm seine Brille ab und fing umständlich an, diese zu putzen. «Ihre Mélanie könnte meine Tochter sein.»

«So rein theoretisch, meinen Sie?» Ich hatte keine Ahnung, was er mit seinen Ausführungen bezweckte. Offenbar hatte ihn eine Art Alterssentimentalität ergriffen im Sinne von «Oh-mein-Gott-sie-könnte-ja-meine-Tochter-sein». Doch Allan Wood schüttelte den Kopf.

«Nein, ganz im Ernst. *I mean it!*»

Ich schaute ihn ungläubig an. «Soll das ein Witz sein?»

Er setzte die Brille wieder auf. «Kein Witz.» Gedankenverloren lehnte er sich im Sofa zurück und ließ seinen Arm über die Lehne baumeln.

«Meine Tochter müsste jetzt fünfundzwanzig Jahre alt sein. Soviel ich weiß, lebt sie in Paris. Als ich neulich sagte, sie hätte mir nie verziehen, dass ich ihre Mutter verließ, habe ich etwas untertrieben. Sie hasst mich. Ich wollte sie einmal besuchen – auf diesem Gestüt an der Loire, das ihre pferdebesessene Mutter betrieb, da ist sie einfach abgehauen. Sie war vier Wochen verschwunden. Unglaublich, oder? Damals war sie sechzehn. Danach haben wir uns nur noch einmal gesehen – hier in dieser Bar. Aber der Abend endete in einer Katastrophe.» Er seufzte ergeben. «Sie kommt ganz nach Hélène – genauso stur und selbstgerecht, und genauso hübsch! Diese großen braunen Augen!»

Allan Wood verlor sich in seinen Erinnerungen, und ich fragte mich allmählich, ob die ganzen Daiquiris den schmächtigen Mann nicht doch ein wenig überforderten.

«Ja … und?», unterbrach ich ihn ein wenig ungeduldig. «Was hat das alles mit mir zu tun? Und mit Mélanie?»

«Oh», sagte er und sah mich überrascht an. «Hatte ich das nicht gesagt? Verzeihen Sie, ich bin selbst schon ganz durcheinander. Sie heißt Mélanie. Wir nannten sie alle immer nur Méla – deswegen bin nicht gleich darauf gekommen. Aber der richtige Name meiner Tochter ist Mélanie. Mélanie Bécassart.»

Es wurde ein langer Abend. Denn nun erzählte mir Allan Wood eine Geschichte aus seiner Vergangenheit, die – wie sich herausstellen sollte – durchaus mit meiner Geschichte zu tun hatte.

Als Mann in den besten Jahren – ich schätze, er meinte damit, dass er um die vierzig gewesen war – und nach einer gescheiterten ersten Ehe hatte er während eines Urlaubs in der Normandie Hélène Bécassart kennengelernt. Die wilde Hélène mit ihren wehenden kastanienbraunen Locken war ihm sozusagen vor die Füße gefallen, als ihr Schimmel an einem der breiten Sandstrände der Côte de Nacre durchging und seine Reiterin abwarf.

Aus der leidenschaftlichen, aber schwierigen Beziehung, die nun folgen sollte, war ein kleines Mädchen hervorgegangen. Mélanie – von allen zärtlich Méla genannt – war ein scheues Geschöpf mit einer überbordenden Fantasie. Ihre eigenwillige Mutter, mit neununddreißig nicht mehr ganz jung für ein erstes Kind, stammte aus einer alten Adelsfamilie mit Schlösschen an der Loire. Sie liebte die Natur über alles, war eine passionierte Reiterin und hatte den Stadtmenschen Allan Wood zunächst ungemein fasziniert.

Doch ihr zunehmender Starrsinn, ihre tiefgehenden Vorurteile den Amerikanern gegenüber, ihre Weigerung, einen Fuß in die Großstadt zu setzen, und die Ausritte, die immer länger wurden, hatten den sensiblen Mann schließlich in die Flucht geschlagen.

«Ich meine, es war wirklich nicht leicht für mich, Alläng. Ich bin völlig ohne Pferde aufgewachsen, und ich kann nicht sehr viel anfangen mit diesen riesigen Viechern mit diesen großen gelben Zähnen. Sie machen mir Angst.» Allan Wood schüttelte sich leicht, als er es sagte. «Aber am Ende ging es nur noch um die Pferde. Das fing schon beim Frühstück an – ich meine, man konnte nicht mal seine Zeitung lesen, ohne dass sie einem die Ohren vollquatschte von irgendwelchen Arabern, die sie gern als Deckhengst gehabt hätte für ihre Stute. Die hieß Fleur und war ein Biest. Sie mochte mich von Anfang an nicht – ich hab das gleich an ihrem verschlagenen Blick gesehen. Sie war sehr eifersuchtig auf mir. Als ich einmal hinter ihr stand, hat sie mir geschlagen mit ihrer harten Hufe. Mitten hier rein.» Allan Wood hatte die Hände auf seinen Schoß gelegt und schmerzlich das Gesicht verzogen.

Die Zeichen standen nicht gut für Hélène und Allan, und so kam es, wie es kommen musste. Das Paar lebte sich im wahrsten Sinne des Wortes immer weiter auseinander. Und am Ende trennte sie nicht nur der Atlantische Ozean, sondern auch eine gewisse Sprachlosigkeit.

Als Méla acht Jahre alt war, setzte sich ihr Vater in Manhattan zufällig auf eine Bank am Battery Park und schaute auf den Hudson River. Und dort, auf dieser Bank, um die ein frühlingshafter Wind wehte, wurde er von einer jungen diskutierfreudigen Frau in ein Gespräch verwickelt. Sie war, wie sich rasch herausstellte, Literaturdozentin an der Columbia in New York, und sie hatte, was noch besser war, eine tiefe Abneigung gegen Pferde. Zu viel Natur machte sie genauso nervös wie Allan

Wood. Und so spazierten die beiden redend und lachend durch die Straßen von Manhattan, und Allan, der in seiner Beziehung mit der Pferdefrau nahezu verstummt war, machte die herrliche Erfahrung, wie neu und frisch wieder alles war, wenn man es einer jungen und schönen Frau erzählen konnte, deren Interesse unerschöpflich schien.

Erregung und Schuldbewusstsein wechselten in schneller Folge, doch am Ende siegte die Erregung – die geistige und die körperliche.

Allan Wood verließ Hélène, die er im Übrigen nie geheiratet hatte, und ehelichte die dreizehn Jahre jüngere Lucinda, mit der er kurz darauf einen Sohn bekam.

Hélène war außer sich vor Wut. Sie schüttelte ihre kastanienbraunen Locken und schwor ihm hasserfüllt, dass sie sich niemals wiedersehen sollten. Danach ging sie für einige Monate in einen Ashram nach Indien. Méla kam vorübergehend in ein Internat, aber den Hass auf den verräterischen Vater hatte Hélène ihrer Tochter eingeimpft.

Allan Wood blickte ein wenig schuldbewusst in sein Glas, als er zum Ende seiner Geschichte kam.

«Natürlich war das alles nicht sehr schön», sagte er. «Aber wissen Sie, mein Freund, wenn man älter wird und nachdenklicher und irgendwann begreift, dass das Leben eine nicht ganz so lange Zeit ist, dann ist es wie ein Geschenk des Himmels, wenn man mit so einem jungen Wesen zusammen sein kann. Dass man plötzlich wieder teilhaben kann an dieser Unbekümmertheit und

Leichtigkeit, die man selbst im Laufe der Jahre verloren hatte und nach der man sich doch niemals aufhört zu sehnen.»

Ich nickte. Solche Gedanken waren mir fremd. Noch. Allan Wood jedenfalls war seiner Sehnsucht treu geblieben. Vor einigen Jahren hatte er sich auch von der Literaturdozentin getrennt. Mittlerweile war er zum dritten Mal verheiratet.

«Und Sie meinen, Méla, ich meine Mélanie könnte die Frau im roten Mantel sein?», fragte ich und spürte ein Kribbeln in meinem Bauch aufsteigen.

«Ich halte es nicht für ausgeschlossen. Méla war schon immer sehr impulsiv. Vielleicht hat sie rausgekriegt, dass ich wieder in Paris bin – in *Ihrem* Kino –, und dann ist sie abgehauen.»

«Aber ... aber woher ... ich meine, wie ...»

Allan Wood zog die Augenbrauen in die Höhe. «Die Zeitungen waren ja nun voll davon, dass die Dreharbeiten in Paris und im Cinéma Paradis stattfinden.»

Ich rutschte aufgeregt auf dem Ledersofa herum und erinnerte mich mit Schrecken daran, dass ich in dem Interview mit Monsieur Patisse sogar etwas davon gefaselt hatte, wie sehr ich Allan Wood bewunderte, wie überaus sympathisch er mir war und dass ich schon bei unserem ersten Gespräch das Gefühl gehabt hätte, mit einem Freund zu reden.

«Allan und Alain – ziemlich beste Freunde!» hatte der Journalist seine Geschichte getitelt und war ganz stolz auf seine Referenz an das Kinomilieu.

Und wenn man es genau betrachtete, war es in der Tat so, dass Mélanie in dem Moment aus meinem Leben verschwunden war, als Allan Wood darin auftauchte. Plötzlich schossen mir tausend Gedanken durch den Kopf. Da war die Übereinstimmung des Namens und des Alters. Auch meine Mélanie hatte wunderschöne braune Augen. Und hatte Allan Wood nicht etwas von dem aufrechten Gang einer Balletttänzerin gesagt? Fieberhaft fing ich an, nach Übereinstimmungen zu suchen.

«Hat sie denn dunkelblonde Haare? So ein Karamellblond?», fragte ich.

Allan Wood überlegte. «Nun ja», sagte er. «Wie das so ist mit den Frauen. Sie wechseln gerne mal die Haarfarbe. Als Kind hatte Méla kastanienbraune Haare wie ihre Mutter. Dann hatte sie plötzlich schwarze Haare. Als ich sie das letzte Mal gesehen habe, war sie blond – wenn auch nicht wirklich karamellblond.» Er lächelte. «Sie haben wirklich einen Blick für Details, Alläng, das habe ich eben schon gedacht, als Sie von Ihrer Liste erzählten. Dabei ist mir eine Sache aufgefallen – Sie erwähnten, dass Mélanie gesagt hätte, ihre Mutter habe keinen Schmuck gemocht. Das war bei Hélène auch so. ‹Ich habe andere Reize, ich mag kein Metall auf meiner Haut›, hat sie mal zu mir gesagt, als ich ihr ein Armband schenken wollte.» Er schmunzelte. «Nun ja, einen Ehering hätte sie vielleicht getragen.» Nachdenklich rührte er mit dem Strohhalm in seinem Glas. «Sie hat ja auch später noch mal geheiratet, aber soweit ich weiß, ging die Ehe rasch und kinderlos in die Brüche.»

Ich musste an Mélanies Rosenring denken. Mit einem Mal beschlichen mich Zweifel. Mélanie hatte gesagt, dass der Ring ein Andenken an ihre Mutter sei. An ihre *tote* Mutter.

«Wissen Sie, ob Hélène noch lebt?», fragte ich und hatte Angst vor der Antwort.

Allan Wood seufzte und schüttelte bedauernd den Kopf. «Sie war so eigensinnig, sie musste ja auch mit über sechzig noch auf so einen blöden Gaul steigen und ausreiten.» Er runzelte missbilligend die Stirn, und mir wurde schlecht vor Erleichterung.

Es stimmte also. Mélanies Mutter war gestorben, und Mélanie trug Hélènes Ring – das Einzige, was ihr geblieben war. Sie hatte keine Geschwister. Und dass sie ihren Vater mit keiner Silbe erwähnt hatte, wunderte mich unter den gegebenen Umständen nun auch nicht mehr.

«Ich habe immer gesagt, dass diese Viecher gefährlich sind, aber sie machte ja, was sie wollte. Sie hat sich das Genick gebrochen. Ein Unfall – vor zwei Jahren. Ich bekam sogar eine Anzeige ... aber erst Wochen später. *Nach der Beisetzung*, die im engsten Familienkreis stattgefunden hatte. Dazu zähle ich natürlich nicht mehr. Bei den Bécassarts bin ich eine *persona non grata*.» Er nahm einen Schluck aus seinem Glas. «Aber Méla würde ich trotzdem gerne wiedersehen. Vielleicht finden wir einen Weg, Frieden miteinander zu schließen. Sie ist doch schließlich meine Tochter.» In seiner Stimme lag Wehmut.

«Ich würde Ihre Tochter auch sehr gerne wiedersehen», sagte ich mit klopfendem Herzen. Plötzlich war ich hellwach. Es war unglaublich und beglückend zugleich, und ich konnte es kaum fassen, dass sich nach all den vergeblichen Bemühungen, Mélanie wiederzufinden, nun so unerwartet eine neue Spur auftat. Ich hätte den Mann mit der dunklen Hornbrille am liebsten umarmt, der an diesem Abend sozusagen ein Verwandter geworden war. «Ich möchte nichts lieber als Mélanie endlich wiedersehen», sagte ich noch einmal. «Wollen Sie mir dabei helfen, Allan?»

Allan Wood lächelte und hielt mir seine Hand hin. «Ich werde Melà finden. Das ist ein Versprechen.»

19

Die Dreharbeiten hatten begonnen. Unwiderruflich. Sie verwandelten mein kleines Kino in einen geschäftigen, wahnwitzigen, summenden Mikrokosmos, ein kaum zu bändigendes, hochexplosives Konglomerat aus endlosen Kabeln und grellen Scheinwerfern, rollenden Kameras und schnappenden Filmklappen, gebrüllten Anweisungen und angespannter Stille. Es war eine ganz eigene Welt, in der sich menschliche Eitelkeiten, hitzige Rivalitäten und höchste Professionalität auf seltsame Weise mischten.

Als ich am Montag über die beiden ausgebauten Sitzreihen kletterte, die quer im Foyer standen und den Eingang versperrten, war mir klar, dass kein Stein auf dem anderen geblieben war. Eine tiefgreifende Veränderung hatte im Cinéma Paradis stattgefunden. Nicht einmal Attila, der Hunnenkönig, hatte bei seinem Einfall in die Tiefebene Pannoniens solche Verwüstung angerichtet.

Ungläubig blieb ich im Foyer stehen und starrte auf das Chaos, das um mich herum ausgebrochen war. Ein schnaufender, schwitzender Kabelträger rempelte mich an, und ich trat zurück und stolperte fast über den Fuß einer Lampe, die gefährlich ins Schwanken geriet.

«*Attention, Monsieur!* Aus dem Weg!» Zwei Männer liefen ächzend an mir vorbei. Sie schleppten einen riesigen Kronleuchter in den Kinosaal, und ich stolperte abermals zur Seite und stieß diesmal mit einem menschlichen Wesen zusammen, das ein geblümtes Kleid trug. Es war Madame Clément.

«Oh Gott, oh Gott, Monsieur Bonnard, da sind Sie ja endlich!», rief sie und gestikulierte wild in der Luft herum. «*Mon Dieu*, was für ein Durcheinander!» Madame Clément hatte hochrote Wangen und schien sehr aufgeregt. «Haben Sie schon gesehen, was die aus meinem Kassenhäuschen gemacht haben? Ich konnte es nicht verhindern, Monsieur Bonnard, diese Leute vom Catering sind einfach rücksichtslos, dabei haben sie doch schon ihren dicken Wagen vor dem Kino geparkt.» Sie wies vorwurfsvoll auf das Kassenhäuschen, das bis oben hin vollgestopft war mit Getränkekästen, Dosen und Pappgeschirr. Auf der Holzablage, wo normalerweise die Kasse stand, zischte ein Kaffeeautomat. «Ich kann nur hoffen, dass das alles wieder in Ordnung kommt, wenn die hier fertig sind, Monsieur Bonnard. Meine Güte, was für ein Durcheinander», wiederholte sie.

Ich nickte und seufzte ergeben. Ich hoffte auch, dass mein kleines Kino unbeschadet aus diesem Hurrikan hervorging.

«Haben Sie Madame Avril schon gesehen?», fragte

Madame Clément jetzt. «Eine reizende Person – sie ist gerade in Ihrem Büro, in der *Maske*.» Sie sagte es mit gewichtiger Miene. «Und Howard Galloway ist im Vorführraum und macht sich frisch. Er war nicht einverstanden mit seinem Part, er will mehr Text.» Sie zuckte die Achseln. «Ich habe ihm eben einen *café crème* gebracht, er trinkt ihn mit drei Stück Zucker.»

Madame Cléments Augen leuchteten, und ich fragte mich, wie man sich im Vorführraum frisch machen konnte. Ich wollte es lieber nicht wissen und starrte auf den Caterer, der in seiner langen weißen Schürze an uns vorbeizog und auf beiden Händen Tabletts mit Sandwiches und Fingerfood zu einem Klapptisch balancierte, der in einer Ecke des Foyers aufgebaut war. Ein großer, beinahe kahlköpfiger Mann, der etwas auf einem Block notierte, bahnte sich mit traumwandlerischer Sicherheit seinen Weg durch Kabelrollen und Verstärkerkästen, um zu dem Raum zu gelangen, der bis vor Kurzem noch mein Büro gewesen war. Jetzt war es die Garderobe. Vorsichtig warf ich einen Blick hinein.

An einem Kleiderständer drängten sich Kleider, Jacken und Schals auf Metallbügeln. Dahinter entdeckte ich einen Wäschekorb, in dem Ordner und Bürounterlagen sich kreuz und quer stapelten. Mein Schreibtisch war leer – das heißt, er war leergefegt worden. Jetzt häuften sich dort Hunderte von Tiegeln und Töpfchen, Pinsel und Quasten, Bürsten und Sprays, und über allem thronte eine Dekopuppe aus Styropor, auf der ein Haarteil steckte. Über dem Schreibtisch hatte man einen riesigen Spiegel aufgehängt, und ich überlegte einen Moment, wo wohl die beiden hübschen Aquarelle vom Cap d'Antibes hingekommen waren.

Solène saß, mit dem Rücken zur Tür und umringt von zwei Damen, die geschäftig an ihren Haaren herumkämmten, vor dem Spiegel. Sie bemerkte mich nicht. Niemand schien mich zu bemerken, wenn man einmal von Madame Clément absah, die offenbar bereits ein Teil der Crew geworden war.

Ich stolperte in den Kinosaal, in dem tropische Temperaturen herrschten, und schloss geblendet die Augen. Als ich sie wieder öffnete, sah ich einen großen bärtigen Mann, der hinter einer Kamera stand und Probeaufnahmen mit dem Beleuchtungsdouble machte.

«Mehr nach rechts, Jasmin! Ja, so ist es perfekt!» Der Bärtige winkte und warf einen prüfenden Blick durch den Sucher.

Ein Schraubenzieher landete vor meinen Füßen. Ich sprang zur Seite und schaute nach oben. Auf einer Leiter, in schwindelerregender Höhe, standen die zwei Männer, die eben den riesigen Kronleuchter quer durch das Foyer geschleppt hatten, und waren dabei, meine alte Deckenbeleuchtung abzumontieren. Offenbar wollte man den Nostalgiefaktor des Cinéma Paradis um ein Vielfaches erhöhen.

Ich blickte auf die ersten beiden Stuhlreihen, deren Sessel jetzt durch Kameras und riesige Lampen ersetzt waren.

Dort stand ein kleiner Mann mit dunkler Brille und

redete eindringlich auf einen gut aussehenden Herrn mit dunkelblondem Haar, aristokratischer Miene und verdrossenem Gesicht ein, der sich später als Howard Galloway entpuppte. Der kleine Mann winkte freundlich, als er mich sah.

Es war Allan Wood, mein neuer Freund und der Mann, der dieses ganze gigantische Chaos zusammenhielt.

«Ah, Alläng! Kommen Sie, kommen Sie», rief er, und er strahlte übers ganze Gesicht. «Na, ist es nicht einfach großartig, was wir aus Ihrem kleinen Filmpalast gemacht haben?» Er wies an die Decke, wo jetzt der überdimensionale Kronleuchter gefährlich schwankte. «Jetzt sieht es *richtig* alt aus, finden Sie nicht?»

Drei Stunden später fuhr sich der Mann, der alles zusammenhielt, nervös mit dem Taschentuch über die Stirn. Das Strahlen hatte sein Gesicht verlassen. Seine Geduld schien erschöpft. Bei Dreharbeiten gab es gute und schlechte Tage, hatte ich mir sagen lassen. Und dann gab es noch die sehr schlechten Tage.

Dies war offenbar ein sehr schlechter Tag.

«So, das Ganze noch mal. Konzentriert euch. Drei, zwei, eins uuund *Action!*», rief Allan Wood.

Er stand hinter Carl, dem Kameramann, und schaute sich, seinen Daumen unter dem Kinn und den Zeigefinger gegen den Mund gelegt, die Szene an, die nun schon zum neunten Mal wiederholt wurde. Sie sollte die Helden Juliette und Alexandre bei ihrer ersten Begegnung im Kinosaal zeigen.

Wenige Sekunden später wedelte er ungeduldig mit der Hand und brach ab.

«Nein, nein, nein, so geht das nicht! Solène, du musst dich eher umdrehen, bitte. Und ein bisschen mehr Überraschung. Du hast Alexandre seit Jahren nicht mehr gesehen. Du hast angenommen, er wäre schon lange tot. So wie du ihn begrüßt, könnte man denken, er käme gerade von der Toilette zurück. Also, noch einmal ... mit Gefühl!» Er tupfte sich hektisch mit dem Taschentuch auf der Stirn herum. «Und es heißt *Ich habe dich nie vergessen, Alexandre* und nicht *Ich habe jede Sekunde an dich gedacht, Alexandre*. Dann Blick in die Kamera. Großaufnahme. *Cut*.»

«Wisst ihr was? Ich habe eine Idee!», rief Solène. Sie sagte es so, als ob ihr gerade die Formel für ewige Jugend eingefallen wäre, und alle am Set verdrehten die Augen. Solène Avril war wohl dafür bekannt, dass sie mit ihren «Ideen» eben mal kurz alles über den Haufen warf.

Allan Woods rechtes Auge fing an zu zucken.

«Nein, bitte! Keine Ideen mehr für heute, Solène. Ich bin der Regisseur, ich treffe die Entscheidungen.»

«Ach, ich bitte dich, jetzt sei doch nicht so spießig, *chéri*.» Solène lächelte gewinnend. «Wir ändern die ganze Stelle einfach. *Ich habe jede Sekunde an dich gedacht, Alexandre* – das klingt doch viel besser, findest du nicht? Das klingt so schön ... *intensiv*. Lass uns das ändern.»

Allan Wood schüttelte den Kopf. «Nein, nein, das ist doch völlig ... ich meine, das ist doch völlig *unlogisch*, kapierst du das denn nicht?» Er seufzte. «Du hast Alexandre seit dreizehn Jahren nicht gesehen, da hast du nicht *jede Sekunde* an ihn gedacht.»

«Nein, sie denkt jede Sekunde an Ted», stichelte Carl, der Kameramann.

Solène sah gereizt zu dem großen bärtigen Mann im blauen Polohemd herüber. «Interessant! Ich wusste noch gar nicht, dass du auch Gedanken lesen kannst. Ich dachte, du liest nur SMS, die nicht für dich bestimmt sind.» Sie spitzte ihren hübschen Mund, und Carl blickte grimmig zu Boden. «Auf jeden Fall will ich keine Großaufnahmen heute, auf keinen Fall – ich hab die ganze Nacht kein Auge zugetan», sagte sie.

Carl kniff die Augen zusammen. «Daran ist nur dieser blöde Cowboy schuld», grummelte er. «Was muss der Kerl auch mitten in der Nacht anrufen. Hat der nicht mitgekriegt, dass die Uhren in Paris anders gehen als in Texas?»

«Jetzt hör endlich auf damit, Carl. Was sollen diese ständigen Sticheleien. Hast du ein Problem mit Ted?»

Carl schüttelte den Kopf. «Nicht, solange er auf seiner verdammten Ranch bleibt», erklärte er grimmig.

Solène lachte auf. «Das kann ich nicht versprechen, *stupid.* Du hast jedenfalls alles getan, um ihn davon zu überzeugen, dass es besser ist, nach Paris zu kommen.»

«Könntet ihr eure privaten Fehden vielleicht später austragen? Es nervt!» Howard Galloway warf einen gelangweilten Blick auf seine perfekt manikürten Fingernägel. «Ich würde jetzt gerne weitermachen? Ich habe Hunger.»

«*Chéri*, wir *alle* haben Hunger», sagte Solène. «Und es geht nicht *immer* nur um dich – auch wenn du natürlich der schönste Mann am Set bist und deswegen denkst, du müsstest auch den größten Part haben ...»

«Ruhe jetzt, ich bitte mir Ruhe aus! Absolute Ruhe!»

Allan Wood wippte auf seinen Schuhen vor und zurück und steckte sich etwas in den Mund, das verdächtig nach einer Magentablette aussah. Dann hob er die Hand, um sich Gehör zu verschaffen. «Jetzt reißt euch zusammen. Noch diese eine Szene, dann machen wir eine Kaffeepause.»

Er winkte Elisabetta herbei. Die Maskenbildnerin, die von allen nur Liz gerufen wurde, war ein gutmütiges Geschöpf mit einem runden, freundlichen Gesicht, und man hätte sie eher auf einem Bauernhof vermutet als an einem Set. Mit ein paar geschickten Handgriffen, Puder und Pinsel zauberte sie eine rosige Frische auf die Wangen der maulenden Schauspielerin und schminkte ihre Lippen nach.

Ein paar Minuten später waren alle wieder auf ihren Plätzen. Allan Wood seufzte erleichtert, als die Szene eine Viertelstunde später ohne weitere Zwischenfälle im Kasten war. «Okay, Kinder. Machen wir eine Pause», rief er und steckte sich eine letzte kleine Pille in den Mund.

Solène wusste es bereits. Sie hatte mich mit einem konspirativen Lächeln in mein ehemaliges Büro geführt, mir einen Hocker zugewiesen und die Tür hinter uns zugezogen. Jetzt saß sie mir gegenüber auf ihrem Stuhl, hielt einen Pappbecher mit heißem Kaffee in den Händen und sah mich mit glänzenden Augen an.

«*Quelle histoire!*», sagte sie begeistert. «Ich meine, was für eine Geschichte! Ein Kinobesitzer verliebt sich in eine geheimnisvolle Frau, und die ist ausgerechnet die verkrachte Tochter eines Regisseurs, der in seinem Kino dreht. Das ist ja besser als jeder Film! Hahaha!» Sie lachte unvermittelt.

Ich nickte und stellte verwundert fest, wie vertraut mir dieses silberhelle Lachen schon war. Solène, die kapriziöse, lebenslustige Frau mit den vielen Ideen, war mir ein bisschen ans Herz gewachsen.

«Ja», sagte ich dann. «Das ist wirklich ein unglaublicher Zufall! Allan Woods Tochter! Ich meine, da muss man erst einmal draufkommen.» Meine Gedanken kehrten für einen Moment in die Hemingway-Bar zurück und zu dem, was mir Allan über Hélène und seine Tochter erzählt hatte.

«Ich hoffe nur, dass er Méla auch findet», schloss ich besorgt. «In der Rue de Bourgogne wohnt jedenfalls keine Frau, die mit Nachnamen Bécassart heißt, das wäre mir aufgefallen.»

«Natürlich findet er sie», sagte Solène und zwirbelte eine Haarsträhne nach oben, die sich gelockert hatte. Dann legte sie ihre Hand auf meinen Arm. «Mach dir keine Sorgen, Alain. Er wird sie finden. Schließlich wollen wir doch alle, dass aus der Tragödie am Ende noch eine Komödie wird, *n'est-ce pas?*»

«Alle?», fragte ich. «Wer weiß denn noch davon?»

Solène nestelte an ihrer Perlenkette. «Oh, nur Carl – dem habe ich es natürlich erzählen müssen, schließlich waren wir ja mal sehr eng miteinander – und Liz natürlich. Die hat ein Faible für komplizierte Liebesgeschichten und findet das alles hochromantisch.» Sie lächelte. «Ich übrigens auch.» Sie sah mich ein wenig zu lange an, und ich beschloss, das Thema zu wechseln.

«Was war denn das eben mit Carl?», fragte ich.

Carl Sussman war ein exzellenter Kameramann, der bei diversen Oscar-Verleihungen schon einige Preise abgeräumt hatte. Und er war, wenn man den Worten Solènes glauben wollte, der größte Idiot, den die Sonne Frankreichs jemals gesehen hatte.

Dass der bärtige Hüne es einfach nicht akzeptieren wollte, dass die sprunghafte Schauspielerin ihre Affäre mit ihm beendet und sich einem texanischen Großgrundbesitzer zugewandt hatte, wusste ich ja bereits von Allan Wood. Doch seitdem das Team in Paris wieder zusammengekommen war, um die Dreharbeiten zu *Zärtliche Gedanken an Paris* aufzunehmen, wich der heißblütige Carl nicht mehr von Solènes Seite. Er klaute ihr Mobiltelefon, las alle Nachrichten, die Ted Parker ihr geschrieben hatte, löschte sie und schrieb dem Texaner dann: «Lass die Finger von Solène, Cowboy, das ist meine Braut.»

Selbstverständlich hatte die Schauspielerin ihrem aufgebrachten Liebsten, der in Texas auf seiner Ranch saß, alles erklärt und Carl gehörig zusammengestaucht. Sie hatte ihm sogar gedroht, dass sie darauf bestehen würde, den Kameramann zu wechseln, wenn er sich nicht in den Griff bekam, Doch Carl ließ sich von ihrem Zorn nicht beeindrucken.

«Wir sind füreinander geschaffen, *corazon*», sagte er immer wieder und setzte alles daran, Solène mit roten Rosen und leidenschaftlichen Liebesschwüren zurückzugewinnen. Carl war kein Mann, der ein Nein akzeptierte. Er ging ihr nach, wenn sie in der Rue de Faubourg Schuhe kaufte, er kam ins Ritz und hämmerte nachts an ihre Zimmertür. Und als sie ihn mit den Worten «*Alors, va-t'en, Carl, je ne veux pas!* Kapier's endlich!*»* abspeisen wollte, hatte er mit großer Bestimmtheit hervorgestoßen «*Ta gueule, femme! Tu fais ce que je te dis!*» und sie geküsst. Tatsächlich hatte Solène ihren Mund gehalten und sich noch einmal – ein einziges Mal hinreißen lassen.

«Nun, ja ... Carl ist ein durchaus attraktiver Mann, und wir hatten einige Margaritas getrunken», erklärte sie mir verlegen. «Aber muss dieser Idiot nachts gleich mein Telefon abheben?»

Als statt Solènes süßer Stimme der dunkle Bass eines Mannes mit brasilianischen Wurzeln im Hörer erklang, der mit der Preisgabe seiner Identität durchaus kein Problem hatte und «Hier ist Carl» in den Hörer brummte, war es zu einer transatlantischen Verstimmung größeren Ausmaßes gekommen. Die Katastrophe war perfekt. Carl war sehr zufrieden, Solène war äußerst wütend, und der eifersüchtige Rancher, der aus dem fernen Texas eingehend die gesamte französische Regenbogenpresse studierte, um sich ein Bild davon zu machen, was in Paris im Umfeld der Dreharbeiten alles so passierte, war zutiefst beunruhigt.

Auch Solènes Beteuerungen, es sei nur der Zimmerkellner gewesen, der nachts um vier noch ein Club-Sandwich in die Suite gebracht hätte, konnten den etwas schwerfälligen, aber nicht dummen Mann verständlicherweise nicht überzeugen.

«Ich kann nur hoffen, dass Ted sich wieder beruhigt. Er ist immer so impulsiv, wissen Sie», erklärte mir Solène mit einem selbstvergessenen Lächeln. Sie beugte sich vor und sah mich an. Und wie sie so dasaß mit ihren großen blauen Augen und dem himmelblauen Seidenkleid, dessen mit Tüll unterfütterter Rock sich um ihre schlanken Beine bauschte, wirkte sie so unschuldig wie eine Ophelia, der man großes Unrecht angetan hatte. Schließlich stieß sie einen kleinen Seufzer aus.

«Ach, all diese eifersüchtigen Männer um mich herum! Das ist wirklich anstrengend, Alain, das können Sie mir glauben.»

Solène ließ sich anmutig in ihren Stuhl zurücksinken und schlug die Beine übereinander. Dann zwinkerte sie mir zu und gab mir mit ihrem spitzen blauen Fünfziger-Jahre-Schuh einen auffordernden Stups gegen das Knie. «In meinem nächsten Leben versuche ich es vielleicht doch lieber mal mit einem süßen französischen Intellektuellen, was meinen Sie?»

20

— ❋ —

Es war wie im Märchen. Auch dort hat die Zahl Drei eine magische Bedeutung. Drei Mal darf die schöne Müllerstochter den Namen Rumpelstilzchens erraten. Die verwunschene Prinzessin erscheint drei Mal in der Nacht dem König. Aschenputtel schüttelt drei Mal den Baum auf dem Grab ihrer Mutter, um das passende Kleid für den Ball zu bekommen.

Drei Tage nachdem Solène Avril zu mir gesagt hatte: «Mach dir keine Sorgen, Alain. Er wird sie finden», schien sich auch mein größter Wunsch zu erfüllen. Im Märchen wäre es wohl ein berittener Bote gewesen, der die Neuigkeiten überbracht hätte – in meiner Wirklichkeit, die im einundzwanzigsten Jahrhundert angesiedelt ist, war es schlicht das Mobiltelefon, das klingelte.

Entgegen seiner sonstigen Gewohnheiten kam Allan Wood gleich auf den Punkt.

«Ich weiß jetzt, wo sie wohnt!», sagte er, und ich stieß einen freudigen Laut aus, reckte meine Faust in die Luft wie ein Fußballspieler nach dem entscheidenden Tor und machte an der Ecke Vieux-Colombier und Rue de Rennes einen Luftsprung.

Eine Dame, die gerade mit einer hübschen Papiertüte und zufriedener Miene aus einem Schmuckladen auf die Straße trat, sah mich neugierig an, und ich hatte das Gefühl, mein Glück auf der Stelle mit jemandem teilen zu müssen.

«Er hat sie gefunden!», rief ich der erstaunten Dame zu.

Sie zog amüsiert die Augenbrauen hoch und sagte in einem Anfall von Humor: «Na, das ist ja großartig.»

«Er hat sie gefunden!», erklärte ich kaum fünf Minuten später meinem Freund Robert, der gerade auf dem Weg in die Vorlesung war.

«Großartig», sagte mein Freund. «Lass uns später telefonieren.»

Es war Donnerstag, früher Nachmittag, und die Welt war die beste aller Welten. Allan Wood, Regisseur, Meisterdetektiv und mein neuer Freund und Verbündeter, hatte es geschafft. Er hatte seine Tochter gefunden, die Frau, der ich mein Herz geschenkt hatte.

Es war zunächst recht mühsam gewesen, doch nach einigen zähen Telefonaten mit Mitgliedern von Hélènes Familie an der Loire, die sich vor allem dadurch auszeichneten, dass der Hörer aufgeknallt wurde, sobald Allan seinen Namen nannte, gab es dann doch einen Neffen zweiten Grades, der Mitleid hatte mit dem aufgeregten Ex-Freund seiner verstorbenen Tante Hélène und bereit war, diesem die Adresse der gemeinsamen Tochter zu verraten.

Wie sich herausstellte, war Méla erst vor etwa einem Jahr – offensichtlich nach einer dramatisch gescheiterten Ehe mit einem Südfranzosen (Genaueres wusste der Neffe allerdings nicht zu berichten) – von Arles wieder nach Paris gezogen. Sie lebte jetzt unter ihrem Mädchennamen im Bastille-Viertel unweit der Place des Vosges, die genaue Straße war dem Neffen leider nicht bekannt, aber er konnte Allan Wood immerhin eine Festnetznummer geben.

«Ich habe schon recherchiert», erklärte dieser stolz. «Sie wohnt in der Rue des Tournelles. Dort gibt es in der Tat jemanden, der Bécassart heißt.»

«Das ist ja sensationell!», hatte ich in mein Telefon geschrien, und der Japaner mit der großen Fotokamera, der an mir vorbeiging, war mit einem unangenehm berührten Lächeln zusammengezuckt. Ich war selig, aber dann musste ich an meine Erfahrungen im Haus in der Rue de Bourgogne denken.

«Meine Güte, Allan», seufzte ich. «Das ist wirklich zu schön, um wahr zu sein. Hoffentlich ist sie es diesmal wirklich.»

«Sie ist es. Ich habe schon angerufen.»

«Was?! Und was hat sie gesagt?»

«Nichts. Ich meine – nur ihren Namen.» Allan Wood klang etwas verlegen. «Ich habe mich nicht getraut, etwas zu sagen, und gleich wieder aufgelegt. Aber sie ist es – das war definitiv Mélas Stimme.»

Die Aufregung durchfuhr mich wie ein Stromstoß. Am liebsten hätte ich sofort die Metro genommen und wäre zu Mélanie gefahren. Doch Allan Wood riet zu einem umsichtigen Vorgehen.

«Lassen Sie uns nichts überstürzen, mein Freund – es kommt jetzt nicht auf einen Tag an, und wir brauchen einen guten Plan», sagte er mit Panik in der Stimme und bat mich zu warten, bis die Dreharbeiten im Cinéma Paradis abgeschlossen waren, die ihm gerade den letzten Nerv raubten. Dies sollte mit ein bisschen Glück am nächsten Tag der Fall sein. Vorher sah sich Allan Wood einer Konfrontation mit seiner Tochter, deren Ausgang ungewiss war, nicht gewachsen.

«Ich verstehe Ihre Ungeduld, Alläng, aber ich möchte den Kopf frei haben. Schließlich geht es ja nicht nur um Ihre Freundin, sondern auch um meine Tochter. Wir müssen in dieser Sache am selben Seil ziehen, okay?»

Ich nickte enttäuscht, von mir aus hätte es auch sofort losgehen können. Doch Allan beschwor mich, die Ruhe zu bewahren und ihm zu vertrauen. Er machte mir klar, dass diese hochsensible Situation ein bisschen Fingerspitzengefühl erfordern würde. Es hatte ja durchaus Gründe, dass Mélanie Bécassart ihrem Vater seit Jahren den Kontakt verweigerte und auch nicht mehr ins Kino gekommen war. Starke Gefühle waren im Spiel, und es war anzunehmen, dass die Gesuchte sich nicht vor Freude überschlagen würde, wenn ihr Vater und ich plötzlich im Türrahmen standen.

Auch wenn mein Herz schon in die Rue des Tournelles vorauseilte, sagte mir mein Verstand doch, dass Allan Wood recht hatte. Und so verabredeten wir uns für den

Freitagabend bei mir zu Hause, um in Ruhe zu besprechen, wie wir am besten vorgehen wollten.

Samstags um halb acht lag das Marais wie ausgestorben da. Die Bürgersteige waren nass, ein leichter Nieselregen fiel auf Paris, der Himmel hing bleiern über der Stadt – es war der perfekte Morgen, um auszuschlafen nach einer durchfeierten Nacht.

Zwei Männer in Regenmänteln saßen hinter der beschlagenen Scheibe eines kleinen Cafés unweit der Metro-Station Bastille bei einem Espresso und diskutierten. Dann schwiegen sie und warfen sich konspirative Blicke zu. Neben ihnen auf einer schwarz gestrichenen Holzbank lagen zwei riesige Blumensträuße. Es war unschwer zu erraten, dass diese beiden Männer etwas im Schilde führten. Offenbar hatten sie einen Plan.

Es ist auch unschwer zu erraten, wer diese beiden Männer waren, doch der Vollständigkeit halber sei es an dieser Stelle noch einmal erwähnt: Die beiden Männer waren Allan Wood und ich.

«Vielleicht ist es doch besser, wenn Sie vorgehen, Allan», sagte ich gerade. In wenigen Minuten würden wir bei Mélanie Bécassart in der Rue des Tournelles klingeln, und mir war schlecht vor Aufregung.

«Nein, nein. Auf keinen Fall – wenn sie mich sieht, wird sie uns gleich die Tür vor der Nase zuknallen. Sie müssen vorgehen.»

Allan Wood klapperte nervös mit der leeren Espressotasse auf dem Unterteller herum. «Drehen Sie jetzt nicht durch, Alläng, wir machen es genau so, wie wir es gestern besprochen haben.»

Unser Plan war so genial, wie ein Plan zweier Männer nur sein kann, die die Liebe einer Frau zurückgewinnen wollen.

Wir hatten das getan, was Männern als Erstes einfällt. Wir hatten Blumen gekauft – Unmengen von Rosen, Flieder, Schleierkraut und Hortensien waren von einer nachsichtig lächelnden Blumenfrau zu zwei gigantischen Sträußen gebunden worden. «Für wen soll der Strauß denn sein?», hatte sie gefragt, und Allan und ich hatten synchron geantwortet: «Für meine Tochter», und: «Für meine Freundin», und die Blumenverkäuferin hatte gefragt, ob es für einen Geburtstag sei. Wir hatten beide den Kopf geschüttelt, aber zu verstehen gegeben, dass wir wild entschlossen waren, für die Sträuße Geld im Gegenwert eines Kleinwagens auszugeben.

«Sie müssen übergewältigend sein!», hatte Allan gesagt.

Und das waren sie in der Tat – übergewältigend. Wir konnten die Sträuße kaum tragen, aber immerhin zogen die mit rosafarbenem und himmelblauem Papier umwickelten Blumen die wohlwollenden Blicke aller weiblichen Passanten auf sich, denen wir begegneten. Und das war schon mal ein gutes Zeichen.

Wir hatten viel diskutiert an diesem Freitag, als Allan etwas erschöpft, aber glücklich aus dem Cinéma Paradis zurückkam, wo am Nachmittag die letzte Szene abgedreht worden war. Wir hatten viel überlegt und waren zu dem Schluss gekommen, dass der frühe Samstagmorgen die größtmögliche Chance bot, Mélanie Bécassart in ihrer Wohnung anzutreffen. Wenn sie die Tür öffnete, sollte ich dort in vorderster Reihe stehen, ihr die Blumen entgegenhalten und etwas sagen wie: «Bitte, verzeih mir und gib mir nur eine Minute. Ich muss mit dir reden.» Danach würde Allan Wood hinter seinem Strauß in Erscheinung treten.

Es sei immer gut, eine Frau um Verzeihung zu bitten, hatte Allan gesagt.

Um neun Uhr standen wir mit klopfendem Herzen vor Mélanies Wohnungstür. Wir hätten es sicher auch anders geschafft, aber glücklicherweise gab es in dem herrschaftlichen Gebäude in der Rue des Tournelles eine Concierge. Diese äußerst freundliche Dame hatte uns bereitwillig ins Haus gelassen, als sie unsere Blumen sah und wir ihr treuherzig erklärten, dass Mademoiselle Bécassart heute Geburtstag habe und wir sie überraschen wollten. Männern mit Blumen traut man offenbar nichts Schlechtes zu.

Im Flur war es friedlich und ruhig. Das ganze Haus schien noch zu schlafen, als wir die leise knarrende Holztreppe hinaufgingen. Im dritten Stock blieben wir stehen.

Ich blickte auf meinen Strauß und dachte, dass ich noch für keine Frau so viele Rosen gekauft hatte. Dann streckte ich die Hand nach der Klingel aus.

Ein melodischer Dreitonklang ertönte. Ich hörte zu,

wie er verklang, und wagte kaum zu atmen. Hinter mir raschelte Allan mit seinen Blumen. Wir warteten angespannt. Wie oft hatte ich in den letzten Wochen schon vor fremden Türen gestanden und geläutet. Diesmal sollte es das letzte Mal sein.

Hinter der schweren dunklen Holztür regte sich nichts.

«So ein Mist, sie ist nicht da!», zischte ich.

«Schhh!», machte Allan. «Ich glaube, ich habe etwas gehört.»

Wir lauschten. Und dann hörte ich es auch. Schritte und ein leises Knarren von Dielenböden. Ein Schlüssel wurde im Schloss umgedreht, dann öffnete sich die Tür einen Spalt und gab den Blick frei auf eine zierliche Gestalt mit zerzaustem Haar, die in einem blau-weiß-geringelten Nachthemd und mit bloßen Füßen dastand und sich die Augen rieb.

«Ach, du meine Güte, was ist denn *das*?», sagte sie, und ihr erstaunter Blick glitt über das Blumenmeer vor ihrer Tür und die beiden Männer dahinter.

Das Drehbuch sah an dieser Stelle eigentlich vor, dass ich meinen Satz sagte. Doch ich sagte nichts. Ich sah sie nur an und merkte, wie mir der Boden unter den Füßen wegglitt. Dann hörte ich wie aus weiter Ferne Allan Woods Stimme, der hinter seinen blauen Hortensien nur ein Wort hervorbrachte.

«Méla!»

«Papa!», sagte die Frau im Nachthemd und war zu überrascht, um böse zu sein. «Was machst *du* denn hier?»

21

---❋---

Das Leben ist eine Seifenblase, sagt Tschechow. Und meine war soeben zerplatzt. Während Allan Wood seine verlorene Tochter gerührt in die Arme schloss und diese – durch den Tod ihrer Mutter Hélène erwachsener geworden und unerwartet milde gestimmt – ihn zu sich in die Wohnung bat, legte ich meinen Rosenstrauß an der Türschwelle ab wie an einem Grab und taumelte die Treppen hinunter.

Méla war nicht Mélanie. Das war die bittere Wahrheit.

Wie sehr hatte ich gehofft, in ihr herzförmiges Gesicht mit den großen braunen Augen zu schauen, als die Wohnungstür sich langsam öffnete. Wie sicher war ich mir gewesen, dass nur ein winziger Moment mich von meinem Glück trennte.

Dann schaute mich diese fremde junge Frau mit fragendem Blick an, und ich stürzte ins Bodenlose. Es konnte nicht sein, nicht nach allem, was wir meinten, herausgefunden zu haben. Ich stand da wie der steinerne Gast und sah mir stumm die Wiedervereinigung zwischen Méla und ihrem Vater an.

Allan Wood, selbst von Gefühlen überwältigt, hatte sich nach einigen im Flur gestammelten Erklärungen dann doch noch einmal kurz meiner erinnert und mich gefragt, ob ich nicht trotzdem noch auf einen Kaffee mit hereinkommen wolle. Ich hatte den Kopf geschüttelt. Das wäre denn doch zu viel gewesen.

Und während der kleine Mann mit der Hornbrille und seine hübsche Tochter sich sicherlich viel zu erzählen hatten, lief ich wie betäubt durch die Straßen des Marais und kam mir seltsam unwirklich vor. Es regnete immer noch, aber ich machte mir nicht einmal die Mühe, meinen Mantelkragen hochzuschlagen.

Es war gut und richtig, dass es mir in den Kragen regnete und dass ich nass wurde. Oder es war auch einfach nur egal.

Mit dem Regen brach die ganze Traurigkeit der Stadt über mich herein, und doch ist der Regen immer nur ein Regen und nichts, was dein Leben kommentiert. Das Wetter interessierte mich nicht. Wer braucht schon einen blauen Himmel, wenn er unglücklich ist?

Robert hatte schon recht. Der Himmel, ob grau oder blau, war kalt und ohne Gefühle, und am Ende war die Sonne auch nur ein Feuerball, der unbeeindruckt von allem, was hier unten auf der Erde passierte, seine glühenden Magmamassen ins All schleuderte.

Ich lief durch die Straßen, schweren Herzens und ohne Ziel, ich kann nicht einmal sagen, dass ich besonders viel gedacht hätte, und wenn doch, kann ich mich nicht daran erinnern. Ich setzte meine Füße voreinander wie ein Automat, ich empfand nichts, nicht einmal die Feuchtigkeit, die mir in die Knochen kroch, nicht einmal den Hunger, der sich in der Magengegend bemerkbar zu machen suchte.

Ich war ein im Kampf Geschlagener und trat den Rückzug an wie vor zweihundert Jahren Napoleons Grande Armée nach der Niederlage in Russland. Zu sagen, dass ich demoralisiert gewesen sei, wäre eine Untertreibung gewesen. Dieser letzte Versuch hatte mich meine letzte Kraft gekostet und mir restlos den Mut genommen.

Ich wusste nicht, was ich noch hätte tun können. Ich konnte nichts mehr tun, es war vorbei. Endgültig.

Ich hatte mir die ganze Zeit über etwas vorgemacht. Wie naiv war ich eigentlich gewesen, dass ich im Ernst annehmen konnte, dass Allan Woods Tochter und die Frau im roten Mantel ein und dieselbe Person waren? Wie naiv musste man sein, um zu glauben, dass eine Frau, die sich seit Wochen nicht mehr meldete, noch in irgendeiner Form an einem interessiert war. Es war lächerlich. Ich war lächerlich. Ein Traumtänzer, so wie es Papa immer gesagt hatte.

Die Erkenntnis traf mich, als ich über den Pont Neuf marschierte und ein vorbeifahrender Taxifahrer mir eine Ladung Wasser gegen die Kleidung spritzte. Das Wasser klatschte gegen meine Beine, und ich dachte: Willkommen in der Realität, Alain!

Mit einem gewissen selbstzerstörerischen Zynismus, der mir eine seltsame Befriedigung schenkte, dachte ich an Dr. Destouche aus *Die Liebenden vom Pont Neuf*, der die Schächte der Pariser Metro mit der erblindenden Hauptheldin plakatiert hatte, um diese ausfindig zu machen. Ein Witz! Und ich hätte ja nicht einmal ein Foto gehabt. Ich hatte nichts. Nichts außer einem Brief und ein paar schönen Sätzen.

Ich beschloss, mir das Mädchen mit dem roten Mantel ein für alle Mal aus dem Kopf zu schlagen.

Müde, nass, enttäuscht und wütend auf mich selbst, stieß ich irgendwann die Tür zum La Palette auf. Hier hatte es angefangen, und hier würde ich es beenden. Wie ein Mann. Ich setzte mich an einen Tisch im hinteren Teil des Bistros und bestellte einen Pernod und eine Flasche Rotwein. Das sollte wohl genügen für den Anfang.

Eigentlich ist es nicht meine Art, mich am Nachmittag schon zu betrinken. Aber nach dem milchigen Anisschnaps und weiteren vier Gläsern eines schweren Bordeaux, die ich in gleichmäßigen Zügen trank, stellte ich fest, dass Alkohol am Nachmittag etwas äußerst Stabilisierendes haben kann.

Draußen regnete es immer noch, aber meine feuchten Sachen wurden allmählich trocken, und mich selbst hatte eine dumpfe Ruhe erfasst, die sich angenehm anfühlte.

Ich winkte dem Kellner und orderte eine weitere Flasche.

Er sah mich misstrauisch an. «Möchten Sie vielleicht auch etwas essen, Monsieur? Vielleicht ein Sandwich?»

Ich schüttelte energisch den Kopf und gab einen unwilligen Laut von mir. Was redete der Idiot da für einen Unsinn. Vom Essen war noch niemand betrunken geworden. *«Je veux quelque chose à boire!* Etwas zu trinken», erklärte ich mit Nachdruck.

Der Kellner kam zurück und stellte unaufgefordert ein Körbchen mit frischem Baguette vor mich hin. Dann entkorkte er umständlich die neue Weinflasche.

«Erwarten Sie noch jemanden, Monsieur?»

Ich fand seine Frage ausgesprochen komisch. «Ich?», fragte ich und zeigte in einer großartigen Geste auf mich selbst. «Aber nein. Um Gottes willen, sehe ich so aus? Ich bin allein. *Je suis tout seul.* Wie alle Idioten.» Ich lachte über meinen tollen Witz und nahm einen großen Schluck aus dem wieder gefüllten bauchigen Glas. «Möchten Sie einen mittrinken – ich lade Sie ein. Aber nur, wenn Sie auch so ein Idiot sind.»

Der Kellner lehnte dankend ab und entfernte sich mit irritierter Miene. Er schien geradewegs in eines der Gemälde zu gehen, die an den Wänden hingen. Das war seltsam. Ich schüttelte ein paarmal energisch den Kopf, und dann sah ich ihn wieder mit seinen Kollegen am Tresen lehnen. Sie sahen zu mir herüber. Das La Palette füllte sich allmählich.

Ein großer stattlicher Herr betrat mit wehendem Mantel das Bistro und schüttelte ausgiebig seinen Regenschirm, bevor er ihn mit dem Ausruf «Was für ein Sauwetter!» zuklappte. Mein Kellner hastete nach vorn und nahm ihm – völlig untypisch – Schirm und Mantel ab.

Ich sah neugierig hinüber. Jede Bewegung, die der kantige Mann mit den schwarzen Haaren machte, strotzte nur so vor Wichtigkeit. Für wen hielt er sich denn – für den Kaiser von China? Ich hatte sofort eine unangenehme Schwingung, als er sich jetzt im hinteren Teil des La Palette unweit von meinem Tisch krachend auf einen Stuhl fallen ließ und ein Steak frites bestellte.

Er schlug eine Zeitung auf und blickte mit selbstgefälliger Miene umher. Ich kniff die Augen zusammen und überlegte, woher ich den Wichtigtuer kannte. Und dann fiel es mir wieder ein. Es war Georges Trappatin – der Besitzer eines der größten Multiplex-Kinos auf den Champs-Elysées.

Ich hatte einmal das zweifelhafte Vergnügen gehabt, bei einer Veranstaltung der *Cinémathéque française* den ganzen Abend neben ihm zu sitzen und mir seine blöden Sprüche anzuhören. «Dass ihr kleinen Kinobesitzer euch immer noch was vormacht», hatte er damals kopfschüttelnd gesagt. «Die Filme sind ja schön und gut, um die Leute aus ihren Wohnzimmern zu locken, aber den Umsatz muss man mit Werbung, Popcorn und Getränken machen. Alles andere rechnet sich nicht.»

Ich nahm einen Schluck Wein und bemerkte zu meinem Schrecken, dass auch Monsieur Trappatin mich bemerkt hatte. Er stand auf und kam mit schwerfälligen Schritten zu meinem Tisch herüber. Dann schwebte sein rötliches Gesicht über mir wie ein chinesischer Lampion.

«Na so was, Monsieur Bonnard!», sagte er. «Das nenne ich ja mal eine Überraschung. *Long time, no see*, harharhar!»

Ich betrachtete aufmerksam seine fleischigen Lippen, die sich öffneten und schlossen wie die beweglichen Kiefer einer Marionette, und gab ein unbestimmtes Brummen von mir.

«Dabei hab ich neulich noch an Sie gedacht, ohne Spaß. Das kleine Cinéma Paradis ...» Er schüttelte den Kopf. «Bei Ihnen brummt's ja jetzt gewaltig, was? Hab's in der Zeitung gelesen. Da ist ja mal ein Schluck aus der Pulle, was?!» Sein Mund verzog sich zu einem anerkennenden Grinsen.

Ich starrte angelegentlich auf meine Rotweinflasche, und er folgte meinem Blick.

«Na, wie ich sehe, feiern Sie schon kräftig, harharhar!»

Georges Trappatin schlug mir kumpelhaft auf die Schulter, und ich kippte fast von meinem Stuhl. «So 'n bisschen Presserummel ist ja schon die halbe Miete, was?» Wieder folgte ein dröhnendes Lachen, das seltsam hohl in meinem Kopf widerhallte. Ich zuckte schmerzlich berührt zusammen. Monsieur Trappatin wertete dies offenbar als Zustimmung.

«Na, freut mich jedenfalls für Sie, dass Ihre kleine Klitsche auch mal ein Stück vom Kuchen bekommt», meinte er gönnerhaft. «Ich persönlich glaube ja nicht an die Zukunft dieser kleinen Kinos.»

Er lehnte schwer auf meinem Tisch, und ich sackte in meinem Stuhl zurück.

«Das hat sich überlebt, ganz klar. Man muss eben mit der Zeit gehen, was? Die Leute wollen heute Action. Event-Kino mit allem Schnickschnack.» Er richtete sich wieder auf. «War neulich noch auf einer Messe in Tokio. Diese Asiaten sind ja nicht so mein Fall, aber ich muss zugeben, was die ganze Technik angeht, sind die uns einen Riesenschritt voraus. Da ist das Ende der Fahnenstange noch lange nicht erreicht, da muss man kein Prophet sein.» Er schnaufte begeistert.

«Ich mach jetzt in 4-D. Das ist der Knaller, sag ich Ihnen! Sensory Seats und Gerüche – tja, man muss Visionen entwickeln in unserem Geschäft. Man muss investieren.»

Ich gebe zu, ich hatte etwas Mühe, dem Visionär Georges Trappatin auf seinem Weg in die vierte Dimension zu folgen. Bei mir verschmolz das Raumzeitgefüge gerade mit einer Art Andromedanebel, in dem die Sätze des Kinomoguls keinen rechten Sinn mehr zu machen schienen.

«Sensory Seats?», wiederholte ich schwerfällig und goss mir mein Glas wieder voll. «Klingt super. Kann man damit auch fliegen?»

Ich stellte mir für einen Moment vor, wie die Zuschauer des Multiplex-Kinos mit ihren Popcorntüten gemütlich zum Mond schaukelten, und kicherte leise in mein Rotweinglas.

Georges Trappatin schenkte mir einen überraschten Blick und brach dann wieder in Gelächter aus. «Harharhar, sehr gut!», sagte er jovial und stieß seinen Zeigefinger in meine Richtung. «Ich schätze Ihren Humor, Monsieur Bonnard, wirklich!»

Dann erklärte er mir die unglaublichen Vorzüge seiner neuen Bestuhlung. Perlen vor die Säue, ich verstand kein Wort, nickte ab und zu und ließ ihn reden.

Georges Trappatin war für seine Monologe bekannt. Doch nach einer Weile bemerkte selbst er, dass die Unterhaltung doch recht einseitig verlief.

«Ah! Da kommt mein Essen!», rief er schließlich. «Also dann, Monsieur Bonnard ... Man sieht sich! Ich hoffe doch, Sie laden mich zur Filmpremiere in Ihr kleines Kino ein. *Zärtliche Gedanken an Paris* klingt nicht gerade nach einem Kassenschlager, was? Aber es gibt ja immer wieder Überraschungen. Wenn ich da an diese Rollstuhlfahrergeschichte denke ... Echt, da war ich platt, wie das Ding plötzlich abging. *Ziemlich beste Freunde* – da hätte ich meinen kleinen Finger für verwettet, dass das ein Flop wird. Na ja, ich bin ja auch nicht Jesus, was? Harharhar.» Er zwinkerte mir zu. «Ich bin kein Freund von Allan-Wood-Filmen, da wird zu viel gequatscht. Aber diese Avril würde ich mir gern mal aus der Nähe anschauen. Ein tolles Weib.» Er machte eine entsprechende Handbewegung und ließ seine Zunge obszön zwischen den Lippen hin und her schnellen.

Ich starrte ihn feindselig an. Mit einem Mal war ich davon überzeugt, den Teufel aus *Die Hexen von Eastwick* vor mir zu haben. Ich musste Solène warnen – es war offensichtlich, dass dieser grässliche Kerl es auf sie abgesehen hatte.

Als Monsieur Trappatin etwas verunsichert durch meinen starren Blick an seinen Tisch zurückkehrte, schwor ich mir, dass er niemals einen Schritt über die Schwelle meines Kinos setzen würde. Sollte er doch in der Hölle braten!

Nach einem weiteren Glas Wein hatte ich den Teufel in der Gestalt des Monsieur Trappatin vergessen und dachte wieder an Mélanie, die immer ins Cinéma Paradis gekommen war, wenn sie die Liebe suchte. Wie es schien, hatte sie die Liebe inzwischen an einem anderen Ort gefunden. Auch Allan Wood hatte seine Tochter gefunden. Alle hatten gefunden, wonach sie suchten. Nur ich war übrig geblieben.

Ich ließ mich deprimiert nach vorn sinken, stützte die Ellbogen auf den Tisch, umfasste mein Glas und sah zu, wie der Rotwein darin schaukelte. Plötzlich sah ich Mélanies Hände, die ich hier vor wenigen Wochen noch in den meinen gehalten hatte, und der Schmerz schwappte über mich wie eine große Welle. Ich stellte das Glas unglücklich ab.

Am Montag machte das Cinéma Paradis wieder auf, aber Mélanie würde nicht mehr kommen. Sie würde nie mehr kommen. Es war so, als hätte es die Frau im roten Mantel nie gegeben. Sie hätte auch genauso gut tot sein können.

«Was für eine traurige, traurige Geschichte», murmelte ich düster, und meine Augen wurden feucht vor Mitleid. «Der arme, arme Alain. Es ist ein Jammer, alter Junge, es ist ein Jammer.»

Ich nickte ein paarmal mitfühlend und war mir nicht mehr ganz sicher, wer der alte Junge eigentlich war. Ich – oder eine andere traurige Gestalt, die ebenfalls Alain hieß. Auf jeden Fall schien es mir das Beste, weiterzutrinken. «*À tes amours!*», nuschelte ich. «Auf die Liebe!» Der Rotwein schwankte gefährlich, als ich das Glas jetzt mit einer ungelenken Bewegung wieder anhob. Vielleicht war es aber auch der Boden, der schwankte.

Ich winkte den Kellner wieder zu mir.

«Sagen Sie…», fragte ich und bemühte mich, deutlich zu sprechen. «Ham Sie das gerade auch gemerkt? Der Boden hat geschwankt. Ob das ein Erbeben is?»

Der Kellner schenkte mir einen nachsichtigen Blick. «Nein, Monsieur, das haben Sie sich sicher eingebildet.»

Seine Ignoranz machte mich wütend. «Was reden Sie da für einen Unsinn, Monsieur! So was bildet man sich nich ein. Ich hab es genau gespürt, das war ein Erdstoß. Sie!» Ich zeigte mit dem Finger auf ihn. «Versuchen Sie nich, mich für dumm zu verkaufen.» Aufgebracht erhob ich mich ein paar Zentimeter von meinem Stuhl und ließ mich dann wieder fallen.

Eine kleine Melodie unterbrach meine Rede. Die immergleichen Töne drangen an mein Ohr. «Und stelln Sie diese Gedudel ab, das schtört mich beim Denken.»

Der Kellner war sehr geduldig. «Ich glaube, Ihr Telefon hat geklingelt, Monsieur», sagte er und entfernte sich diskret von meinem Tisch.

Ich fischte das blöde Ding aus einem Regenmantel,

der neben mir über dem Stuhl hing. Hatte ich ihn da hingelegt? Ich konnte mich nicht erinnern.

«Ja?», stieß ich mühsam hervor. Das Sprechen strengte an. «Wer wagt es, mich zu schtören?»

«Alain?!», sagte Robert. «Was ist los? Geht's dir gut? Du klingst so merkwürdig. Und – habt ihr Mélanie gefunden?»

«Mein Freund», sagte ich. «Mir geht es sehr gut, aber du stells ziemlich viele Fragen auf einmal. Wir ham Méla gefunden. Aber Méla is nich Mélanie. Mélanie is gestorben, wussest du das nicht? Der arme Alain. Dem geht's jetz ech beschissen. Wir sissen hier und trinken ein Glas zusammen. Willsu nich auch kommen?»

«Großer Gott, Alain!» Die Stimme meines Freundes klang besorgt, und ich verstand gar nicht, warum. «Du bist ja völlig betrunken.»

«Ich bin nich betrunken, ich trinke nur», erklärte ich mit Nachdruck und merkte, wie das Restaurant sich um mich zu drehen begann.

«Wo bist du?»

«Inlaffalette», lallte ich.

Und dann kippte ich vornüber und schlief ganz friedlich auf der Tischplatte ein.

Nach einer Omelette und drei Tassen mit doppeltem Espresso hatte das La Palette aufgehört, sich um mich zu drehen. Ein Gang zur Toilette tat sein Übriges. Robert hielt mich und zog die Spülung.

«Ist doch gut, wenn es rauskommt», sagte er, als ich

mir den Mund mit Wasser ausspülte. Ich stützte mich auf dem Waschbecken auf und blickte in mein bleiches Gesicht, in das wirr die dunklen Haare fielen. Heute Morgen hatte ich eindeutig besser ausgesehen.

«Ich muss ins Bett», sagte ich.

Robert nickte. «Der erste vernünftige Satz, den ich heute Abend von dir höre.» Er klopfte mir aufmunternd auf die Schulter. «Schlaf erst mal eine Runde, dann geht's dir wieder besser. Alles halb so schlimm.»

Ich nickte ohne rechte Überzeugung. Inzwischen war ich wieder so nüchtern, dass ich Roberts Optimismus nicht wirklich teilen konnte. Ich fühlte mich nicht gerade großartig. Trotzdem taten mir seine Worte gut, so banal sie auch waren.

«Na ja», sagte ich und grinste tapfer. «Muss ja, oder?»

«Du wirst sehen, in ein paar Wochen wirst du über die ganze Sache lachen. Und dann stelle ich dir Melissas Freundin vor. Die ist genau dein Typ. Dunkelblond und superhübsch. Sie geht auch sehr gerne ins Kino. Sie hat Melissa und mich neulich mitgeschleift in so einen Film über ein Altersheim in Indien. Das *Best Exotic Marigold Hotel*», schloss er stolz. «Ein guter Film. Hat mir sehr gefallen.»

Es war offensichtlich, dass er alles tat, um mir eine Freude zu machen.

«Schön», sagte ich. «Den Film kenne ich.»

«Und was der schlagende Vorteil ist ...» Robert zog sein Augenlid mit dem Finger herunter. «Dieses Mädchen ist eine Frau aus Fleisch und Blut – nicht irgend so ein Hirngespinst im roten Mantel.»

Robert war an diesem Abend wirklich sehr nett zu mir. Er bezahlte meine Rechnung und bestand darauf, mich bis an die Wohnungstür zu begleiten.

Als wir aus dem La Palette traten, bemerkte ich einen großen vierschrötigen Mann, der einsam an einer Laterne lehnte und kurz zum Eingang hinüberschaute. Dann zündete er sich in bester Marlboro-Mann-Manier eine Zigarette an und warf das Streichholz auf den Boden. Auch andere waren einsam auf dieser Welt.

Robert ließ es sich nicht nehmen, mich an diesem desaströsen Abend mit einem Filmzitat zu verabschieden, das er sich wohl für Augenblicke wie diesen gemerkt hatte.

«Nimm's nicht so schwer, Alain, und ruf mich an, wenn irgendetwas ist, okay? Und wenn du trinken musst, dann lass uns das zusammen machen. Allein trinken ist noch nie gut gewesen.»

Ich nickte. Da hatte mein Freund ausnahmsweise mal recht. Mir war immer noch ein wenig schummrig, aber immerhin stand ich wieder. Ich lehnte im Türrahmen und sah Robert nach, der zur Treppe ging. Er drehte sich noch einmal um.

«Wie sagt dieser nette indische junge Mann aus dem *Best Exotic Marigold Hotel* noch? Am Ende wird alles gut. Und wenn es nicht gut ist, dann ist es auch noch nicht das Ende.» Er zwinkerte mir vielsagend zu, und ich schloss die Tür.

Das war ein bemerkenswerter Satz. In Indien, wo man an die Wiedergeburt glaubte, besaß er eine ganz eigene

Gültigkeit. Doch hier im Westen musste man auch mit einem schlechten Ende leben.

Dennoch sollte Robert recht behalten. Das Ende der Geschichte war noch nicht erreicht. Noch lange nicht.

Als es wenige Minuten später an meiner Tür klingelte, dachte ich, mein Freund wäre noch einmal zurückgekommen, weil er etwas vergessen hatte. Leise fluchend stand ich auf und ging in meinem gestreiften Pyjama an die Tür. Dabei stolperte ich fast über Orphée, die sich stets neugierig vor der Wohnungstür herumdrückte, sobald die Türglocke läutete. Mit einem vorwurfsvollen Miauen sprang sie zur Seite. Ich scheuchte sie zurück und machte die Tür auf.

Doch es war nicht Robert. Dieser Tag war offensichtlich der Tag der überraschten Gesichter. Diesmal war ich an der Reihe. Vor mir stand ein Mann, den ich noch nie in meinem Leben gesehen hatte. Er schob seinen Hut ein bisschen zurück, und da erst erkannte ich den Marlboro-Mann wieder, der einsam an der Laterne vor dem La Palette gelehnt hatte.

«Sorry», sagte er in einem breiten Amerikanisch. «Sind Sie Alain Bonnard?» Er hatte ein gutmütiges wettergegerbtes Gesicht und kleine wachsame Augen.

Ich nickte verwundert. Und bevor ich noch Zeit hatte, etwas zu erwidern, hatte ich schon seine Faust im Gesicht.

Ich ging sofort zu Boden. Wieder kreiste die Welt um mich herum, diesmal waren es tanzende Sterne, die ich sah. Merkwürdigerweise fühlte ich keinen Schmerz, nur diesen angenehmen, kleinen Schwindel, der mich davon abhielt aufzustehen.

Der Mann mit dem Hut blickte in aller Seelenruhe auf mich herunter. «Lass die Finger von Solène, Schneckenfresser», sagte er.

Ich hörte, wie die Tür krachend ins Schloss fiel. Und dann hörte ich nichts mehr.

Als ich wieder zu mir kam, sah ich direkt in zwei grüne Augen, die mich durchdringend anstarrten. Ich spürte einen leichten Druck auf der Brust und blinzelte verwundert ins Licht. In meinen Ohren klingelte es unablässig. Die Matratze war sehr hart, und es war streng genommen auch keine Matratze.

Ich lag mitten im Flur auf meinem Berberteppich, auf mir thronte die angstvoll miauende Orphée, die Deckenbeleuchtung schien mir ins Gesicht, mein Kopf schmerzte wie verrückt, ich hatte das Gefühl, ein Laster wäre einmal über mein Gesicht gefahren, und der verdammte Klingelton in meinem Ohr wollte nicht aufhören.

Stöhnend richtete ich mich auf und zog mich an der Kommode hoch. Ein Blick in den Spiegel bestätigte mir meine schlimmsten Vermutungen. Der Mann im Spiegel war fertig mit der Welt. Und er sah auch so aus. Vorsichtig fasste ich mir an mein linkes Auge, das blau und zugeschwollen war. Und dann erinnerte ich mich wieder an den großen Mann mit dem harten Schlag, der gestern Abend vor meiner Tür gestanden und mich als Schneckenfresser beschimpft hatte.

Dabei mochte ich gar keine Schnecken! Seine Faust in meinem Gesicht war der krönende Abschluss eines Tages gewesen, der so hoffnungsvoll begonnen und dann gemäß den Gesetzen der antiken Tragödie auf sein tragisches Finale zugesteuert war.

Immerhin lebte ich noch. Wenn auch mit einem Hörsturz.

Als das penetrante Klingeln in meinem Ohr für kurze Zeit verstummte und dann erneut einsetzte, begriff ich, dass es mein Telefon war. Es stand ausnahmsweise einmal dort, wo die Aufladestation war – auf der Kommode im Eingangsflur.

Ich griff nach dem Hörer. Wahrscheinlich war es Robert, der sich nach meinem Befinden erkundigen wollte. Doch mein Freund schlief so früh am Sonntagmorgen noch. Es war Solène Avrils aufgeregte Stimme, die am anderen Ende der Leitung erklang.

«Gott sei Dank erreiche ich dich endlich, Alain», rief sie erleichtert. «Warum gehst du nicht an dein Mobiltelefon? Ich wollte dich warnen.»

Ich nickte, und wie so oft in letzter Zeit hatte ich das Gefühl, den großen Überblick verloren zu haben.

«Ja?», entgegnete ich abwartend.

«Ted ist in Paris und macht hier gerade einen kleinen Amoklauf. Irgendwie ist er auch auf diesen Artikel im *Parisien* gestoßen und hat das Foto von uns gesehen – du weißt schon, das von der Place Vendôme – ich habe versucht, ihm zu erklären, dass wir nur einen Spaziergang gemacht haben, aber er war nicht zu beruhigen.»

Solène seufzte. «Er rast vor Eifersucht. Jedenfalls ist er losgezogen, um dich zu stellen. Ich weiß nicht, was er vorhat, Alain, aber du musst aufpassen, hörst du? Er könnte plötzlich vor deiner Tür stehen. Ich mache mir große Sorgen.»

Ich lächelte. «Du kannst aufhören, dir Sorgen zu machen, Solène», sagte ich schicksalsergeben. «Er war bereits da.»

22

❊

Die Jakobsmuscheln ließen auf sich warten. Wir saßen an einem langen Tisch auf der Terrasse des Georges. Der Tag war unerwartet warm gewesen, die Menschen trugen sommerliche Kleider, und über dem Restaurant, das sich hoch oben auf dem Dach des Centre Pompidou befand und für seinen spektakulären Blick über Paris bekannt war, senkte sich ohne Eile ein indigoblauer Abendhimmel.

Ohne Eile schien auch das Motto der Bedienung. Seit einer halben Stunde versuchten wir vergeblich, die Aufmerksamkeit der langbeinigen Kellnerinnen auf uns zu ziehen, die offenbar eher für eine Modelkarriere ausgebildet waren denn für den Service. Mit wehendem Haar und gleichmütig-schönen Gesichtern staksten sie an uns vorbei und schenkten uns keine Beachtung.

Solène lächelte mir zu und hob ihr Champagnerglas. Sie hatte Geburtstag und war fest entschlossen, sich durch nichts ihre gute Laune verderben zu lassen. Ich versuchte, es ihr gleichzutun.

In den vergangenen sonnigen Maitagen hatte die Normalität wieder Einzug gehalten. Im Cinéma Paradis, von dessen Eingangstür François am letzten Montag das Schild «Wegen Dreharbeiten geschlossen» abgehängt hatte, und in meinem Leben. Bis auf die Tatsache, dass der riesige Kronleuchter im Vorführsaal hängen geblieben war und das alte Kino sich immer noch im Glanz der berühmten Namen sonnte, erinnerte nichts mehr an die turbulente Woche, in der die Filmcrew alles auf den Kopf gestellt hatte. Die Wohnwagen in der Straße waren verschwunden, und auch die Dreharbeiten zu *Zärtliche Gedanken an Paris* näherten sich allmählich ihrem Ende. Mehr als vier Wochen würde es nicht mehr dauern, bis die letzten Szenen, die noch in Paris gefilmt werden sollten, im Kasten waren.

Allan Wood strahlte über das ganze Gesicht. Er saß mir schräg gegenüber und hatte den Arm um eine rothaarige junge Frau mit riesigen Goldohrringen gelegt, die in filigranen Scheiben kaskadengleich an ihrem schlanken Hals herunterfielen. Es war Méla, seine Tochter, die gerade dabei war, die netten Seiten des von der Mutter so verteufelten Vaters zu entdecken.

Seit jenem für mich so schwarzen Tag im verregneten Marais hatte ich Allan Woods Tochter nicht mehr gesehen. Und so sehr ich ihm sein Glück auch gönnte, so schwer wurde mir doch das Herz, wenn ich an diesen einen wunderbaren Moment dachte, als wir mit unseren Blumensträußen vor Mélas Tür standen und ich geglaubt hatte, ich hätte Mélanie gefunden.

Auch Carl Sussman sah ich an diesem Abend zum ersten Mal seit den Dreharbeiten wieder. Er hatte mit zufriedener Miene neben Solène Platz genommen und mir zugezwinkert – soweit das möglich war. Das linke Auge des bärtigen Kameramanns leuchtete wie meines in den schönsten Blautönen. Wir grinsten uns vielsagend zu. Ted Parker hatte ganze Arbeit geleistet.

Der Texaner mit den Cowboymanieren fehlte übrigens an diesem ausgelassenen Abend auf der Dachterrasse des Georges, wo sich die halbe Filmcrew versammelt hatte, um auf das Wohl von Solène Avril anzustoßen. Die erzürnte Schauspielerin hatte ihren eifersüchtigen Freund in die texanische Wüste geschickt, bevor er noch mehr Unheil anrichten konnte. Zur großen Freude von Carl, der nun nicht mehr von ihrer Seite wich.

Und auch der schöne Howard Galloway, der in einem eleganten armanigrauen Anzug weiter unten am Tisch saß, musste sehr erleichtert gewesen sein, als er hörte, dass der kampflustige Amerikaner, der offenbar auch in der Hemingway-Bar aufgetaucht war und ihn mit den Worten «Tragen wir es aus wie Männer» zu einem Schlagabtausch draußen vor der Tür aufgefordert hatte, nun an das andere Ende des Atlantischen Ozeans verbannt war.

«Mit Ted ist es aus. *Cela suffit*», hatte Solène mir gesagt, als sie mich zu ihrer kleinen Geburtstagsfeier einlud. «Man muss wissen, wann es vorbei ist.»

Trotz der immer noch fehlenden Vorspeisen herrschte ausgelassene Stimmung an unserem Tisch. Ich prostete Solène zu, die mir mit vom Champagner geröteten Wangen gegenübersaß. Sie war so schön an diesem Abend in ihrem meerblauen Seidenkleid, das die Farbe ihrer Augen zu spiegeln schien. Sie saß da wie eine gut gelaunte Scheherazade, erzählte eine Geschichte nach der anderen und ließ es sogar zu, dass Carl ab und zu ihre Hand drückte. Sie hatte Geburtstag und freute sich wie ein kleines Mädchen. Ihre Hochstimmung riss uns alle mit. Selbst mich, den Wehmütigsten von allen.

Ich lehnte mich in meinem Stuhl zurück und ließ den Blick über die stimmungsvoll beleuchtete Dachterrasse schweifen. Drei riesige gebogene weiße Röhren, die weiter hinten aus dem Boden aufragten, verwandelten das Restaurant in das Deck eines Ozeandampfers, der durch das nächtliche Paris glitt wie durch ein unendliches funkelndes Meer. Man vergaß es bisweilen, so wie man ein schönes Bild vergisst, das im Wohnzimmer über dem Esstisch hängt. Doch wer einmal in einer Frühlingsnacht hier oben gesessen hat, weiß wieder, warum man Paris die Stadt der Lichter nennt.

Zu meiner Linken erhob sich die angestrahlte Notre-Dame, in der Ferne sah ich den Eiffelturm glitzern. Ich sah die Lichter auf den großen Boulevards, auf denen unaufhörlich und so klein wie Kinderspielzeuge die Autos entlangrollten. Ich sah die Brücken, die sich wie goldene Bögen über die Seine spannten. Ich sah die lachenden Gesichter um mich herum und wünschte mir meine Unbeschwertheit zurück. Jene Leichtigkeit, die ich verspürt hatte, als ich nachts durch Paris lief und mir einbildete, der glücklichste Mensch des Universums zu sein.

Ich dachte noch einmal an den kleinen zerknitterten Brief, der jetzt ganz oben in meiner Schreibtischschublade lag. Wie oft hatte ich ihn in den letzten Wochen entfaltet und zärtlich glatt gestrichen.

Mélanie war keine Abenteurerin. Das hatte sie mir geschrieben. Doch wo immer sie jetzt auch war und was immer sie tat, sie hatte mir die abenteuerlichsten Wochen meines Lebens beschert.

«Uns bleibt immer noch Paris», hatte Humphrey Bogart in *Casablanca* zu Ingrid Bergman gesagt. Und mir blieb immer noch ein beglückender Abend, der unter einer alten Kastanie sein Ende gefunden hatte.

Das Mädchen im roten Mantel würde die süße Wunde in meiner Biografie bleiben. Das Versprechen, das nicht eingelöst worden war. Das Geheimnis, das für immer ein Geheimnis sein würde. Und doch bereute ich nichts.

Irgendwann würde es weniger wehtun. Irgendwann würde auch mein Herz wieder leichter werden. Ich musste es nur zulassen.

Ich trank meinen Champagner aus. Solène hatte recht. Man muss wissen, wann es vorbei ist. Am nächsten Wochenende hatte Robert ein Abendessen für mich arrangiert, zu dem auch Melissa und ihre Freundin kommen würden. Die Freundin, die genau mein Typ sein sollte. Man würde sehen.

Liz, die neben mir saß, verwickelte mich in ein Gespräch, und ich ließ mich darauf ein. Nach einer Weile stellte ich erstaunt fest, dass eine halbe Stunde vergangen war, ohne dass ich meinen traurigen Gedanken nachhing.

Und als die Teller mit den Coquilles Saint-Jacques endlich von einem Claudia-Schiffer-Verschnitt auf den Tisch geknallt wurden, regte ich mich genau wie alle anderen über die Unfreundlichkeit der Bedienung auf und musste genau wie alle anderen lachen, als Allan beim Hauptgang in komischer Verzweiflung erklärte, sein Lamm schmecke irgendwie nach Asche – in der Tat war die Unterseite schwarz und verbrannt –, und Carl so heftig an seinem Fleisch herumsäbelte, dass der ganze Tisch in Schwingung geriet. «Wie soll man ein Steak mit einem so stumpfen Messer schneiden», beschwerte er sich. «Da ess ich doch besser mit den Fingern.»

Solène winkte der blonden Kellnerin, die nach einer Weile unwillig auf ihren hohen Schuhen herbeistöckelte.

«*C'était?*», fragte sie, ohne eine Antwort abzuwarten, und fing an, unsere Teller abzuräumen.

Solène schüttelte den Kopf. Mit ein paar kurzen Sätzen wies sie das Mädchen zurecht, zeigte auf Allans Asche-Lamm und orderte ein Steakmesser für Carl.

Das blonde Möchtegern-Model mit den korallenroten Lippen nahm mit einem genervten Seufzer den Teller mit dem halb verbrannten Lamm an sich und warf dann einen gelangweilten Blick auf das Steak. «Aber ich bitte Sie, Monsieur, das Fleisch ist doch butterweich, da braucht man kein Steakmesser, erklärte sie frech und entfernte sich von unserem Tisch.

«He, Moment mal», rief Carl ihr empört hinterher. «Wissen Sie überhaupt, wen Sie hier vor sich haben? Und das Steak ist *nicht* butterweich, das können Sie gleich mitnehmen!» Man sah ihm an, dass er kurz davor war, von seinem Platz aufzuspringen und dem ignoranten Geschöpf, dem es offensichtlich schnuppe war, dass ein Weltstar an seinem Tisch saß, den Teller samt Steak hinterherzuwerfen.

Solène legte ihre Hand auf seinen Arm. «Nein, lass Carl – es ist ein so schöner Abend.»

Und das war es in der Tat, auch wenn das Essen mittelprächtig und die Bedienung eine Katastrophe war. Wir alle hatten viel getrunken und viel gelacht, und es war trotz allem ein unglaubliches Privileg, hier oben zu sitzen und über dem nächtlichen Paris zu schweben.

Das Dessert war köstlich. Unerwarteterweise. Nachdem die Himbeeren und Erdbeeren, die Crèmes brulées und Pistazienmacarons serviert und verspeist worden waren, entschuldigte ich mich für einen Moment und schlenderte an den Rand der Terrasse, um eine Zigarette zu rauchen. Ich lehnte mich über das Geländer, schnippte die Asche herunter und blickte auf die funkelnde Stadt.

«Es ist zauberhaft, nicht wahr?»

Auch ohne mich umzudrehen, wusste ich, dass es Solène war. Sie war mir leise gefolgt und hinter mich getreten. Ein Hauch von Heliotrop erfüllte die Luft, und ich spürte die Wärme, die von ihr abstrahlte, und auch ihren Wunsch, diesen stillen Moment mit mir zu teilen. So standen wir eine Weile schweigend an dem Metallgeländer wie an der Reling eines Schiffes und nahmen das Bild der glitzernden Stadt in uns auf, und es sah so aus, als sei der Himmel mit all seinen Sternen vor unsere Füße gestürzt.

«Manchmal sehne ich mich nach dem, was ich einmal war», sagte Solène unvermittelt.

«Was warst du denn?», sagte ich und drehte mich zu ihr um.

Ihre Augen waren tiefblau, als sie den Blick über Paris schweifen ließ. «So ... selbstvergessen. Absichtslos. Auf einfache Weise glücklich. Als Kind war ich glücklich, ohne es sein zu wollen. Ich meine, ich habe nie darüber nachgedacht, ob ich glücklich bin oder dass ich glücklich sein will – ich war es einfach.»

«Und heute?»

Sie schwieg. «Manchmal ja, oft auch nicht. Wenn man älter wird, begreift man irgendwann, dass das sogenannte Glück eigentlich nur aus einzelnen schönen Momenten besteht. Jene besonderen Augenblicke, an die man sich später erinnert.» Sie lächelte versonnen. «Das hier ist so ein Moment. Ich fühle mich gerade so überwältigt von dem Gefühl, zu Hause zu sein.»

Ich nickte stumm. In mir löste der Blick über die Stadt eher eine unbestimmte Sehnsucht aus. Es war, als ob es am Ende des nächtlichen Horizonts etwas gäbe, das ich schrecklich vermisste, ohne es genau benennen zu können.

«Und du, bist du glücklich?», fragte Solène.

«Ich war auf jeden Fall sehr nah dran.»

Ich wollte nicht, dass es so traurig klang, wirklich nicht, aber das tat es dann wohl doch, denn Solène schlang plötzlich beide Arme um mich und drückte mich ganz fest.

«Es tut mir so leid, Alain», sagte sie leise. «Ich wünschte, du hättest sie gefunden. Wenn ich doch nur etwas für dich tun könnte. Ich weiß, es ist nicht dasselbe, aber ich würde gerne für dich da sein. Ich mag dich sehr.»

Wir blieben einen Moment zusammen stehen, dann löste ich mich sanft aus ihrer Umarmung.

«Danke, Solène. Ich mag dich auch sehr.» Ich seufzte. «Dummerweise hat man auf die wichtigen Dinge im Leben oft keinen Einfluss.»

Sie lächelte. «Manchmal schon.»

Wir sahen uns einen Moment an und überdachten unsere Optionen. Ich lehnte mit dem Rücken an dem Eisengeländer und hatte mit einem Mal das Gefühl, dass uns jemand beobachtete.

Irritiert blickte ich auf und sah zu unserem Tisch hinüber. Aber dort waren alle im Gespräch, keiner schien uns zu vermissen, nicht einmal Carl, der auf Solènes Platz gerutscht war und sich jetzt mit Allan Woods Tochter unterhielt.

Seltsam berührt schüttelte ich den Kopf. «Komm, lass uns wieder zu den anderen gehen», sagte ich und warf noch einmal einen prüfenden Blick über Solènes Schulter.

Und dann sah ich sie.

Am anderen Ende der Dachterrasse, gleich neben dem Eingang stand eine junge Frau in einem weißen sommerlichen Kleid mit bunten Streublümchen. Sie stand ganz still und aufrecht und blickte unverwandt zu uns herüber.

Und die Farbe ihrer schulterlangen Haare erinnerte an Karamell.

23

❖

Es war Mélanie. Daran gab es keinen Zweifel. Ich
brauchte keine drei Sekunden, bis ich es realisierte. Unsere Blicke trafen sich über die lachenden und
schwatzenden Gäste hinweg, und es war, als hätte plötzlich jemand den Ton abgestellt.

Alles, was sich danach ereignete, geschah unglaublich
schnell, und doch hatte ich das Gefühl, in einem Slow-
Motion-Film festzuhängen.

Die Frau in dem weißen Kleid sah, dass ich sie bemerkt hatte, sie drehte sich zur Seite und strebte mit raschen Schritten dem Ausgang zu. Ich sagte «*Mon Dieu!*»,
schob die überraschte Solène zur Seite und rannte, so
schnell ich konnte, auf die entschwindende weiße Gestalt
am anderen Ende der Dachterrasse zu. Ich umrundete
Tische, wich zwei Kellnerinnen aus, die mich empört anstarrten, ich rempelte eine alte Dame an, die aufkreischte
und hinter mir herschimpfte, ich warf ein Tablett um,
hob entschuldigend die Hand, hörte, wie hinter mir Glas
zerbrach, ich verfing mich in den Henkeln einer Hand-

tasche, die jemand neben seinen Stuhl gelegt hatte, geriet ins Stolpern, das Hemd rutschte mir aus der Hose, ich rappelte mich wieder auf, lief weiter, den Ausgang wie hypnotisiert im Blick.

«Mélanie!», rief ich, als ich mich endlich zum Ausgang durchgekämpft hatte, aus dem Restaurant hinausstürzte und sah, wie die junge Frau im Sommerkleid mit wehenden Haaren eine der Rolltreppen in den gläsernen Röhren hinunterrannte.

«Mélanie, warte!» Ich winkte ihr aufgeregt hinterher, aber sie sah sich nicht um. Sie lief vor mir weg, es war unfassbar, und ich fragte mich einen kurzen Augenblick, ob sie verrückt geworden war, dann beschloss ich, dass es mir egal war. Ich musste sie aufhalten. Um jeden Preis.

Und so stürzte auch ich die Rolltreppen hinunter, die durch die fünf Etagen des Centre Pompidou führen, drängte mich an anderen Gästen vorbei, bei jeder Biegung sah ich die weiße Gestalt unter mir aufscheinen, dann hörte ich eilige Schritte in der Eingangshalle, die nach draußen eilten.

Auf dem Platz vor dem Beaubourg hatten sich ein paar Leute versammelt, die einem Feuerschlucker zusahen. Weiter hinten saß ein Zigeuner auf einem Klapphocker. Er spielte einen traurigen Tango auf seinem Bandoneon und sang etwas von einer Maria. Einige Pärchen schlenderten an mir vorbei.

Ich hielt einen Augenblick inne und sah mich suchend um. Das Herz schlug mir bis zum Halse. Mélanie war nirgends zu sehen.

Ich fluchte leise, lief weiter vor und spähte in alle Richtungen.

In der Ferne rannte eine weiße Gestalt die Rue Beaubourg in Richtung Metro-Station Rambuteau entlang. Das musste sie sein!

Ich lief, so schnell ich konnte, ich holte auf, es trennten uns noch hundert Meter. Ich sah, wie sie in der Metrostation verschwand, kramte ein Billet hervor und schoss wenige Sekunden später durch den Eingang und stürzte die Treppen hinunter.

Ein abgerissener Typ mit Gitarre kam mir entgegen und machte erstaunt für mich Platz. «He, he!», sagte er.

«Eine Frau!», japste ich. «Im weißen Kleid.»

Er zuckte gleichmütig die Achseln. «Da lang, glaub ich.» Er zeigte vage auf einen der Schächte, die weiter nach unten führten.

«Danke!», stieß ich hervor und stürzte mich in die Tiefen der Pariser Metro. Ein warmer, drückender Geruch, der direkt aus dem Erdinnern zu kommen schien und nach Müll und Geröll roch, schlug mir entgegen.

Ich hastete auf das Gleis, auf dem um diese Uhrzeit nur einige wenige Gestalten standen und warteten. Ein Punkerpärchen mit grün gefärbtem Haar knutschte ausgiebig auf einer Bank herum.

In dem Moment, als der heiße Luftzug die Ankunft des nächsten Zuges ankündigte, entdeckte ich Mélanie.

Sie stand zwischen anderen Wartenden auf dem gegenüberliegenden Gleis unter einem riesigen Werbeplakat für Shampoo und sah mich einfach nur an.

«Mélanie! Jetzt warte doch. Was soll denn das, verdammt noch mal?», schrie ich hinüber, und ein paar Leute blickten kurz auf und starrten dann wieder stumpfsinnig vor sich hin. Lautstarke Auseinandersetzungen unter Liebenden waren auf den Bahnsteigen der Metro offenbar an der Tagesordnung.

«Bleib, wo du bist, ich komm jetzt rüber!», stieß ich hervor, dann wurden unsere Blicke durch die einfahrende Metro an meinem Gleis getrennt. Ich merkte, wie sich Wut in meine Verzweiflung mischte.

Was war los mit dieser Frau? Warum reagierte sie so seltsam? Oder hatte Mélanie eine Doppelgängerin, die sich von einem Maniac verfolgt fühlte? Egal, in wenigen Sekunden würde sich alles aufklären. Ich rannte die Treppen wieder hoch, um auf das andere Gleis zu gelangen. Als ich oben angekommen war, bemerkte ich erneut diese Welle aus warmer Luft, die den Schacht hochzog. Auch auf dem gegenüberliegenden Gleis fuhr der Zug ein.

«Nein!», schrie ich und stürzte die Treppen hinunter. Die letzten fünf Stufen übersprang ich und landete mit einem kühnen Satz auf dem Steinboden. Ich knickte um, verlor einen Schuh, egal, ich rannte und humpelte auf Strümpfen weiter, mit suchenden Blicken den Zug entlang, dorthin, wo Mélanie in einen der hinteren Wagen eingestiegen war.

Mein Herz hämmerte, meine Kehle brannte, ich spürte einen stechenden Schmerz im linken Fuß, und dann entdeckte ich sie.

«Mélanie!»

Es war zu spät. Ein schriller Warnton gellte in meinen Ohren.

Ungerührt und in schönstem Synchronismus schlossen sich die Türen der Metro vor meiner Nase.

«Nein!», schrie ich in wilder Verzweiflung. «Halt!»

Ich sah Mélanie hinter der Scheibe stehen und hämmerte mit der Faust gegen das Fenster. Ich trat in sinnloser Erregung ein paarmal gegen die Tür. Mein Gesicht war hochrot, mein linkes Auge blau verfärbt, meine Haare wirr, das Hemd hing mir aus der Hose. So sehen Menschen aus, die völlig außer Kontrolle geraten sind. Schlägertypen, die Streit suchen, oder Amokläufer, die ohne Sinn und Verstand um sich schießen.

«*Mais, Monsieur, je vous en prie!* Was ist denn das für ein Benehmen?!», wies mich irgend so ein Kerl im Lacoste-Pullover zurecht.

«Ach, halt die Schnauze, du Honk», schrie ich, und er flüchtete sich hinter einen Papierkorb. Die Metro zischte.

Mit hängenden Schultern stand ich da und starrte Mélanie an, die die Haltestange umfasst hatte und stumm zurückschaute. In ihrem Blick lag eine seltsam schicksalsergebene Traurigkeit, die mir jede Kraft nahm. So sah man jemanden an, von dem man sich für immer verabschiedete. Verabschieden musste.

Ich begriff nicht, was hier geschah. Ich verstand nicht, was ich getan hatte. Ich war der Idiot in einem Film, dessen Drehbuch ich nicht kannte. Ich stand auf einem Gleis der Metrostation Rambuteau und musste mit ansehen, wie die Frau meines Lebens verschwand.

In einer letzten hilflosen Geste legte ich meine Hand an die Scheibe und schaute Mélanie mit flehender Miene an.

Der Zug setzte sich in Bewegung, und dann, in der Sekunde, bevor er endgültig losfuhr, hob Mélanie ihre Hand und legte sie gegen meine.

Ich schlich nach Hause wie ein geprügelter Hund. Es war halb zwölf, und ich fühlte mich nicht mehr in der Lage, ins Georges zurückzukehren und eine Erklärung für mein sonderbares Verhalten abzugeben.

Was hätte ich auch sagen sollen? Ich habe endlich die Frau wiedergefunden, die ich liebe, aber sie ist vor mir geflüchtet?

Es war Mélanie, sie war es ganz bestimmt. War sie es?

Allmählich fing ich selbst an, an meinem Verstand zu zweifeln. Vielleicht war ich einfach verrückt geworden. Verrückt vor Liebe zu einer rätselhaften Frau, die mir so nahe gekommen war wie kein Mensch zuvor und die mich mit ihrem seltsamen Verhalten in den Wahnsinn trieb.

Unglücklich humpelte ich über den Pont des Arts – mit einem Schuh und ohne Hoffnung.

Ja, es war hoffnungslos! Meine Stimmung wurde mit jedem Schritt desaströser.

Das unerwartete Zusammentreffen auf der Dachterrasse des Georges hatte die süße Wunde, mit der abzufinden ich mich gerade durchgerungen hatte, erneut aufgerissen. Ich war mir so sicher, wie man sich in meinem verwirrten Zustand nur sein konnte, dass es Mélanie gewesen war, die von der anderen Seite des Restaurants zu mir herüberschaute. Es war Mélanie gewesen, die vor mir davongelaufen war wie ein aufgeschrecktes Einhorn aus dem Märchen, es war Mélanie gewesen, die hinter der Scheibe der Metro gestanden hatte.

Ich kannte dieses Gesicht. Ich hätte es unter Tausenden erkannt. Ich hatte es berührt, mit meinen Fingern nachgezeichnet. Ich hatte mich in diesen großen braunen Augen verloren. Ich hatte diesen weichen Mund geküsst, wieder und wieder. So oft hatte er mir dieses bezaubernde kleine Lächeln geschenkt – jetzt war er ernst geblieben, fast vorwurfsvoll. Selbst wenn sie gesehen hatte, dass eine andere mich kurz umarmte – und das war ja auch schon alles gewesen –, war das doch kein Grund, so davonzustürzen.

Aufgewühlt, stellte ich mir eine Frage nach der anderen, aber ich fand keine Antworten. Mein Fuß schmerzte, aber dieser Schmerz war nichts im Vergleich zu dem Schmerz, der sich über mein Herz gelegt hatte wie ein eiserner Ring. Als ich mich endlich die Rue de Seine entlangschleppte, durchzuckte mich ein Gedanke, der sich mit zunehmender Beklemmung in mir verfestigte und einer gewissen Logik nicht entbehrte.

Bisher war die Frau im roten Mantel einfach spurlos verschwunden gewesen. Dafür konnte es tausend Gründe geben, die nichts mit mir zu tun hatten. Und solange ich Mélanie nicht wiederfand, konnte ich mir zumindest vormachen, irgendeine schicksalhafte Fügung hätte unsere Liebe verhindert. Selbst die Vorstellung, dass Mélanie niemals nach Paris zurückgekehrt war, wäre leichter zu ertragen gewesen als die niederschmetternde Erkenntnis, die dieser Abend gebracht hatte:

Die Frau, nach der ich gesucht hatte, war hier in Paris. Sie lebte, ganz offensichtlich. Und sie wollte – noch offensichtlicher – nichts mehr mit mir zu tun haben.

Eine junge Frau in einem weißen Sommerkleid war vor mir davongelaufen, und was auch immer sie für Gründe hatte – es war unzweifelhaft Mélanie gewesen. Ich wusste es von dem Moment an, als ich sie auf dem Dach des Centre Pompidou aus der Ferne sah. Und hätte ich am Anfang auch nur den leisesten Zweifel gehegt, so wäre dieser spätestens auf dem Gleis der Metro zur Gewissheit geworden.

Nur wenige Zentimeter hatten uns getrennt, als sie hinter der Wagentür stand, und ich sah in ihrem Blick, dass auch sie mich erkannte. Was hätte eine wildfremde Person denn für eine Veranlassung gehabt, mich auf diese Weise anzuschauen? Was hätte sie für eine Veranlassung gehabt, ihre Hand von innen gegen die Scheibe zu drücken – gegen meine Hand, so wie es zwei Menschen in einer letzten sehnsuchtsvollen Geste tun, um sich ihrer Liebe zu versichern, bevor der Zug aus dem Bahnhof rollt?

Ich lachte bitter auf. Das alles machte keinen Sinn.

Plötzlich musste ich an diese ersten Sekunden Filmgeschichte denken, die in grobkörnigen Schwarz-Weiß-Bildern einen einfahrenden Zug zeigten; ich dachte an das Gemälde mit der in Rauch gehüllten Lokomotive, das ich vor langer Zeit im Jeu de Paume bestaunt hatte, und an meine kindlichen Schlussfolgerungen darüber, was Impressionismus bedeutete. Das französische Kino ist ein zutiefst impressionistisches, hatte Onkel Bernard gesagt.

Damals meinte ich, etwas verstanden zu haben. Doch die Wirklichkeit, in der ich mich gerade wiederfand, war zutiefst surreal. Und ich verstand nichts.

Ich ging durch die Dunkelheit wie durch ein Paralleluniversum, in dem andere Gesetze herrschten, und ich fragte mich, ob ich jemals daraus erwachen würde.

In dieser Nacht hatte ich einen Traum. Es war einer jener Träume, an die man sich noch lange Zeit nach dem Aufwachen erinnert, vielleicht sogar sein Leben lang, als das Schlimmste, das man jemals geträumt hat.

Es gibt diese kollektiven Bilder der Angst, die irgendwo in unserem Unterbewusstsein lauern, meistens sind es kurze Sequenzen, in denen man ertrinkt oder tief fällt, sich verirrt oder von dunklen Schatten verfolgt wird und in Panik davonlaufen will, ohne sich rühren zu können. Und dann wiederum gibt es jene Nachtstücke, die sich mit einem ganz individuellen Schrecken an den Träumenden hängen und aus den Versatzstücken seiner Eindrücke eine eigene dunkle Fantasie erschaffen.

Träume wie: Ich gehe über den Friedhof und entdecke plötzlich den Grabstein eines geliebten Menschen, der eigentlich noch lebt. Oder: Ich stehe in einem Raum mit neun Türen. Ich möchte unbedingt hinaus, doch hinter jeder Tür, die ich öffne, ist eine undurchdringliche Gummiwand. Oder: Ich fahre im Aufzug eines Hotels. Ich möchte in den fünften Stock zurück, weil dort das Zimmer ist, in dem meine Frau auf mich wartet. Doch immer, wenn ich im fünften Stock anhalte, trete ich in einen mir unbekannten Flur. Ich kann den Ort, den ich erreichen will, nicht mehr finden.

So verschieden das Leben der Menschen ist, so vielfältig sind wohl auch die Arten, wie die größten Ängste ihren Ausdruck finden. Und obwohl in meinem Traum keine Messer vorkamen, keine dunklen Gestalten, die sich auf mich stürzten und mein Leben bedrohten, versetzte mich der Ausgang dieses anfangs so märchenhaften Traumes in einen Zustand abgrundtiefer Traurigkeit. Am Ende hatte ich alles verloren.

Noch heute erinnere ich mich an jede Einzelheit, an die seltsam beklemmende Atmosphäre, an meine unglaubliche Verstörtheit, die noch lange nach dem Aufwachen anhielt.

Und doch – so furchtbar der Traum auch war – er war letztlich der Grund, weshalb ich am Tag darauf noch einmal in das Cinéma Paradis ging, auf der Suche nach etwas, das ich die ganze Zeit übersehen hatte. Ein Detail, das schließlich der Schlüssel zu allem wurde, was mir damals so unerklärlich schien.

Ich träumte von Mélanie. Es war der Silvesterabend, und sie trug ihren roten Mantel. Wir befanden uns auf einem Fest und schlenderten Arm in Arm durch die Säle

eines großen alten Gebäudes. Überall hingen barock-
ähnliche Spiegel an den Wänden, Kerzen flackerten, Menschen drängten sich in den Räumen. Die Frauen trugen
Kleider mit gebauschten, seidenen Röcken und schmalen
Taillen, die Herren eng anliegende Dreiviertelhosen und
Gilets, aus denen gerüschte Ärmel hervorsahen. Man hatte den Eindruck, auf einem Ball im Schloss von Versailles
zu sein. Doch wir waren in Paris. Das konnte man sehen,
wenn man aus den hohen Fenstern des Gebäudes auf die
erleuchtete Stadt blickte.

Als die Glocken das neue Jahr einläuten, gehe ich mit
Mélanie in einen der Säle, wo man einen riesigen Flach-
bildschirm aufgehängt hat. Er zeigt im Wechsel Bilder
von den Plätzen der Stadt, an denen gerade gefeiert wird:
den Arc de Triomphe, die Champs-Elysées, den Eiffelturm, die Glaspyramide vor dem Louvre, die Hügel des
Montmartre, die Brücken und die Boulevards, auf denen
die Autofahrer ausgelassen hupen.

Wir gehen noch ein wenig umher, dann halte ich
Ausschau nach Mélanie, die irgendwo stehen geblieben
ist. Als ich noch einmal in den Raum mit dem großen
Flatscreen zurückgehe, sehe ich, dass auf dem Bildschirm
Bilder von der Erde übertragen werden. Die Welt ist eine
blaue Kugel, die unter uns zu schweben scheint. Plötzlich
erfasst mich eine unerklärliche Angst. Ich laufe an die
hohen Fenster. Draußen nichts als Dunkelheit.

Und dann begreife ich es: Paris ist ein Raumschiff
geworden, das sich unaufhaltsam von der Erde entfernt.
Wir sind bereits Lichtjahre entfernt, die feiernden Men-

schen um mich herum, die in ihren Rokoko-Kostümen lachen und tanzen, haben es noch nicht bemerkt.

Ich irre durch die Säle, auf der Suche nach Mélanie, auf der Suche nach irgendeinem vertrauten Gesicht. In einem Raum sehe ich Ständer mit Kleidungsstücken, die ich in fieberhafter Hast durchwühle – ich schiebe die Kleiderbügel zur Seite, auf denen nach Größen geordnet Kinderkleider hängen, Sommerkleider für Damen, Anzüge für Herren. Ich suche nach einem Anhaltspunkt.

Ich trete wieder in einen der endlos langen Flure und bemerke eine Menschenschlange. Wartende, die für irgendetwas anstehen. Ich gehe an der Schlange vorbei und hoffe, jemanden zu entdecken, den ich kenne. Dann endlich sehe ich zwischen den Wartenden meine Eltern. Auch Mélanie ist da und Robert, selbst Madame Clément steht in der Schlange. Erleichtert rufe ich ihnen etwas zu, ich bin so froh, sie gefunden zu haben. Doch einer nach dem anderen dreht sich mir zu, mit verständnislosem Blick, so als ob ich ein Fremder wäre.

«*Papa, Maman!*», rufe ich. «Ich bin es doch, Alain.» Papa zieht bedauernd die Augenbrauen hoch und schüttelt den Kopf. *Maman* sieht mich an, und in ihren Augen liegt nichts.

«Mélanie, wo warst du denn die ganze Zeit? Ich habe dich schon gesucht ...», versuche ich es noch einmal. Doch auch Mélanie wendet sich ratlos von mir ab.

Keiner scheint mich zu kennen, keiner erinnert sich an mich, nicht einmal Madame Clément, nicht einmal mein Freund Robert.

Meine Panik wächst, meine Verzweiflung steigt ins Unermessliche. Warum stehen sie alle so da, als ob sie mich noch niemals gesehen hätten? Ich gehe weiter und sehe eine Gestalt weiter vorne, die mir vertraut vorkommt. Es ist Onkel Bernard. Jetzt erst erkenne ich, dass die Menschen an einem Kassenhäuschen anstehen. Es sieht so aus wie das Kassenhäuschen vom Cinéma Paradis.

Aber Onkel Bernard ist doch schon tot, denke ich. Trotzdem rufe ich seinen Namen. Er wendet sich mir zu und lächelt sein friedliches, vergnügtes Lächeln.

«Onkel Bernard!», rufe ich erleichtert.

«Wer sind Sie?», fragt er erstaunt. «Ich kenne Sie nicht.»

Ich stöhne auf und krümme mich einen Moment lang verzweifelt zusammen. «Aber, Onkel Bernard, ich bin es doch. Alain. Weißt du denn nicht mehr? Ich bin doch nachmittags immer ins Kino gekommen, und wir haben uns zusammen die Filme angeschaut. Méliès!», rufe ich. «Die Lokomotive! Das impressionistische Kino! Cocteau, Truffaut, Chabrol, Sautet ...» Ich nenne die Namen aller bedeutenden Regisseure, die mir einfallen, in der Hoffnung, irgendeine Regung in seinem gutmütigen Gesicht auszulösen, das jetzt so verständnislos dreinblickt wie das eines Alzheimer-Patienten.

«Giuseppe Tornatore», schreie ich. «*Cinema Paradiso!* Das ist doch dein Lieblingsfilm gewesen, wir haben ihn zusammen gesehen, erinnerst du dich denn an gar nichts mehr? Unser Kino. Das Cinéma Paradis», wiederhole ich, als ob es ein Losungswort wäre, das die Türen aufstößt.

Mit einem Mal huscht ein Erkennen über Onkel Bernards Gesicht. Er kneift die Augen einen Moment lang zusammen und sieht mich an. Dann verzieht sich sein Mund zu einem zögernden Lächeln, das immer breiter wird.

«Ja», sagt er. «Ja, natürlich – ich erinnere mich. Ich erinnere mich ganz dunkel. Du bist doch Alain ... mein kleiner Alain ... aber das ist alles schon so lange her ... damals lebte ich ja noch ...»

Ich weine vor Erleichterung, und ich weine darüber, dass mich nur noch ein Toter wiedererkennt. Vielleicht bin ich ja selbst schon tot. Ich bin irgendwo im Weltall, und ich habe keinen Menschen mehr.

Ich versuche, die Tragik meines Seins verständlich zu machen, aber Onkel Bernard schüttelt ratlos den Kopf.

«Aber verstehst du denn nicht», wiederhole ich eindringlich. «Ich habe alles verloren. Ich habe alles verloren!»

Onkel Bernard verschwimmt vor meinen Augen. «Du musst ins Cinéma Paradis, mein Junge. Geh ins Kino, dort wirst du alles finden ... im Cinéma Paradis ...»

Seine Stimme verhallt und wird leiser, und ich strecke die Arme nach ihm aus, bevor ich falle und falle und falle ...

24

———— ❋ ————

Noch lange nachdem ich aufgewacht war, ging mir
der seltsame Traum im Kopf herum. Er begleitete mich den ganzen Vormittag über und untermalte die
aufwühlenden Erlebnisse des Vortags mit einem dunklen
Mollton.

Als ich die Augen aufschlug und der Morgen mit
seinen vielen kleinen vertrauten Geräuschen an mein
Ohr drang, trat ich als Erstes ans Fenster und warf einen
Blick in den Hof, um mich davon zu überzeugen, dass
Paris wieder in die Erdatmosphäre eingetaucht war. Erleichtert stellte ich fest, dass dies der Fall war, aber die
düstere Stimmung, in welche die nächtlichen Traum-
bilder mich versetzt hatten, ließ sich so schnell nicht ab-
schütteln. Nun, ich hatte auch wenig Grund zur Freude,
befand ich, als ich mir in meiner schmalen Küche einen
Kaffee machte, der die Gespenster vertreiben sollte.

Immer noch sah ich Mélanies blasses Gesicht vor mir
und das kleine traurige Lächeln, mit dem sie in den Me-
trotunnel gefahren war.

Auf meinem Mobiltelefon, das ich bei dem Abendessen im Georges ausgestellt hatte, fand ich mehrere Nachrichten. Drei waren von Solène, die offenbar gleich nach meinem überstürzten Aufbruch aus dem Restaurant versucht hatte, mich zu erreichen. Ihre Stimme klang zunehmend besorgt und – wie mir auffiel – auch ein bisschen verlegen. Ein Anruf war von Allan Wood, der sich auf meiner Mailbox verewigt hatte mit der Frage, ob mir das Essen nicht bekommen sei. Mein Steuerberater mahnte fehlende Unterlagen an, und meine Mutter, die normalerweise nie auf dem Mobiltelefon anrief und auch keines besaß, weil sie gehört hatte, dass die Strahlen krebserzeugend seien, wollte sich von einer Reise nach Kanada zurückmelden und wissen, wie es mir ging.

Neben all den Fragen der letzten Wochen, auf die ich keine Antwort gewusst hatte, war diese hier zumindest einfach zu beantworten.

Mir ging es schlecht, um nicht zu sagen miserabel, und ich hatte keine Lust, auch nur einen der Anrufe zu beantworten. Ich wollte nur noch meine Ruhe wie Diogenes in seiner Tonne, und auch wenn ich kein Philosoph war, hatte ich das tiefe Bedürfnis, mich an einem Ort zu verkriechen, wo ich mit meinen Gedanken allein sein konnte.

Ich schickte Solène eine SMS und entschuldigte mich mit Kopfschmerzen.

Dann rief Robert an, und ich nahm ab. Robert mit seinem naturwissenschaftlichen Fatalismus war der Einzige, den ich im Moment ertragen konnte. Als ich ihm von meiner seltsamen Begegnung mit Mélanie erzählte und von der filmreifen Verfolgungsjagd bis in die Schächte der Pariser Untergrundbahn, verschlug es selbst ihm für einen Moment die Sprache.

«Robert?», fragte ich. «Bist du noch dran?»

«Ja.» Seine Stimme klang ratlos. «Unglaublich», sagte er dann. «Ich sag dir eins – die Kleine ist total schräg drauf. Wahrscheinlich so 'ne Psychopathin mit Verfolgungswahn. Das würde alles erklären.»

«Du müsstest dich mal hören», sagte ich. «Mélanie ist doch keine Psychopathin! Nein, nein, da ist etwas anderes ...»

«Was anderes? Wahrscheinlich ein Mann. War ein Mann bei ihr?»

«Nein – da war niemand. Sie sah mich nur an und ist dann gleich zum Ausgang gerannt.»

«Wer weiß», mutmaßte Robert, «vielleicht ist sie mit so einem gefährlichen Typen zusammen, der ihr gedroht hat, dass etwas Schlimmes passiert, wenn sie dich noch ein einziges Mal trifft. Vielleicht will sie dich schützen. So wie diese ... Elena Green aus dem James-Bond-Film.»

«Eva Green», korrigierte ich missmutig. «Ja, sicher, so wird's sein. Dass ich da nicht schon von selbst draufgekommen bin!»

«Was denn, ich versuche nur, mich nützlich zu machen.» Robert ließ sich nicht beirren. «Ha! Ich hab's! Es ist die Zwillingsschwester!» Diese Idee schien ihm zu gefallen. «Ich kannte auch mal Zwillingsschwestern – ich sage dir, du hättest die beiden nicht auseinanderhalten können, beide blond, beide Sommersprossen, beide diese Wahnsinnsfigur, ich hab die ganze Zeit über gedacht, ich bin betrunken und sehe alles doppelt.» Er schnalzte mit der Zunge. «Das ist es! Hast du schon mal daran gedacht, dass sie eine Zwillingsschwester haben könnte?»

«Jaja.» Ich klemmte mir den Hörer zwischen Schulter und Ohr und bestrich mir ein Stück Baguette mit Butter und Marmelade. Natürlich hatte ich daran gedacht. Es gab nichts, woran ich noch nicht gedacht hatte in den letzten Stunden. «Natürlich könnte das sein. Theoretisch. Aber warum sollte ihre Zwillingsschwester, die mich gar nicht kennt, vor mir weglaufen? Das ist doch absurd. Ich meine, so furchterregend sehe ich ja nun nicht aus, dass irgendjemand vor mir Reißaus nehmen müsste.»

«Das ist wohl wahr.» Robert überdachte meine Worte, und ich dachte an meinen durchaus furchterregenden Auftritt in der Metrostation, wo ich herumgeschrien und gegen die Wagentür getreten hatte.

«Ehrlich gesagt, hatte ich gehofft, dass die Angelegenheit sich endgültig erledigt hat. Und jetzt taucht diese rätselhafte Frau wieder auf. Das ist wirklich zum Verrücktwerden.» Robert seufzte.

«Ja», sagte ich und seufzte auch. «Frag mich mal.»
Dann schwiegen wir beide.

«Du musst damit aufhören, Alain», sagte er schließlich. «Das alles führt zu nichts. Das ist wie mit den schwarzen Löchern. Je mehr du sie fütterst, desto größer werden sie. Am besten, du verbuchst die ganze Sache unter ‹Ungelöste Rätsel des Universums› und steckst deine Energien in realistischere Projekte.»

Ich ahnte, was er als Nächstes sagen würde.

«Du kommst doch zu meinem Essen am Freitag? Anne-Sophie freut sich schon auf dich.»

«Anne-Sophie?», fragte ich bedrückt.

«Ja. Die Freundin von Melissa.»

«Ach so.» Ich hatte schon euphorischer geklungen. «Ich weiß nicht, ob das gerade so viel Sinn macht, Robert. Ich bin in einem total desolaten Zustand ...»

«Meine Güte, Alain, jetzt reiß dich mal zusammen. Das ist ja schlimm mit deinem Selbstmitleid. Was ist denn schon passiert?»

«Genug», sagte ich. «Ich habe einen verstauchten Fuß und ein blaues Auge ...»

«Ein blaues Auge?» Ich hörte Roberts erstauntes Lachen. «Hast du dich etwa mit jemandem geprügelt?»

«Nein, jemand hat sich mit mir geprügelt», knurrte ich. «Solène Avrils eifersüchtiger Freund war in Paris und hat alle Männer in ihrem Umfeld mit der Faust niedergestreckt. Auch noch.»

«Wow!», sagte Robert. «Du führst wirklich ein aufregendes Leben. Berühmte Schauspieler und geheimnisvolle Psychopathen, Verfolgungsjagden und Prügeleien – Bruce Willis ist dagegen ein Dreck.» Er pfiff anerkennend durch die Zähne. «Ein blaues Auge», wiederholte er beeindruckt. «Na, das sind doch beste Voraussetzungen für einen interessanten Abend! Frauen finden so was attraktiv ...»

«Bitte, Robert! Ich bin fix und fertig. Lass uns das Essen einfach verschieben. Ich bin nicht in der Stimmung, mit irgendwelchen Mädchen zu parlieren, so nett sie auch sein mögen. Mein Herz ist gebrochen.»

«Ach, du meine Güte, Alain, jetzt sei nicht so pathetisch, du klingst wie eine Seifenoper. Herzen können gar nicht brechen.»

Mit zusammengebissenen Zähnen ertrug ich sein Gelächter und hatte nur einen Wunsch: Robert sollte sich einmal, ein einziges Mal nur, so rettungslos verlieben, dass er es am eigenen Leibe spürte, wie das war, wenn das Herz mit einem leisen Ping zerbrach. Und dann würde *ich* lachen.

«Ja, lach nur», sagte ich. «Warte nur, bis es dich erwischt! Du weißt nicht, wie das war, sie so mit der Metro wegfahren zu sehen ... Sie überhaupt wieder zu sehen. Das Bild geht mir nicht mehr aus dem Kopf. Ich kam nach Hause und konnte nicht schlafen. Sie hat mir die kalte Schulter gezeigt, und ich kann es nicht verstehen. Ich begreife es einfach nicht. Wenn ich es wenigstens verstehen würde, dann wäre alles leichter.»

«Das ist eben das Schlimme an Frauen», stellte Robert sachlich fest. «Es gibt keine Formel dafür. Keine verbindlichen Aussagen. Selbst Stephen Hawking hat das gesagt, und der ist nun wirklich genial. Er hat gesagt, dass Frauen ein absolutes Rätsel sind.»

Robert war in seinem Element. «Und dann immer diese Befindlichkeiten, all diese Gefühle. Ich persönlich halte nichts von dem ganzen empathischen Gequatsche.

Dass man immer versuchen soll, sich zu *verstehen*. Was soll das bringen? Ich meine, die Menschen missverstehen sich doch sowieso die halbe Zeit. Ja, man berührt sich, man streckt die Hände nach dem anderen aus, aber im Grunde seines Herzens bleibt man sich fremd. Am Ende bleibt jeder in seiner Haut stecken. In dem, was er für die Wahrheit hält. Deswegen mag ich die Astrophysik so sehr. Im Universum herrscht Klarheit. Es gibt Gesetzmäßigkeiten.»

Ich dachte an meinen Traum. «Ich hatte einen fürchterlichen Albtraum», sagte ich. «Paris war ein Raumschiff, wir entfernten uns in rasender Geschwindigkeit von der Erde, und keiner konnte sich mehr an mich erinnern – nicht einmal du!»

«Ja, ja», sagte Robert ungeduldig. «Träume haben es an sich, dass sie wirr und unerfreulich sind. Die Restmüllverwertung des Gehirns. Wahrscheinlich hast du zu schwer gegessen.»

Ich seufzte. «Warum bist du noch mal mein Freund, Robert? Ich hab's gerade vergessen.»

«Weil Gegensätze sich anziehen. Und im Gegensatz zu dir muss ich jetzt los und meinen Studenten die Newton'schen Gesetze nahebringen. Ich hole dich heute Abend nach der Spätvorstellung ab, und wir gehen noch ein Glas trinken. Nein, keine Widerrede! Und dann reden wir noch mal über Freitagabend. Das kommt ja gar nicht infrage, dass du hier nur noch Trübsal bläst.»

Mit diesen Worten legte er auf.

Ich trank meinen letzten Schluck Kaffee und stellte

die Tasse in die Spüle. Orphée kam angesprungen und miaute vorwurfsvoll vor dem Wasserhahn. Ich drehte ihn auf und sah zu, wie die Katze zufrieden ihr Wasser schleckte. An diesem Tag hätte ich gerne mit ihr getauscht.

Mein Freund war vor allem eines: durchsetzungsstark. Natürlich kam er ins Kino, und natürlich ging ich am Abend mit ihm etwas trinken – keine Widerrede. Und doch sollte Robert sich in einem täuschen.

Wir redeten nicht darüber, ob ich am kommenden Freitag zu seinem Essen kommen würde, um Anne-Sophie mit meinem lädierten Auge zu beeindrucken. Wir redeten überhaupt nicht mehr über den Freitag. Wir saßen in einem halb leeren Bistro und redeten über Männernamen. Denn inzwischen hatte ich eine Entdeckung gemacht, die einer alten Geschichte neue Nahrung gab.

An diesem Montagabend hatte Madame Clément ihren freien Tag, und so kam es, dass ich – nachdem der Hauptfilm zweimal hintereinander gelaufen war – derjenige sein sollte, der nach der letzten Vorstellung durch alle Reihen ging, um den Kinosaal aufzuräumen und diverse Dinge einzusammeln, die von den Besuchern vergessen worden waren.

«Setz dich noch einen Moment hin, ich bin gleich fertig», hatte ich Robert zugerufen, der die neuen Filmplakate im Foyer in Augenschein nahm. Wir waren allein im Kino. François hatte den Vorführraum direkt nach der letzten Vorführung in ungewohnter Eile verlassen.

«*Der englische Patient* – was ist das?», wollte Robert wissen. «Ist das gut?» Er stand vor den Filmstills des Films von Anthony Minghella, den ich für den Mittwoch in der Reihe *Les Amours au Paradis* ausgesucht hatte, und begutachtete Ralph Fiennes und Kristin Scott-Thomas.

«Literaturverfilmung. Eine große, tragische Liebesgeschichte – nichts für dich also», spottete ich. «Du bleibst besser bei *Basic Instinct*.»

«Wieso? Der war doch unglaublich spannend, und diese Sharon Stone war *so* sexy.»

«Eben», sagte ich und verschwand mit dem Staubsauger in dem hell erleuchteten Kinosaal, während Robert sich in mein Büro verzog und auf dem Drehstuhl herumlümmelte.

Das Durchsaugen eines Kinosaals, vielleicht auch das Staubsaugen an sich, hat etwas sehr Kontemplatives. Man kann dabei gut seinen Gedanken nachhängen, und solange der Staubsauger eingeschaltet ist, hat auch niemand die Chance, einen zu stören.

Ich hörte nicht, wie mein Mobiltelefon klingelte, ich hörte auch nicht, wie Robert verschiedene Telefonate führte und mehrmals laut und geschmeichelt lachte. Ich fuhr meine Reihen in gleichmäßigen Bewegungen ab, hielt nach Taschentüchern oder Geldstücken Ausschau und war eingehüllt in das monotone Brausen des Geräts.

Ich dachte daran, wie ich vor vielen Jahren mit dem Mädchen mit den Zöpfen in der ersten Reihe gesessen hatte und wir uns an den Händen hielten. In der fünften Reihe dachte ich daran, wie ich unter den wachsamen Blicken meines Onkels zum ersten Mal eine Filmrolle einlegen durfte und wie ich vergessen hatte, diese beim Herausnehmen fest zwischen beiden Händen zusammenzudrücken, und der halbe Film sich in Sekunden luftschlangengleich abwickelte. In Reihe zwölf dachte ich daran, wie ich dem toten Onkel Bernard gestern Nacht in meinem merkwürdigen Weltraumtraum zum ersten Mal wieder begegnet war. Ich sah sein gütiges Lächeln vor mir, und seine letzten Worte schienen sich in das Getöse des Staubsaugers zu mischen.

Du musst ins Cinéma Paradis, mein Junge ... geh ins Kino, dort wirst du alles finden ... im Cinéma Paradis ...

Es mag seltsam klingen, und ich bin eigentlich auch nicht der spirituelle Typ, aber in der Einsamkeit des Kinos und meines Herzens fragte ich mich plötzlich, ob es doch so etwas geben könnte wie Botschaften aus dem Jenseits. Hatte mein toter Onkel mir eine Botschaft zukommen lassen, oder war es mein eigenes Unterbewusstsein, das mich auf etwas aufmerksam machen wollte?

Ich war im Cinéma Paradis, aber bis auf einen Schal in Reihe drei und einen Lippenstift in Reihe fünfzehn hatte ich nichts Nennenswertes gefunden.

Als ich in der siebzehnten Reihe angekommen war, stellte ich den Staubsauger aus. Einen Versuch war es wert.

Mélanie hatte immer in Reihe siebzehn gesessen. Das hatte mich schon damals neugierig gemacht, als ich noch überlegte, welche Geschichte wohl zu dem Mädchen im roten Mantel passte.

Ich ging in mein Büro zurück und suchte nach einer Taschenlampe.

«Bist du fertig?» Robert, der immer noch telefonierte, sah auf, als ich mit entschlossener Miene hereinkam.

«Gleich», sagte ich und ging mit klopfendem Herzen wieder in den Kinosaal zurück. Langsam schritt ich die Reihe siebzehn ab.

Ich bückte mich, fuhr mit der Hand in alle Ritzen, leuchtete in alle Zwischenräume, fand zwei Kaugummis, die unter die Sitze geklebt worden waren, und einen Kugelschreiber, der zwischen zwei Sesseln steckte, ich besah mir die Kratzer und Kerben auf der hölzernen Rückseite der Vorreihe und steckte den Kopf unter jeden Sessel. Ich weiß nicht genau, wonach ich eigentlich suchte, aber so gründlich hatte noch keiner die weinrote Bestuhlung der Reihe siebzehn untersucht. Plötzlich war ich mir absolut sicher, dass ich etwas finden würde.

Und ich fand auch etwas.

Als Robert eine Viertelstunde später den Kinosaal betrat, saß ich noch immer ganz versunken und mit klopfendem Herzen vor dem vorletzten Stuhl der Reihe siebzehn und fuhr mit dem Finger staunend über zwei Initiale, die man auf den ersten Blick nicht sah, weil sie nachgedunkelt und wohl schon vor langer Zeit in das Holz geritzt worden waren.

Offenbar hatten sich hier zwei Liebende verewigen

wollen. Das Herz, das die beiden Buchstaben mit dem Und-Zeichen in der Mitte umschlang, war fast nicht mehr zu erkennen, die Buchstaben hingegen schon: M. + V.

Plötzlich fiel mir wieder jener rätselhafte Satz ein, den Mélanie bei unserer ersten Verabredung im La Palette zu mir gesagt hatte. Ich weiß noch, wie sehr mich dieser Satz berührte und dass ich ihn wie selbstverständlich auf mein Kino, meine wunderbare Filmauswahl oder, einer verwegenen Eingebung folgend, sogar auf mich selbst bezog.

Immer wenn ich die Liebe suche, gehe ich ins Cinéma Paradis, hatte Mélanie gesagt. Und jetzt verstand ich auch, warum.

25

---- ❋ ----

O kay», sagte Robert, und seine blauen Augen funkelten. «Die Sache ist sonnenklar. ‹M› steht für Mélanie.
Du hast vollkommen recht, das kann kein Zufall sein.»

Ich nickte aufgeregt. Endlich waren Robert und ich
wieder einer Meinung. Wir waren ins Chez Papa gegangen, einen gemütlichen Jazzclub, der etwas versteckt
hinter dem Deux Magots in der Rue Saint-Benoît lag.
Nach der Entdeckung, die ich in Reihe siebzehn gemacht
hatte, konnte ich gut ein Glas Rotwein vertragen. Oder
auch zwei. Der Pianist klimperte leise im Hintergrund,
begleitet von einem Cellospieler, der lässig an seinen Sai-
ten herumzupfte.

«Aber wer ist V-Punkt?», sagte ich.

«Nun, wenn wir mal davon ausgehen, dass M-Punkt
keine Lesbe ist, dann wird es wohl irgendein Typ sein.»

«Nicht irgendein Typ. Das ist ihr Freund. Vielleicht
der Mann, der sie mit der Kollegin betrogen hat. Die mit
dem Jadeohrring.»

Robert schüttelte den Kopf. «Nein, nein, überleg doch

mal. Man muss kein Sherlock Holmes sein, um zu sehen, dass die Initialen älter als ein Jahr sind. Das muss etwas sein, das eine Weile zurückliegt.» Er zog sein abgewetztes schwarzes Moleskine aus der Jackentasche und schlug es auf.

«Also», sagte er. «Männernamen mit V … da gibt es ja nicht so schrecklich viele: Valentin, Virgile, Victor, Vincent … was fällt dir noch ein?»

«Vianney, Vivien, Vakre, Vito, Vasco …, es muss ja kein französischer Name sein, oder?»

«Nicht zwingend.» Robert hatte alle Namen ordentlich untereinander geschrieben. «Was noch? Vadim, Varus, Vasilij …»

«Vladimir», ergänzte ich und verzog den Mund, weil ich plötzlich an die alte durchgeknallte Russin in der Rue de Bourgogne dachte, bei der ich irrtümlicherweise geklingelt hatte.

«Warum grinst du so?»

«Oh, ich habe nur gerade an Dimitri gedacht.»

«Dimitri? Wer ist Dimitri?», wollte Robert wissen.

«Ach», sagte ich und versuchte krampfhaft, ein Lachen zu unterdrücken. «Unwichtig.» Ich machte eine wegwerfende Handbewegung. «Sagen wir … ein alter Bekannter.» Ich prustete los.

«Mir scheint, dir fehlt der nötige Ernst.» Robert sah mich irritiert an, ich glaube, er fühlte sich in seiner Autorität untergraben. «Was soll das, Alain? Jetzt werde nicht albern. Wir suchen nur Personen, deren Name mit einem ‹V› beginnt.»

«Ja, ich weiß. Entschuldige.» Ich riss mich zusammen.

Robert nahm einen Schluck Wein und schob mir das Büchlein mit den Namen herüber. «So ... und jetzt konzentrier dich. Kommt dir irgendeiner dieser Namen bekannt vor? Hat Mélanie im Gespräch einen dieser Namen erwähnt?» Er wartete.

Ich schaute auf die Liste und murmelte mehrere Male die Namen vor mich hin. Dann versuchte ich, mich an alles zu erinnern, was Mélanie mir erzählt hatte. Aber falls sie überhaupt einen Mann namentlich erwähnt hatte, war es keiner mit dem Anfangsbuchstaben «V» gewesen.

«Tut mir leid, aber all diese Namen sagen mir nichts», sagte ich enttäuscht.

«Überleg noch mal. Ich bin mir sicher, dass dieser V-Punkt eine wichtige Rolle spielt. Wenn wir wissen, wer V-Punkt ist, wird sich auch der ganze Rest aufklären.»

«Mist», sagte ich ärgerlich. «Gibt es denn keinen anderen Namen mit ‹V›?»

«Nun ja ...» Robert zog die Augenbrauen hoch und tat sehr geheimnisvoll. «Einen hätte ich noch.»

«Ja?» Ich hielt die Luft an.

«Vercingetorix?»

Es war zwanzig nach elf, als wir uns voneinander verabschiedeten. Nicht im Traum hätte ich daran gedacht, dass ich kurz vor Mitternacht bereits wieder in einem Taxi sitzen würde – mit einem mir nicht ganz unbekannten Ziel.

«Wenn dir doch noch etwas einfällt ... du kannst mich immer anrufen», hatte Robert gesagt, als er mir die Liste mit den Namen zusteckte. Er redete wie der Hauptkommissar aus einer Vorabendserie und fühlte sich offenbar auch so. Die Ermittlungen im Fall V-Punkt schienen ihm solchen Spaß zu machen, dass er sein eigentliches Lieblingsprojekt – das anstehende Abendessen mit Melissa und Anne-Sophie – völlig aus den Augen verloren hatte.

Ich ging die Rue Saint-Benoît hinunter und bog nach rechts in die Rue Jacob. Mein Fuß schmerzte immer noch, aber ich war so in Gedanken, dass ich es kaum bemerkte. Auch wenn wir bei der Namenssuche nicht wirklich weitergekommen waren, hatte ich das gute Gefühl, wenigstens einem Geheimnis auf die Spur gekommen zu sein.

Der Grund, weshalb Mélanie in mein Kino gekommen war und sich stets in dieselbe Reihe gesetzt hatte, war ein nostalgischer. Das passte zu ihr.

Wie lange mochte es wohl her gewesen sein, dass sich in dieser Reihe zwei Liebende verewigt hatten, in der trügerischen Gewissheit, ihre Gefühle wären für die Ewigkeit? Waren die beiden öfter ins Cinéma Paradis gekommen oder vielleicht nur ein einziges Mal? Hatten sie eng aneinandergeschmiegt in der siebzehnten Reihe gesessen und sich *Cyrano de Bergerac* angeschaut, Mélanies Lieblingsfilm und der schönste Film, den es überhaupt für Verliebte geben konnte?

Ein kleiner Stich der Eifersucht durchfuhr mich. Ich wäre gern derjenige gewesen, der bei dem liebessüchtigen Briefwechsel zwischen Cyrano und der schönen Roxanne Mélanies Hand genommen hätte.

Seufzend blieb ich vor der Auslage des Ladurée stehen und warf einen gleichmütigen Blick auf die hübschen Kartons in Altrosa und Lindgrün, die mit Macarons und anderen Köstlichkeiten gefüllt waren. Wenn ich mit Mélanie zusammen gewesen wäre, hätte ich ihr eines Abends, einfach so, eine Schachtel Himbeermacarons mitgebracht, weil mich das zarte Rot an die Farbe ihres Mundes erinnerte. Ich hätte sie mit Aufmerksamkeiten überschüttet, nur um sie lächeln zu sehen. Gestern Abend hatte ihr Lächeln etwas Herzzerreißendes gehabt. Fast so, als ob sie mich ziehen lassen müsste und nicht ich sie. Was für ein Geheimnis trennte uns und verhinderte unser Glück? Hatte es mit der Vergangenheit zu tun? Hatte es etwas mit dem Cinéma Paradis zu tun? Wieder sah ich die beiden Initialen vor mir. Was war passiert mit M. und V.? Was war aus ihrer Liebe geworden?

Wenn ich daran dachte, wie Mélanie an unserem ersten und einzigen Abend von den Männern in ihrem Leben gesprochen hatte, konnte es nichts Gutes gewesen sein. *Ich habe ein Talent dafür, mich in die falschen Männer zu verlieben*, hatte sie gesagt. *Am Ende gibt es immer eine andere Frau.*

War der mysteriöse V-Punkt ein verheirateter Mann gewesen, der ihr etwas vormachte? War eine andere Frau in die Beziehung eingedrungen? Oder hatte es gar einen tragischen Todesfall gegeben, der die liebende M. allein zurückließ? Konnte es möglicherweise sein, dass es zwischen mir und V-Punkt eine Ähnlichkeit, eine Verbindung gab? War sie deshalb bereit gewesen, sich mit mir einzulassen? War sie überhaupt dazu bereit gewesen?

Ich wusste es nicht. Ich wusste so vieles nicht. Und doch fühlte ich mich Mélanie in diesem Moment ganz nah. Ich sah in die Fensterscheibe, die mein Gesicht widerspiegelte, und erwartete fast, Mélanies Gesicht hinter dem meinen auftauchen zu sehen.

Merkwürdigerweise hatte ich das gleiche Gefühl wie am Abend zuvor, als ich auf der Dachterrasse des Georges stand und über Paris geschaut hatte wie über einen Ozean. Eine Frau war leise hinter mich getreten, und doch hatte ich die leichte, unmerkliche Bewegung wahrgenommen. Es war Solène, und ich hatte es sofort gespürt. Doch diesmal gab es keine Frau, die sich leise hinter mich stellte, die Fensterscheibe blieb leer.

Ich wollte schon weitergehen, da hörte ich Schritte, die sich eilig näherten. Eine Frau mit Hut kam mit einer schweren Umhängetasche die Straße hochgelaufen und winkte ein Taxi heran, das gerade die Rue Bonaparte in Richtung Boulevard Saint-Germain hochrollte. Es kam auf der Höhe des Ladurée zum Stehen. Die Frau öffnete die hintere Wagentür und warf dankbar ihren Beutel auf den Rücksitz. Dann hörte ich sie noch vor dem Einsteigen atemlos sagen: «*Avenue Victor Hugo, vite!*»

Der Wagen fuhr an, und ich setzte meinen Weg fort und sinnierte noch ein wenig darüber, dass auch der Dichter Victor Hugo einen Vornamen trug, der mit einem «V» begann. Mag sein, dass ich bereits eine selektive

Wahrnehmung hatte, was Männernamen mit «V» anging, mag sein, dass mir der Name Victor aus irgendeinem Grund besonders gefiel – jedenfalls tauchte mit einem Mal aus den Tiefen meines Unterbewusstseins eine verschwommene Erinnerung auf. Sollte mir der Name Victor etwas sagen? Er sagte mir nichts.

Und doch ...

Kopfschüttelnd ging ich ein paar Schritte weiter. Und dann blieb ich unvermittelt stehen und schlug mir mit der Hand gegen die Stirn. Eine blitzartige Vision gab mir den Blick frei auf einen stillen Platz, das Anzünden einer Zigarette, nächtliche Bekenntnisse vor der Auslage eines Juweliers.

Es gab in der Tat jemanden, der den Namen Victor erst vor wenigen Wochen erwähnt hatte. Jemand, der – seltsam genug – das Cinéma Paradis noch von früher kannte und nach vielen Jahren zurückgekehrt war, auf der Suche nach dem, was er einmal war. Ich sah eine wunderschöne Frau mit blondem Haar vor mir.

Doch es war nicht Mélanie.

26

Der Teppichboden dämpfte jedes Geräusch. Einem Impuls folgend, hatte ich mitten auf der Straße kehrtgemacht, war zum Taxistand vor der Brasserie Lipp zurückgelaufen und hierhergefahren. Meine Gedanken wirbelten durcheinander wie bunte Herbstblätter, doch jetzt, da ich vor der Tür ihrer Suite stand, herrschte atemlose Stille in meinem Kopf. Es war kurz vor Mitternacht, und ich hoffte nur eines: dass sie da war.

Ich klopfte an die Tür, erst leise, dann heftiger. Erst dann bemerkte ich den kleinen Klingelknopf. Noch bevor ich ihn drücken konnte, öffnete sich langsam die Tür.

Mit bloßen Füßen und in einem fließenden silbergrauen Satinnachthemd stand Solène vor mir und schaute mich verwundert an.

«Alain!», sagte sie nur, und eine leichte Röte zog sich über ihr helles Gesicht.

«Kann ich reinkommen?»

«Ja, ja natürlich.» Sie öffnete die Tür ein Stück weiter, und ich trat ein. Unter anderen Umständen hätte ich der verschwenderischen Ausstattung sicherlich mehr Beachtung geschenkt – den edlen Möbeln, die mit kostbarem gelblichem Rosenstoff gepolstert waren, den golddurchwirkten schweren Vorhängen, dem Marmorkamin, auf dem zwei Kerzenleuchter und eine Uhr standen, die direkt aus Versailles zu stammen schienen – doch in diesem Augenblick interessierte mich nur die Bewohnerin.

Sie schritt schweigend voran und wies auf einen Sessel.

Ich setzte mich mit klopfendem Herzen. «Entschuldige diesen Überfall zu später Stunde», begann ich.

«Du musst dich nicht entschuldigen, Alain, ich gehe nie vor eins ins Bett.» Solène ließ sich malerisch in den Sessel neben mir sinken, lehnte ihren blonden Schopf gegen die hohe Rücklehne und lächelte unergründlich. «Ich liebe nächtliche Überfälle – sind die Kopfschmerzen besser geworden?»

Ich atmete tief durch. «Hör zu, Solène, ich muss mit dir reden. Es ist wichtig.»

«Ja, das habe ich mir schon gedacht.» Sie zog eine Haarsträhne nach vorn und spielte daran herum. Sie saß da, schön und rätselhaft wie eine Lorelei, und schien alle Zeit der Welt zu haben. «Also, was willst du mir sagen, Alain? Nur heraus damit, ich beiße nicht.»

«Gestern Abend auf der Dachterrasse hast du mir gesagt, dass du gerne etwas für mich tun würdest…»

«Ja?» Sie ließ die Haarsträhne aus der Hand gleiten und sah mich aufmerksam an.

«Nun, ich glaube, du könntest mir wirklich helfen.»

«Alles, was in meiner Macht steht.»

«Also», sagte ich, um meine Gedanken zu ordnen. «Es ist alles so unglaublich verwirrend ... wo soll ich anfangen ...» Ich überlegte. «Ich hatte keine Kopfschmerzen, gestern Abend – ich meine, das war nicht der Grund, weshalb ich ... weshalb ich so überstürzt weggelaufen bin ...»

Solène nickte. «Ich weiß.» Sie neigte den Kopf zur Seite und sah zu mir herüber. «Das weiß ich doch längst, Dummkopf. Man konnte es deinem Gesicht ansehen, wie verwirrt du warst. Du musst mir nichts erklären, ich bin froh, dass du gekommen bist. Einfach so loszustürzen ...» Sie lachte leise. «Aber ich verstehe dich nur zu gut. Manchmal läuft man vor seinen eigenen Gefühlen weg – erst einmal ...» Sie beugte sich zu mir herüber, und ihr sanfter, vielsagender Blick irritierte mich.

Ich setzte mich auf. «Solène», sagte ich. «Ich bin nicht vor irgendetwas oder irgendjemandem *weggelaufen*. Gestern Nacht habe ich Mélanie gesehen. Ich bin ihr gefolgt, aber sie ist regelrecht vor mir geflohen, sie ist in die Metro gesprungen und verschwunden. Es war offensichtlich, dass sie mich nicht sprechen wollte ...»

«Méla?» Nun war es Solène, die irritiert guckte.

«Nein, nicht Méla – Mélanie, die Frau mit dem roten Mantel. Die Frau, nach der ich die ganze Zeit gesucht habe. Sie stand am anderen Ende der Dachterrasse und starrte zu uns herüber. Ich bin mir sicher, dass sie mich erkannt hat. Und dann ist sie auf und davon. So als ob sie den Teufel höchstpersönlich gesehen hätte.»

Ich sah, wie Solène für einen kurzen Moment die Züge entglitten, aber dann fing sie sich wieder. «Und was möchtest du jetzt von mir, Alain?»

Ich holte tief Luft, und dann stürzten die Worte nur so aus meinem Mund. «Ich war heute Abend im Cinéma Paradis», sagte ich. «Und dort, in Reihe siebzehn – das war ihre bevorzugte Reihe – habe ich etwas Merkwürdiges gefunden. Ein Herz mit zwei Buchstaben. Im Vordersitz eingeritzt. Das Herz konnte man schon fast nicht mehr erkennen, aber die Buchstaben schon. M. und V.»

Solène folgte meinen Ausführungen mit großen Augen.

«M – das steht für Mélanie, es kann gar nicht anders sein», fuhr ich aufgeregt fort. «Und V für einen Männernamen. Aber Mélanie hat nie jemanden mit V erwähnt. Du hingegen schon. Und du kennst das Cinéma Paradis aus Kindertagen. Ich habe ein Weilchen gebraucht, aber dann fiel es mir wieder ein. Du wolltest damals weg aus Paris, da war dieser Student aus San Francisco. Dein Freund, wenn ich es richtig verstanden habe. Victor. Er hieß Victor.»

Mir wurde es ganz eng in der Brust, und ich musste Luft holen. «Das alles ist kein Zufall, Solène. Und nun möchte ich eines von dir wissen: Wer ist Victor? Was ist damals passiert? Was war mit Mélanie und Victor, der dein Freund gewesen ist? Was für eine Verbindung besteht zwischen Mélanie und dir?»

Solène war blass geworden. Ihre Augen flackerten unruhig. Dann stand sie auf und ging ohne ein Wort zu ihrem Schminktischchen hinüber. Sie nahm etwas in die Hand. Es war ein Bild in einem schmalen Silberrahmen. Sie hielt es mir hin, und ich griff danach.

Das Bild, eine alte Schwarz-Weiß-Fotografie, zeigte zwei kleine Mädchen in dicken Wintermänteln, die vor irgendeinem Brückengeländer in Paris standen und sich lachend an den Händen hielten. Die Größere trug ihre hellen blonden Haare aufgesteckt, mit einer riesigen weißen Schleife, und hatte eines ihrer Stiefelchen kokett nach vorn gesetzt. Die Kleinere hatte dunkelblonde Zöpfe, und in ihren großen braunen Augen lag eine reizende Schüchternheit.

Ich blickte ungläubig auf die vergnügten Kindergesichter, in denen sich bereits alles zeigte, was die Frauen künftiger Tage einmal ausmachen würde. In irgendeinem sensitiven Winkel meines Gedächtnisses hatte sich ein Lachen verfangen, ein unvermitteltes, herzerfrischendes Hahaha, das ich, ohne mir dessen bewusst zu sein, in einer anderen Frau wiedererkannte. In der Frau, die jetzt so verstört und mit schuldbewusster Miene vor mir stand.

«Aber ...», sagte ich leise. «Das ist doch nicht möglich.»

Solène nickte kaum merklich. «Doch», sagte sie. «Mélanie ist meine Schwester.»

27

─────────── ❖ ───────────

Es gibt Sätze im Leben, die vergisst man nie, hatte Solène gesagt, und ich sah, wie ein tief empfundener Kummer das Blau ihrer Augen verschattete. Der Satz, den sie niemals vergessen sollte, war aus dem Mund ihrer Schwester gekommen.

«Hauptsache, du bekommst, was du willst, alles andere interessiert dich nicht», hatte Mélanie hasserfüllt gesagt. «Ich will dich nie mehr sehen, hörst du? Geh mir aus den Augen!»

In dieser Nacht in einer Luxussuite im Ritz machte ich eine Zeitreise, die direkt in die verwundeten Herzen zweier Schwestern führte, die als Kinder unzertrennlich gewesen waren.

Bevor Solène anfing, ihre Geschichte zu erzählen, die bis in die frühen Morgenstunden reichen sollte, bat sie mich um eine genaue Beschreibung. «Ich will ganz sicher sein», sagte sie, und ich tat ihr den Gefallen, obwohl es für mich keinen Zweifel gab, dass das jüngere der beiden Mädchen auf der Fotografie Mélanie war.

Als ich den goldenen Ring mit den Rosen erwähnte, nickte Solène bestürzt. «Oh, mein Gott», murmelte sie. «Ja, das ist der Ring von *Maman*.» Sie sah mich mit schmerzlicher Miene an, und ich nickte.

«Mélanie sagte damals, ihre Mutter sei gestorben – und dass der Ring ihre einzige Erinnerung an sie sei», setzte ich hinzu. «Von ihrem Vater hat sie nichts erzählt.»

«Mélanie liebte *Maman* über alles. Mit Papa konnte sie nie so recht etwas anfangen. In unserer Familie war ich Papas Liebling. Ich war der Wildfang, die Abenteuerlustige, das Mädchen, das alle zum Lachen brachte und mit den Jungs aus der Nachbarschaft herumzog. Mélanie war die Stillere von uns beiden. Sie lebte in ihrer eigenen Welt. War versponnen und hochsensibel. Als *Maman* einmal eine Stunde später als erwartet nach Hause kam, fand sie Mélanie völlig aufgelöst im Kleiderschrank. Sie hatte sich dort versteckt und war überzeugt davon, *Maman* wäre etwas zugestoßen. Sie hatte viel Fantasie, dachte sich Geschichten aus, die sie in ein Schulheft schrieb, das sie eifersüchtig unter ihrer Matratze versteckte und in das nie jemand hineinschauen durfte.»

Solène lächelte. «Obwohl wir so unterschiedlich waren, liebten wir uns innig. Manchmal schlüpfte Mélanie abends zu mir ins Bett, und dann strich ich ihr über den Rücken, bis sie eingeschlafen war. Ich machte meine ersten Erfahrungen mit den Jungs aus dem benachbarten Lycée, und meine kleine Schwester stand hinter der Tür und beobachtete uns heimlich, wenn wir uns küssten. Manchmal, nicht oft, gingen wir ins Cinéma Paradis. Papa arbeitete bei der Postbehörde, aber er ist nie besonders weit gekommen, und wir hatten wenig Geld für Vergnügungen dieser Art. Wir liebten beide Filme – Mélanie noch mehr als ich. Ich betrachtete das Kino eher als eine Möglichkeit, mich heimlich mit einem Jungen zu treffen, aber für meine Schwester waren die Sonntagnachmittage im Kino etwas unendlich Kostbares. Sie tauchte völlig ein in diese Filme, träumte sich einfach weg.»

Solène unterbrach sich. «Das klingt jetzt so, als seien wir unglücklich gewesen, aber das ist nicht wahr. Wir hatten eine schöne Kindheit. Wir fühlten uns geborgen. Meine Eltern hatten oft Geldsorgen, aber sie haben sich nie gestritten, oder nur ganz selten. Man spürte stets die tiefe Zuneigung, die sie füreinander empfanden. ‹Ich freue mich jedes Mal, wenn deine Mutter zur Tür hereinkommt›, hat Papa einmal zu mir gesagt. Er litt darunter, dass er *Maman* nicht mehr bieten konnte als diese dunkle Wohnung im Erdgeschoss, in der wir im Winter manchmal nur das Wohnzimmer und die Küche heizten, um Geld zu sparen. Aber *Maman* war auf ihre stille, freundliche Art guter Dinge. Der einzige Luxus, den sie sich leistete, waren Blumen. Auf unserem Küchentisch standen immer Blumen. Sonnenblumen, Rosen, Gladiolen, Vergissmeinnicht, Flieder – Flieder mochte sie besonders gern. Alles war gut.»

Sie schwieg einen Moment und stellte das Bild mit den zwei Mädchen behutsam wieder auf den Frisiertisch.

«Aber dann, ich weiß auch nicht genau, wann es passierte, wurde es mir mit einem Mal zu eng zu Hause. Ich ging immer öfter weg, hatte Freunde, die in vornehmen Haushalten lebten und großzügig sein konnten. Ich wurde unzufrieden. Ich hätte gerne Gesang studiert, stattdessen machte ich eine Lehre. Mélanie war gerade siebzehn und ging noch zur Schule. Ich war zwanzig und schwor mir, dass ich nicht bei einem Herrenausstatter auf dem Boulevard Raspail versauern würde. Ich wollte die Welt erobern.»

«Und dann? Was passierte dann?», fragte ich und gab selbst die Antwort. «Dann kam Victor, der Austauschstudent, und du hast dich Hals über Kopf in ihn verliebt.»

«Dann kam Victor, der Austauschstudent, und meine kleine Schwester verliebte sich Hals über Kopf in diesen blonden, gut aussehenden jungen Mann mit den fröhlichen Augen. Er wohnte ein paar Häuser weiter zur Untermiete. Mélanie traf ihn eines Sonntags bei einer Filmvorführung im Cinéma Paradis. Ich hatte an jenem Tag etwas Besseres vor. Ich war von der Familie einer Freundin eingeladen, den Sommer über in ihrem Ferienhaus am Meer zu verbringen. Das ließ ich mir natürlich nicht entgehen. Und während ich den jungen Männern in Deauville den Kopf verdrehte, machte Mélanie eine schicksalhafte Bekanntschaft in Paris.»

Solène fuhr sich durch die Haare und stieß ein kleines trauriges Lachen aus.

«Victor saß zufälligerweise neben ihr im Kino. Sie sahen sich an, und es war Liebe auf den ersten Blick, wie man so schön sagt. Meine scheue Schwester, die sich nie zuvor verliebt hatte, die wie eine Prinzessin Turandot alle Werbungen abgewiesen hatte – unter uns, es waren nicht sehr viele –, verschenkte ihr Herz ohne jedes Zögern. Die beiden waren unzertrennlich, und Mélanie war überglücklich. Sie vergötterte Victor, und wann immer sie von ihm sprach, bekamen ihre Augen diesen sanften Glanz – sie leuchteten wie zwei Kerzen. Es war rührend mitanzusehen. Ich glaube, mit Victor wäre sie bis ans Ende der Welt gegangen.»

«Und dann?», fragte ich atemlos.

«Dann kam die böse Schwester», entgegnete Solène trocken. Es sollte gleichmütig klingen, aber man sah ihr an, dass sie Mühe hatte weiterzusprechen. Sie stand aus ihrem Sessel auf, ging zur Minibar hinüber und goss sich einen Scotch ein. «Ich glaube, ich brauche jetzt einen Drink. Du auch?»

Ich schüttelte den Kopf.

Langsam trank Solène ein paar Schlucke aus dem geschliffenen schweren Glas und lehnte sich dann an die Frisierkommode.

«Als ich nach dem Sommer zurückkam, stellte Mélanie mir ihren Freund vor. Er war wirklich süß, so ein richtiger Sunnyboy aus Kalifornien, und ich muss gestehen, ich war überrascht, dass Mélanie einen so attraktiven jungen Mann an Land gezogen hatte.»

Sie nahm noch einen Schluck von dem Scotch.

«Tja. Der Rest ist schnell erzählt. Wir gingen also zusammen in dieses kleine Café in Saint-Germain, und wie es so meine Art ist, erzählte ich lebhaft von den Ferien und meinen Erlebnissen am Meer. Ich lachte und scherzte, ich flirtete ein bisschen mit dem Freund meiner Schwester. Ich kann nicht einmal sagen, dass ich irgendein Ziel verfolgte, ich war einfach wie immer, verstehst du?»

Ich nickte stumm. Ich konnte mir die Situation genau vorstellen.

«Und dann passierte das, was immer passierte, wenn Mélanie und ich irgendwo zusammen hingingen. Ich bekam die ganze Aufmerksamkeit, meine Schwester verblasste neben mir wie ein kleiner Mond und verstummte allmählich.»

«Oh, mein Gott», sagte ich. Ich ahnte, was als Nächstes kommen würde. *Sie ist wie eine Sonne*, hatte Allan Wood über Solène gesagt, *jeder möchte in ihrer Nähe sein.*

«Nach kurzer Zeit hatte Victor nur noch Augen für mich. So bezaubert er auch von Mélanie gewesen war, nun war er hingerissen von ihrer Schwester, die von ihrer ganzen Art und auch vom Alter her viel besser zu ihm zu passen schien. Er lauerte mir auf dem Weg zum Boulevard Raspail auf, er passte mich heimlich ab, er küsste mich hinter dem Rücken meiner Schwester. ‹Komm, nur einen Kuss›, sagte er jedes Mal, wenn ich ihn lachend abwehrte. ‹Es sieht doch keiner. Und du hast so einen schönen Mund, da kann man gar nicht anders.› Und später sagte er dann: ‹Komm mit mir nach Kalifornien, dort scheint das ganze Jahr über die Sonne, und wir werden ein herrliches Leben haben.› Er sah sehr gut aus und hatte diese wunderbare Leichtigkeit, die mir immer besser gefiel. Irgendwann wehrte ich mich nicht mehr.» Solène seufzte und schaute in ihr Glas.

«Vielleicht hätte es in meiner Macht gestanden, dem Ganzen einen Riegel vorzuschieben, aber damals besaß ich noch nicht die nötige Einsicht. Schließlich, so sagte ich mir, konnte ich ja nichts dafür, wenn sich ein Mann in mich verliebte, auch wenn es der Mann meiner Schwester war. Wer weiß, ob Victor bei Mélanie geblieben wäre, wenn ich anders reagiert hätte. Aber ich war jung und rücksichtslos, und die Aussicht, mit Victor nach Amerika gehen zu können, ließ mich alle Bedenken in den Wind schlagen.»

Sie sah mich an und hob die Hände in einer entschuldigenden Geste. «Meine Güte, wer bleibt denn schon bei seiner ersten Liebe?!» Sie schüttelte den Kopf. «Ich hatte einfach nicht begriffen, wie ernst das alles für Mélanie war. Sie war doch erst siebzehn.»

Solène biss sich auf die Unterlippe.

«Eines Tages hat sie uns überrascht. Es war schrecklich. Das Grauenvollste, das ich jemals erlebt habe.» Solène stockte einen Moment, bevor sie weiterredete. «Sie stand minutenlang ganz blass in der Tür, und keiner von uns wagte ein Wort. Und dann schrie sie mit einem Mal los. Sie war völlig hysterisch. ‹Meine Güte, Solène, wie kannst du mir das antun? Du bist doch meine Schwester! Du bist doch meine *Schwester*!›, schrie sie immer wieder. ‹Du hättest jeden haben können, warum musstest du mir Victor wegnehmen, warum?› Und dann sagte sie diesen

Satz, den ich manchmal heute noch höre, und ihre liebe sanfte Stimme war von Hass erfüllt. ‹Hauptsache, du bekommst, was du willst, alles andere interessiert dich nicht, was?›, sagte sie. ‹Ich will dich nie mehr sehen, hörst du? Geh mir aus den Augen!›»

«Meine Güte, das ist ja schrecklich!», murmelte ich.

«Ja, das war es. Schrecklich», sagte Solène. «In den folgenden Wochen sprach Mélanie kein einziges Wort mehr mit mir. Nicht, als ich sie um Verzeihung bat, nicht, als meine Eltern versuchten, Frieden zwischen uns zu stiften, nicht, als ich ein letztes Mal vor meinem Abflug nach San Francisco in ihr Zimmer trat und Adieu sagen wollte. Sie saß an ihrem Schreibtisch und drehte sich nicht einmal um. Sie war wie erstarrt. Ich hatte sie verraten, ich hatte sie zutiefst verletzt. Sie konnte mir nicht vergeben.»

Ich hatte die Hand an den Mund gelegt und sah bestürzt zu der blonden Frau an der Frisierkommode hinüber, die um ihre Fassung kämpfte.

«Und später? Habt ihr denn später wieder Kontakt gehabt?», fragte ich schließlich.

Solène nickte. «Wir haben uns noch ein einziges Mal gesehen. Auf der Beerdigung unserer Eltern. Aber das war nicht sehr erfreulich.» Sie stellte das Glas ab.

«Wann war das?»

«Etwa drei Jahre nachdem ich nach Kalifornien gegangen war. Ich war inzwischen schon gut im Geschäft, hatte meine ersten größeren Rollen. Der Erfolg fiel mir einfach so zu, und ich war so glücklich, dass ich meinen

Eltern diese Reise an die Côte d'Azur schenken konnte –
ich habe dir davon erzählt, damals auf unserem Spaziergang um die Place Vendôme, erinnerst du dich?»

Ich nickte. Wie hätte ich diesen Spaziergang je vergessen können?

«Dann verunglückten meine Eltern auf der Fahrt nach
Saint-Tropez. Sie waren beide sofort tot. Die Schwester
meiner Mutter hat mich netterweise benachrichtigt. Da
waren die Leichen schon überführt worden. Ich flog
nach Paris. Als Mélanie mich auf der Beerdigung sah,
geriet sie völlig außer sich. Sie schrie mich an, ich hätte
ihr erst den Mann weggenommen und jetzt auch noch
die Eltern. Und ich solle endlich verschwinden, weil ich
nur immer alles zerstören würde.»

«Oh, mein Gott, aber das ist ja völlig absurd!», rief ich
bestürzt. «Das war doch nicht deine Schuld.»

Solène wischte sich eine Träne von der Wange und
sah mich mit verletztem Blick an. «Dabei wollte ich meinen Eltern doch nur einen Herzenswunsch erfüllen.»

«Du musst dir keine Vorwürfe machen, Solène», versicherte ich. «Jedenfalls nicht, was deine Eltern angeht.
Meine Güte, das war einfach ein ganz tragischer Un-
glücksfall. Keiner kann etwas dafür.»

Solène nickte und zog ein Taschentuch hervor.

«Das hat Tante Lucie auch gesagt. Sie rief mich an
und sagte, Mélanie habe einen Nervenzusammenbruch
gehabt. Und dass sie es gewiss nicht so gemeint habe.
Später hörte ich, dass Mélanie in die Nähe von Le Pouldu
gezogen sei, wo unsere Tante lebte. Sie hat es in Paris

offenbar nicht mehr ausgehalten. Sie hatte ja noch bei meinen Eltern gewohnt, als der Unfall passierte.»

«Und dann?»

Solène hob hilflos die Schultern. «Nichts. Ich habe nie mehr etwas von Mélanie gehört. Ich habe versucht, ihren Wunsch zu respektieren. Aber ich habe nicht aufgehört, sie zu vermissen.»

28

--- ❋ ---

Solène kam zu mir herüber und ließ sich erschöpft in ihren Sessel fallen. Man konnte sehen, wie aufgewühlt sie war.

«Die Sache mit Victor ist ein unrühmliches Kapitel in meinem Leben, ich spreche nicht sehr gern darüber», sagte sie und vergrub ihr Gesicht für einen Moment in den Händen. Dann schaute sie wieder auf. «Ich wünschte, ich könnte es ungeschehen machen, aber das ist leider nicht möglich. Wie oft habe ich den Tag verflucht, als ich mich mit Victor eingelassen habe. Dabei hätte ich nur Nein sagen müssen. Es wäre so einfach gewesen.» Sie setzte sich auf und faltete ihre Hände. «Glaub mir, Alain, wenn ich die Uhr zurückdrehen könnte, würde ich alles anders machen.»

«Was ist denn überhaupt aus Victor geworden?», fragte ich.

«Ich weiß es nicht. Kurze Zeit nachdem wir in San Francisco angekommen waren, habe ich ihn aus den Augen verloren. Und dann bin ich selbst weitergezogen.»

Sie strich mit den Fingern über die Lehne des Sessels. «Für mich war es ja nicht so eine große Sache, ich fühlte mich einfach zu ihm hingezogen.»

«So wie zu mir?», fragte ich.

Ein zarter Rosaton zog sich über Solènes Gesicht.

«Ja ... vielleicht. Ich mag dich eben, du warst mir gleich sympathisch, was soll ich machen?» Sie zwinkerte mir zu aus ihren verweinten Augen und versuchte, die Schwere aufzuheben, die sich über das Zimmer gelegt hatte wie ein Rabenflügel. «Das müsstest du eigentlich gemerkt haben. Aber diesmal habe ich wohl keine Chance.»

Sie lächelte, und ich lächelte auch. Dann wurde ich ernst.

«Ich mag dich auch, Solène, sehr sogar. Das habe ich dir erst gestern noch gesagt auf der Dachterrasse. Da war dieser wunderbare Moment, den ich ebenso wenig vergessen werde wie du.»

«Und genau dieser Moment ist dir vielleicht zum Verhängnis geworden.»

Ich nickte und rieb mir mit der Hand über die Stirn.

«Mélanie liebt mich, und ich liebe sie», entgegnete ich unglücklich. «Ich liebe sie wirklich über alles. Und die Vorstellung, dass sie glaubt, die schlimmste Erfahrung ihres Lebens hätte sich wiederholt, zerreißt mir das Herz.» Ich sah Solène an. «Warum hast du mir nicht schon eher gesagt, dass sie deine Schwester ist?»

Solène blickte mich ratlos an. «Ich bin überhaupt nicht auf die Idee gekommen, Alain. Wie sollte ich auch?

Du hast mir damals auf der Place Vendôme gesagt, du hättest dich in eine Frau verliebt, aber du hast keinen Namen genannt. Dann kamen diese Paparazzi und die ganzen Zeitungsberichte, und die Frau im roten Mantel verschwand. Aber davon wusste ich ja zunächst gar nichts, und selbst du hast zunächst keinen Zusammenhang gesehen zwischen unserem Auftauchen und Mélanies Verschwinden. Später sagte Allan mir dann, dass ihr seine Tochter Méla sucht – da habe ich den Namen Mélanie zum ersten Mal gehört. Und ja, ich gebe zu, als Méla dann die falsche Mélanie war, sind mir für einen kurzen Augenblick Zweifel gekommen. Aber das Letzte, was ich von meiner Schwester gehört hatte, war doch, dass sie in der Bretagne lebt. Wie hätte ich da annehmen sollen, meine Schwester sei deine Mélanie? Es schien mir völlig unwahrscheinlich. Ich meine, was für ein idiotischer Zufall! Nach zehn Jahren komme ich wieder nach Paris zurück, und meine Schwester hat sich gerade in einen Mann verliebt, der mir auch gefallen könnte.» Sie lächelte wehmütig. Dann fasste sie nach meiner Hand. «Glaub mir, Alain, ich hatte keine Ahnung. Und wenn überhaupt, dann war es nur der Hauch einer Ahnung. Ich wollte dich gewiss nicht an der Nase herumführen. Erst als du mir von den beiden Buchstaben erzählt hast und davon, dass sie sich immer in diese Reihe setzte, wenn sie ins Cinéma Paradis kam, war mir klar, dass es Mélanie ist. Das musst du mir einfach glauben.»

Ihre Stimme klang bedrückt.

«Ist ja gut, Solène», sagte ich. «Natürlich glaube ich

dir. Es ist einfach Pech, dass sich eure Wege im Cinéma Paradis gekreuzt haben. Zum zweiten Mal. Aber zumindest macht das Ganze jetzt einen Sinn für mich.»

Lange Zeit saßen wir schweigend da. Ich lehnte mich im Sessel zurück, und mein Blick verfing sich in den Schnörkeln der goldenen Standuhr auf dem Kaminsims. Es war zehn nach vier, ich war unglaublich müde und doch auch überhaupt nicht müde, und während ich mich in einer seltsamen Lethargie einrichtete, wie man sie wohl empfindet, wenn der sogenannte «tote Punkt» überwunden ist, ließ ich die ganze Geschichte mit all ihren merkwürdigen Wendungen, mit all ihren Zufällen, von denen am Ende doch nicht alle Zufälle waren, noch einmal an mir vorüberziehen.

An der Frage, was Schicksal und was Zufall ist, haben sich schon klügere Menschen als ich versucht. War es Zufall oder Schicksal, dass mich der Anblick einer aparten jungen Frau in einem roten Mantel dermaßen ins Herz traf, dass ich mich in sie verliebte? War es Schicksal oder Zufall, dass ihre Schwester einen Tag später vor dem Cinéma Paradis stand?

Dass ich mit Solène einen Spaziergang um die Place Vendôme machte und sie gerührt in die Arme schloss, als sie mir vom Tod der Eltern erzählte, war sicherlich kein Zufall gewesen, aber dennoch schicksalhaft, denn auf diese Weise hatte es ein verfängliches Paparazzi-Foto in einer Zeitung gegeben, die zufällig einer vom Schicksal Geschlagenen in die Hände gefallen sein musste. Einer verliebten Frau, die weit weg von Paris in einem kleinen Ort namens Le Pouldu bei ihrer Tante saß und nun überzeugt war, dass sich der schlimmste Augenblick ihres Lebens wiederholte.

Das hingegen, was ich zunächst für einen Zufall gehalten hatte, für den rein zeitlichen und von daher bedeutungslosen Zusammenfall zweier Ereignisse, war keiner gewesen.

Solène Avril war nach Paris gekommen, und Mélanie war nicht zu unserer Verabredung erschienen. Ich sah keinen Zusammenhang. Doch Mélanie hatte sich bewusst zurückgezogen, und dafür kannte ich nun den Grund.

Ich wusste nicht, ob es Zufall oder Schicksal war, dass Mélanie gerade in jenem Augenblick auf der Dachterrasse des Georges stand, als Solène mich umarmte, auf jeden Fall war ihr diese unschuldige und doch nicht ganz absichtslose Umarmung der erneute Beweis, dass wieder einmal ein Mann, den sie liebte, den Reizen ihrer Schwester erlegen war. Aufgebracht und maßlos enttäuscht war sie davongerannt und hatte mir ein rätselhaftes und – wie mir jetzt klar wurde – resignatives Lächeln geschenkt, als sie in einer spontanen Geste ihre Hand gegen das Fenster der Metro legte.

Solène war die Erste, die die Sprache wiederfand.

«Wir müssen sie finden, Alain», sagte sie. «Noch ist nichts verloren. Wir müssen Mélanie finden und ihr alles erklären.»

Ich nickte langsam. Erst allmählich begriff mein von eindrücklichen Bildern überwältigter Verstand, dass es nun wieder Hoffnung gab, dass die Chancen, zum Ziel

meiner Wünsche zu gelangen, noch niemals so gut gestanden hatten.

«Auf jeden Fall habe ich jetzt endlich einen Namen –
das wird die Sache erheblich vereinfachen.» Lächelnd
musste ich daran denken, wie ich in der Rue de Bourgogne den Detektiv gespielt hatte. Jetzt, da es außer Frage
stand, dass Mélanie einen anderen Mann hatte, kam es
mir umso merkwürdiger vor, dass sie in dem Haus mit
dem Kastanienbaum verschwunden war. Der Name Avril
hatte jedenfalls auf keinem der Türschilder gestanden.

«Mélanie Avril», sagte ich probeweise. «Das klingt so
wunderbar leicht. Es lässt einen an einen Frühlingstag
in Paris denken. Der Regen hüpft auf dem Pflaster, dann
reißt der Himmel wieder auf, die Sonne spiegelt sich in
den Kitzen, und die Menschen haben gute Laune...»

«Ach, Alain, du bist wirklich unverbesserlich. Mélanie heißt gar nicht Avril. Sie heißt Fontaine. Genau wie
ich. Solène Avril ist mein Künstlername.»

«Ach», sagte ich verblüfft. Und setzte dann ein nicht
sehr eloquentes «Ach so!» hinzu. Eigentlich hätte ich mir
denken können, dass «Avril» ein Kunstname war. Viele
Schauspieler legen sich einen klingenden Namen zu, das
weiß man ja.

Solène lächelte. «Tja, mein Lieber. So ist das im Film-
business. Ich heiße nicht mal Solène ... alles erfunden.»

«Und wie heißt du wirklich?»

«Marie. Aber das war mir viel zu unspektakulär. Und
die Marie aus der kleinen Parterrewohnung in Saint-
Germain gab es schon damals nicht mehr. Und da habe

ich mich eben neu erfunden.» Sie grinste. «Ich hoffe, ich habe jetzt nicht alle deine Illusionen zerstört.»

«Aber nein.» Ich winkte ab. «Fontaine ist doch auch ein sehr schöner Nachname.»

Und ich meinte es, wie ich es sagte. Mir gefiel der Name wirklich. Das einzige Problem, das ich mit dem neuen Nachnamen hatte, war, dass Hunderte von Parisern so hießen. Fontaine war einer der häufigsten französischen Nachnamen, auch wenn im Haus in der Rue de Bourgogne leider niemand so geheißen hatte. Selbst mein findiger Freund Robert hätte schon sämtliche Studentinnen seiner Fakultät bemühen müssen, um Paris telefonisch zu durchkämmen.

Falls Mélanie Fontaine überhaupt in einem Telefonbuch zu finden war. Vielleicht besaß sie wie viele Leute heute nur noch ein Mobiltelefon. Obwohl ich sie mir eher am Hörer eines alten schwarzen Bakelit-Telefons vorstellen konnte als an einem Smartphone. Die Suche nach einer Mélanie Fontaine würde nicht gerade ein Spaziergang werden.

Solène schien meine Gedanken erraten zu haben.

«Mach dir keine Sorgen, Alain», sagte sie. «Notfalls muss ich es über meine Tante versuchen. Mélanie war, wie du sagst, ja vor Kurzem noch da. Tante Lucie wird ihre Adresse sicherlich haben.» Sie zog die Stirn kraus. «Allerdings hat Tante Lucie nach dem Tod meines Onkels noch ein zweites Mal geheiratet. Ich hoffe, der Name fällt mir wieder ein.» Sie seufzte in komischer Verzweiflung. «Keine Angst – irgendwie bekomme ich das schon raus. Und wenn ich mich selbst in den Zug setze und nach Le Pouldu fahre. Das sollte ich vielleicht sowieso mal machen. So groß ist meine Familie ja nicht.»

Solène, die eigentlich Marie hieß, war ganz beseelt von dem Gedanken, Mélanie ausfindig zu machen. «Du wirst schon sehen, ich finde sie», wiederholte sie immer wieder.

«Danke, Solène.» Für mich würde sie immer Solène bleiben.

Als ich mich in den frühen Morgenstunden von ihr verabschiedete, umarmte sie mich ganz fest. «Es hat gut getan, darüber zu sprechen. Nach all den Jahren.» Sie sah mir geradewegs in die Augen. «Weißt du, Alain, ich glaube, es war doch kein dummer Zufall, dass wir uns begegnet sind», sagte sie dann. «Ich bin nach Paris gekommen, um diesen Film zu drehen. Aber eigentlich kam ich her, weil ich Heimweh hatte. Ich habe so oft an früher gedacht und an meine Schwester, als ich in den alten vertrauten Straßen und Gässchen Saint-Germains herumgelaufen bin, und ich habe mich gefragt, was sie wohl macht. Ich bin an unserem alten Haus vorbeigegangen und habe nach den Namen im Erdgeschoss geschaut. Ich war am Grab meiner Eltern und habe ihnen gesagt, wie sehr ich sie vermisse. Wie sehr ich Mélanie vermisse. Und nun habe ich endlich die Chance, alles wiedergutzumachen, was ich damals angerichtet habe. Diesmal werde ich nichts zerstören.» Sie schüttelte entschlossen den Kopf. «Diesmal werde ich dafür sorgen, dass meine

Schwester den Mann bekommt, den sie liebt. Und der sie liebt», setzte sie hinzu.

Ich sah sie gerührt an.

«Und nun mach, dass du wegkommst.» Sie gab mir einen kleinen Kuss auf den Mund. «Aber in meinem nächsten Leben kann ich für nichts garantieren.»

«In deinem nächsten Leben hast du sicher einen Bruder.»

«Genau», sagte sie, und ihre Augen funkelten. «Einen wie dich.»

Am Ende des langen Hotelflurs drehte ich mich noch einmal um.

Solène stand immer noch da und sah mir nach. Sie lächelte, und das Licht der Deckenstrahler verfing sich in ihrem blonden Haar und ließ es aufleuchten.

Wenige Augenblicke später trat ich hinaus auf die Place Vendôme. Paris erwachte.

29

Alles, worauf die Liebe wartet, ist die Gelegenheit, hat Cervantes einmal gesagt. Alles, worauf ich wartete, war die Gelegenheit, die Frau, die ich liebte, endlich in die Arme zu schließen, und ich war nicht besonders gut darin. Im Warten, meine ich. Gibt es einen Menschen, der gerne wartet? Mir ist noch keiner begegnet.

Die nächsten beiden Tage verbrachte ich in einer freudig-erregten Unruhe, die mich an die Ungeduld aus Kindertagen denken ließ, wenn Weihnachten vor der Tür stand und man immer wieder an der Wohnzimmertür vorbeischlich, in der Hoffnung, einen Blick auf die Geschenke zu erhaschen. Ich fing an, die Stunden zu zählen. Selten hatte ich so oft auf meine Uhr geschaut.

Bisher hatte ich noch nichts von Solène gehört außer einem kryptischen Anruf, in dem sie mir – unterbrochen von einem heftigen Knistern in der Leitung – sagte, es sei nicht ganz einfach, aber sie bleibe am Ball. Sie drehte gerade irgendwelche Picknick-Szenen im Bois de Boulogne, und der Empfang war nicht sehr gut.

Um überhaupt etwas zu tun, hatte ich in einem Telefonbuch von Paris unter dem Buchstaben «F» geblättert – das Ergebnis war wie zu erwarten niederschmetternd. Es stand zu befürchten, dass Solène doch noch nach Le Pouldu fahren musste, um ihre Tante Lucie ausfindig zu machen.

Robert fand die ganze Geschichte sensationell. «Was für eine Räuberpistole», rief er. «Ein tolles Mädchen, diese Solène – die würde ich wirklich mal gerne kennenlernen! Du schuldest mir noch einen Gefallen, Alain, vergiss das nicht.» Im Übrigen war mein Freund der Ansicht, *er* habe den entscheidenden Hinweis gegeben, weil er auf die Idee gekommen war, alle Männernamen, die mit dem Buchstaben «V» begannen, untereinander zu schreiben.

«Siehst du», sagte er. «Man muss nur systematisch vorgehen, dann findet man schon die Lösung. Halt mich auf dem Laufenden. Ich bin gespannt wie ein Flitzebogen.»

Das war ich auch. Wenn ich nicht im Kino war und arbeitete, spazierte ich durch den Jardin du Luxembourg, um mich zu beruhigen, ich saß in Cafés herum und sah versonnen zum Fenster hinaus, ich lag zu Hause reglos auf dem Sofa und starrte Löcher in die Luft, bis Orphée auf mich sprang und vorwurfsvoll miaute. In jeder freien Minute malte ich mir das Wiedersehen mit Mélanie aus. Wo es stattfinden würde, wie es stattfinden würde, was Mélanie sagen würde, was ich sagen würde – ich fantasierte mir die zauberhaftesten und erhabensten Dialoge zusammen, und in jenen Tagen wäre ich der perfekte

Drehbuchschreiber für Liebesfilme gewesen. Nur die eine Frage stellte ich mir nicht: ob unser Treffen überhaupt stattfinden würde.

Im Cinéma Paradis lief in der Spätvorstellung *Serenade zu Dritt* – eine Komödie von Ernst Lubitsch mit der beliebten Konstellation «Zwei Männer, eine Frau», und als ich die alten Filmplakate aufhängte, die Miriam Hopkins, Gary Cooper und Frederic March zeigten, dachte ich, dass Solène Avril in einer Neuverfilmung die ideale Besetzung für die schlagfertige blonde Miriam Hopkins gewesen wäre, die sich zwischen zwei verliebten Männern, die eigentlich gute Freunde sind, nicht entscheiden kann und sich deshalb für beide entscheidet. Der berühmte letzte Satz *It's a Gentlemen's Agreement* hätte ihr sicher gefallen. *Gentlemen's Agreements* zwischen Männern und Frauen werden in der Regel nicht eingehalten.

Ich lächelte. Bei uns hatte die Serenade zu Dritt eine andere Konstellation gehabt, aber wie in der guten alten Lubitsch-Komödie war ich mir sicher, dass sich am Ende alle miteinander versöhnen würden. Ich hoffte auf ein Happy End.

Ich überlegte, dass ich Solène am Abend noch einmal anrufen würde, um sie zu fragen, ob es Neuigkeiten gab. Dann zog ich mein Mobiltelefon aus der Jackentasche, um zu schauen, ob ich eventuell eine Nachricht verpasst hatte. Was natürlich nicht der Fall war.

Madame Clément und François hatte ich in die Details der wahnwitzigen Geschichte um zwei ungleiche Schwestern und den ahnungslosen Besitzer eines kleinen Programmkinos nicht eingeweiht, aber natürlich war den beiden mein Liebeskummer und meine ständig wechselnde Stimmung in den letzten Wochen nicht verborgen geblieben. Nach euphorischer Verliebtheit, stolzer Aufgeregtheit, völliger Ratlosigkeit und tiefster Depression folgte nun eine Phase aufgekratzter Nervosität.

François in seiner gleichmütigen Art begnügte sich damit, die dunklen Augenbrauen hochzuziehen, als ich an diesem Tag zum fünften Mal in den Vorführraum kam, summend an den Filmrollen herumhantierte und schließlich seine Tasse zu Boden warf. Doch Madame Clément war nicht so geduldig.

«Was ist denn nur mit Ihnen los, Monsieur Bonnard? Das ist ja nicht auszuhalten! Haben Sie Hummeln im Hintern, oder was?», rief sie in ihrer unverblümten Art, als ich die Programm-Flyer, die an der Kasse auslagen, immer wieder neu ordnete und zwischendurch auf das Display meines Mobiltelefons schielte.

«Wenn Sie nur im Weg stehen wollen, dann gehen Sie doch lieber irgendwo was trinken.»

«Werden Sie nicht frech, Madame Clément», sagte ich. «In meinem Kino kann ich stehen, wo ich will.»

«Selbstverständlich, Monsieur Bonnard.» Madame Clément nickte resolut. «Aber bitte nicht im Weg.»

Seufzend beschloss ich, ihrer Anweisung zu folgen. Und als das Kino sich für die Sechs-Uhr-Vorstellung zu füllen begann und die Zuschauer kamen, um sich *Kleine wahre Lügen* anzusehen, trat ich auf die Straße, zündete mir eine Zigarette an, ging mit gesenktem Kopf ein paar

Schritte und stieß gegen ein eng umschlungenes Paar, das dem Eingang des Cinéma Paradis zustrebte.

«Oh, *pardon*», murmelte ich und blickte auf.

Eine Frau mit dunklen Locken und ein Geschäftsmann ohne Aktentasche, der inzwischen deutlich an Gewicht verloren hatte, wünschten mir einen guten Abend.

«*Bonsoir*», entgegnete ich und nickte verwirrt, weil die beiden so unverschämt glücklich aussahen. Die dunkelhaarige Frau blieb stehen und zog ihren Begleiter am Ärmel. «Wollen wir es ihm nicht sagen, Jean?», fragte sie und wandte sich zu mir, ohne seine Antwort abzuwarten.

«Sie sind doch Monsieur Bonnard, der Besitzer des Paradis, oder?», vergewisserte sie sich.

Ich nickte.

«Wir wollten Ihnen danken.» Sie strahlte mich an.

«Aha», sagte ich. «Wofür?»

«Für Ihr Kino. Das Cinéma Paradis ist nämlich daran schuld, dass wir uns ineinander verliebt haben.»

Jeder Blinde hätte gesehen, dass die beiden verliebt waren.

«Meine Güte!», sagte ich. «So was! Ich meine ... das ist ja ganz wunderbar!» Ich lächelte. «Das ist natürlich das Schönste, was einem in einem Kino passieren kann.»

Die beiden nickten glücklich.

«Dabei haben wir an dem Abend damals gar keine Karten mehr bekommen, weil das Kino ausverkauft war ... Wir hatten uns beide so auf den Film gefreut. Und dann ... keine Karten mehr.» Der Geschäftsmann zwinkerte ein paarmal hinter seinen Brillengläsern. «Sie war enttäuscht, ich war enttäuscht, was sollten wir jetzt mit dem Abend anfangen?»

«Und dann hat er mich auf einen Kaffee eingeladen, und wir haben herausgefunden, dass wir beide schon ganz lange ins Paradis kommen. Obwohl Jean mir vorher nie wirklich aufgefallen ist.»

Sie lachte, und ich dachte daran, wie sie nachmittags immer allein mit ihrer kleinen Tochter in die Vorstellung gekommen war.

«Auf diese Weise haben wir uns kennengelernt. Jean war sehr unglücklich, weil seine Freundin ihn verlassen hatte. Und ich war auch in einer Krise, weil ich herausgefunden hatte, dass mein Mann mich mit einer anderen betrog. Wir saßen da und haben geredet und geredet und ... tja ... jetzt sind wir eben zusammen. Und das alles wegen Kinokarten, die wir nicht bekommen haben. Ist das nicht ein unglaublicher Zufall?» Sie lachte, als ob sie es immer noch nicht begreifen konnte.

Ich nickte. Das Leben war voller unglaublicher Zufälle. Wer hätte das besser gewusst als ich.

In dem Café, das in der Nähe des Kinos lag, wartete ein alter Bekannter auf mich. Das heißt, er wartete natürlich nicht auf mich. Er war wie schon so oft vor der Spätvorstellung hierhergekommen, um ein Glas Wein zu trinken, und blickte kurz von seiner Zeitung auf, als ich eintrat.

Es war der Professor, und wir nickten uns zu, bevor ich mich an einem der kleinen runden Tische niederließ.

Ich wusste gar nicht so recht, was ich bestellen sollte – mein Kaffeekonsum hatte sich in den letzten Tagen, ja Wochen dramatisch erhöht. Wenn ich so weitermachte, würde ich bald ein Magengeschwür bekommen.

«*Vous voulez?*» Der Kellner wischte angelegentlich über die Tischplatte und fegte ein paar Brotkrümel herunter.

Mir fiel nichts Besseres ein. In Krisensituationen war Kaffee einfach durch nichts zu ersetzen.

«*Un café au lait, s'il vous plaît*», sagte ich. Als der heiße Kaffee in einer großen weißen Tasse vor mir stand, zog ich mein Mobiltelefon aus der Tasche. Es war acht Uhr, allmählich wurde es dunkel, und ich hoffte, dass Allan Wood endlich seine Picknick-Szenen im Bois de Boulogne abgedreht hatte und Solène zu erreichen war.

Sie war sofort am Telefon, aber wirkliche Neuigkeiten gab es keine. Solène hatte noch einmal in der alten Nachbarschaft geforscht, aber von den Leuten, die sich noch an die Familie Fontaine erinnerten, hatte keiner sagen können, wohin Mélanie nach ihrer Rückkehr aus der Bretagne gezogen war. Solène hatte die Idee verworfen, mit allen Fontaines in Paris Kontakt aufzunehmen.

«Das können wir immer noch machen», sagte Solène. «Aber im Moment kostet das viel zu viel Zeit. Glücklicherweise haben wir ja noch andere Optionen.»

«Eine Option», murrte ich.

«Aber eine sehr aussichtsreiche. Ich tue, was ich kann, Alain, meinst du, ich will meine Schwester nicht so schnell wie möglich wiedersehen? Aber wir werden uns wohl bis zum Wochenende gedulden müssen, vorher komme ich hier nicht weg.»

Ich stöhnte. «Das sind ja noch drei Tage!»

«Am Wochenende fahre ich nach Le Pouldu», wiederholte Solène. «Keine Angst, wenn ich meine Tante erst einmal ausfindig gemacht habe, werden wir auch Mélanie finden. Es ist jetzt doch nur noch eine Frage der Zeit.»

Ich seufzte tief und trommelte mit den Fingern auf der hellen Marmorplatte herum. Ich hätte gerne eine Zigarette geraucht.

«Diese Warterei macht mich ganz verrückt. Ich hab ein ganz komisches Gefühl, Solène. Wir sind jetzt so dicht dran. Nicht dass im letzten Moment noch etwas schiefgeht. Nachher fällt deine Tante beim Hausputz von der Leiter und bricht sich das Genick. Oder Mélanie macht eine Schiffsreise und trifft womöglich irgend so einen blöden Millionär, und dann bin ich endgültig aus dem Rennen.»

Solène lachte. «Du guckst zu viele Filme, Alain. Alles wird gut.»

«Ja, ja», entgegnete ich. «Diesen Satz habe ich nun auch schon mehrere Male gehört. Ich hasse diesen Zweckoptimismus. Du kannst dich mit meinem Freund Robert zusammentun.»

«Robert? Wer ist das?»

«Ein Astrophysiker, der die Frauen liebt und sich seine gute Laune nie verderben lässt», knurrte ich und musste zugeben, dass es wirklich so war. Ich hatte Robert noch niemals schlecht gelaunt erlebt. «Er wird noch sagen, dass alles gut wird, wenn er mit einem Fallschirm abstürzt, der sich nicht öffnet.»

«Aber das klingt doch wunderbar», meinte Solène. «Ich hoffe, du stellst ihn mir mal vor.»

«Alles zu seiner Zeit», sagte ich. «Jetzt müssen wir Mélanie finden.»

Als ich das Mobiltelefon neben die Tasse legte, bemerkte ich den Blick des Professors. Ich nickte entschuldigend. Das mobile Telefonieren verführte dazu, dass man die ganze Welt mit seinen Privatangelegenheiten belästigte, so als ob man zu Hause in seinem Sessel säße.

«Suchen Sie jemanden?» Der Blick aus seinen klaren blauen Augen war voller Mitgefühl. «Verzeihen Sie, dass ich Sie einfach so anspreche, aber ich konnte nicht umhin, Ihr Gespräch mit anzuhören.»

Er lächelte mir freundlich zu. Und ich hatte ein *Déjà-vu*.

Schon einmal hatte ich zufälligerweise mit dem Professor in diesem kleinen Café gesessen. Damals hatte er mir alles Gute gewünscht. Das war vor wenigen Wochen gewesen – als ich Mélanie zum ersten Mal angesprochen hatte.

Ich hob die Schultern und nickte. In der Intimität des Cafés wurde der Professor plötzlich zu einem alten Vertrauten.

«Ja», sagte ich und seufzte. «Aber das ist eine lange Geschichte.»

Der Professor legte die Zeitung beiseite und sah mich

aufmerksam an. «Einer der wenigen Vorzüge des Alters ist es, dass man sehr viel Zeit hat. Wenn Sie mögen, höre ich gerne zu.»

Ich blickte in die weisen Augen dieses alten Mannes, den ich eigentlich gar nicht kannte, und dachte, dass meine Geschichte bei ihm gut aufgehoben wäre. So fing ich an zu erzählen, und der Professor beugte sich ein wenig zu mir herüber, hielt eine Hand an sein Ohr und lauschte aufmerksam meinen Worten.

«Sie kennen sie sogar», unterbrach ich einmal meine Rede. «Es ist diese junge Frau im roten Mantel, mit der ich vor ein paar Wochen verabredet war – Sie haben sie damals im Kino gesehen, im Foyer, wissen Sie noch?» Ich seufzte. «Meine Güte, ich weiß gar nicht mehr, wie oft ich in dieses Haus in der Rue de Bourgogne gegangen bin, weil ich mir sicher war, dass sie dort wohnte. Ich hatte sie doch bis nach Hause begleitet, bis in den Innenhof, wo ein alter Kastanienbaum steht. Aber sie war nicht da, und keiner der Hausbewohner hatte sie gesehen. Ich habe zwischendurch schon an meinem Verstand gezweifelt.»

Ich nahm einen Schluck aus meiner Tasse und sah, wie der Professor erstaunt seine Augenbrauen hochzog.

«Aber sie *war* in der Rue de Bourgogne», sagte er langsam. «Ich habe sie dort selbst gesehen.» Er nickte, und ich begriff erst gar nicht, was ich da gerade gehört hatte. «Ich kenne das Haus mit dem Kastanienbaum», fuhr der Professor fort. «Es liegt gegenüber von einem Schreibwarenladen, nicht wahr?»

«Ja!», rief ich und hatte das Gefühl, dass mir das Adrenalin durch alle Fasern meines Körpers schoss. «Ja! Also doch ... Aber wieso ...» Ich verstummte hilflos.

«Einmal in der Woche besuche ich in der Rue de Bourgogne einen alten Freund, wir kennen uns noch von der Universität, und er ist inzwischen leider fast erblindet. Sein Name ist Jacob Montabon. Und irgendwann Ende März – ich glaube, es war sogar kurz vor Ihrer Verabredung – bin ich der jungen Frau im Treppenhaus begegnet, und wir haben ein paar Worte gewechselt. Sie erzählte mir, dass sie eine Woche bei ihrer Freundin wohne, um deren Katze zu hüten. Sie war wirklich ganz reizend.»

Und da endlich fügten sich die vielen Puzzleteilchen zu einem großen Ganzen. Ich dachte an einen großen schwarzen Kater mit grünen Augen, der von der Kastanie im nächtlichen Hof gesprungen war, und hätte fast einen Triumphschrei ausgestoßen. Ich dachte an die Wohnungstür in der zweiten Etage, hinter der das aufgeregte Miauen einer Katze zu hören gewesen war. Ich dachte an eine Katze, die immer nur aus Blumenvasen trank, das Tier von Mélanies Freundin, jener Freundin, die in der Bar eines Grandhotels arbeitete. Ich dachte an die keifende Stimme Tashi Nakamuras, der mir versichert hatte, seine Nachbarin sei abends sowieso nie da, und wenn sie spät in der Nacht nach Hause käme, würde sie rücksichtslos die Türe knallen.

Es war die Nachtschwärmerin!

Die Nachtschwärmerin war Mélanies Freundin, die

nie am Mittwoch mit ins Kino kommen konnte, weil sie dann arbeitete. Und ihr Name war ... Wieder sah ich Monsieur Nakamura vor mir.

«Leblanc!», stieß ich hervor. «Ihre Freundin heißt Leblanc.»

Der Professor überlegte einen Moment. «Ja, ich glaube, das hat sie gesagt – Leblanc. Linda Leblanc.»

Ich sprang auf und umarmte den Professor. Dann stürzte ich zur Tür.

«He! Monsieur Bonnard. Sie haben Ihr Mobiltelefon liegen lassen», rief er mir nach. Aber da war ich schon auf der Straße.

30

---◆---

Warten Sie hier – ich bin gleich wieder da!», rief ich dem Taxifahrer zu, als wir vor dem Haus in der Rue de Bourgogne parkten. Ich sprang aus dem Wagen und drückte wie ein Wahnsinniger auf die Klingel, die zu dem Messingschild mit dem Namen Leblanc gehörte. Keiner meldete sich. Ich hatte es mir schon gedacht, aber ich wollte ganz sichergehen.

Ich riss die hintere Wagentür wieder auf und ließ mich auf den Sitz fallen. «Es geht weiter!», rief ich. «Ins Ritz, bitte. *Vite, vite!* Machen Sie schnell!»

Der Taxifahrer, ein dunkelhäutiger Senegalese, dem das Wort «schnell» nichts zu sagen schien, warf mir einen Blick aus seinen großen Kulleraugen zu und lachte breit.

«Warum Menschen in Paris ist immer so verflixt eilig?», stieß er mit heiserer Stimme hervor und schaltete gemächlich in den zweiten Gang. «Ihr verpasst nix Termin, aber sonst verpasst alles im Leben.» Er rollte vielsagend mit den Augen. «In meiner Heimat gibt es Sprichwort: Nur wer langsam geht, sieht das Wichtige.»

Zufrieden mit dem Kopf schaukelnd schlich er die Rue de Bourgogne entlang.

Es war immer dasselbe. Wenn man in Paris in ein Taxi stieg, geriet man entweder an einen Politisch-Radikalen, der missmutige Vorträge über die Lage der *Grande Nation* und die Unfähigkeit aller Politiker hielt und zur Untermalung seiner Ansichten die Hand gegen das Steuerrad klatschen ließ. Oder man hatte einen Hobby-Philosophen vor sich sitzen. Unser Mann aus dem Senegal war offenbar von der zweiten Sorte. Schon möglich, dass man in seiner afrikanischen Heimat die Zeit nach Monden berechnete, aber das war mir heute zu langsam.

«Können wir nicht trotzdem etwas schneller fahren?», drängte ich. «Es geht nämlich um das Wichtigste.» Ich schlug mir mit der Hand vielsagend gegen die Brust.

Der Senegalese drehte sich zu mir um und grinste.

«Okay, Chef», sagte er. «Du sagen, ich fahren, tack-tack.»

Ich wusste nicht genau, ob «tack-tack» eine Art Schlachtruf war oder die senegalesische Variante von «zack-zack» – auf jeden Fall rasten wir wenige Minuten später in halsbrecherischem Tempo durch die kleinen Einbahnstraßen des Regierungsviertels zum Pont de la Concorde, um an das rechte Seine-Ufer zu gelangen.

Ich lehnte mich zurück und sah den Obelisken an mir vorbeifliegen, bevor der Fahrer mit durchgedrückter Hupe über eine Ampel fuhr, die gerade auf Rot umsprang.

Ein Fußgänger sprang erschreckt zur Seite, und ich

sah für einen Moment sein wütendes Gesicht am Wagen-fenster auftauchen und wieder verschwinden.

«Alte Menschen denken, Straße gehört ihnen», er-klärte mein Chauffeur unbeeindruckt. «Wir noch fast hatten Grün.» Er drehte sich bei gleichbleibender Ge-schwindigkeit wieder zu mir um, und der Wagen machte eine gefährliche Schlingerbewegung. «Bei uns zu Hause gibt's Sprichwort, das sagt: Alte Mann sollen in Hütte bleiben, sonst wird gefressen von Löwe.»

«Bei uns sagt man, man soll immer in die Richtung schauen, in die man fährt», entgegnete ich angsterfüllt.

«Ah. Haha. Du guter Mann. Das verflixt lustig.» Er lachte schallend, als hätte ich einen Witz gemacht, aber immerhin sah er jetzt wieder auf die Fahrbahn.

Dann ging es auch schon weiter, die mehrspurige Rue Royale entlang, auf der die Autos sich drängten. Schließ-lich bogen wir in die etwas weniger befahrene Rue Saint Honoré ein. Ich seufzte erleichtert und ließ mich zu-rücksinken.

Linda Leblanc, eine der wenigen, die mir Mélanies derzeitigen Aufenthaltsort mit Sicherheit verraten konn-ten, arbeitete in der Bar eines alten Grandhotels in Paris. Und im Gegensatz zu dem Namen Fontaine gab es davon in Paris eine sehr überschaubare Anzahl.

Natürlich konnte es auch das Meurice, das Fouquet's oder das Plaza Athénée sein, aber so wie die Dinge stan-den, konnte ich mein Glück zunächst auch ebenso gut im Ritz versuchen. Die Hemingway-Bar zumindest kann-te ich ja schon.

Wenige Augenblicke später hielt mein Taxi an der Place Vendôme.

Der Fahrer warf einen Blick auf die Uhr und nickte zufrieden.

«War gut schnell, was?»

Ich gab ihm das großzügigste Trinkgeld meines Lebens.

In der Hemingway-Bar war um diese Uhrzeit noch nicht viel los. Ich blieb einen Moment am Eingang stehen und sah mich suchend um. Hinter der Bar stand der Keeper und schüttelte mit Inbrunst seinen Shaker, bevor er den rosafarbenen Inhalt in ein Cocktailglas goss und den Rand mit einem Fruchtspieß verzierte.

An der Bar lehnten zwei Bedienungen. Eine von ihnen kam mit federnden Schritten auf mich zu, als ich mich jetzt unter einer Fotografie von Hemingway niederließ, die ihn in seinem Haus auf Kuba an der Schreibmaschine zeigte.

Ich erkannte sie sofort wieder. Es war die junge Frau mit dem dunklen Haarknoten, von der Allan gesagt hatte, sie gehe aufrecht wie eine Balletttänzerin.

Sie schenkte mir ein professionelles Lächeln. «*Bonsoir, Monsieur. Was darf es sein?*»

Ich beugte mich vor, um ihr Namensschild zu entziffern.

Melinda Leblanc. Linda. *Bingo!*

Danke, Melinda, hörte ich Allan Woods Stimme, und in meinem Kopf fing es an zu summen.

«Monsieur?» Melinda sah mich fragend an. «Was darf ich Ihnen bringen?»

Ich beugte mich über den Tisch, stützte mein Kinn auf beide Hände und warf ihr von unten herauf einen langen Blick zu.

«Wie wär's mit einer Adresse?», sagte ich.

---❖---

31

Nachdem ich mich der überraschten Melinda Leblanc als Alain Bonnard vorgestellt hatte, schwand ihr Lächeln.

«Ach», sagte sie. «*Sie* sind das!» Ihre Stimme klang alles andere als begeistert.

«Ja», sagte ich irritiert. «Ich bin das. Sie sind doch die Freundin von Mélanie Fontaine, oder?»

Sie nickte unmerklich.

«Gott sei Dank», sagte ich erleichtert. «Hören Sie, Sie müssen mir Mélanies Adresse geben. Ich suche sie schon seit Wochen.»

Linda musterte mich mit kühlem Blick. «Ich muss gar nichts. Ich glaube nämlich nicht, dass Mélanie gesteigerten Wert darauf legt, Sie wiederzusehen – nach allem, was Sie ihr angetan haben.»

«Doch!», zischte ich. «Ich meine, nein ... Herrgott noch mal, ich weiß schon, worauf Sie hinauswollen, aber das ist alles nur ein schreckliches Missverständnis. Ich habe gar nichts gemacht. Bitte, helfen Sie mir!»

«So, so», entgegnete sie streng, «ein Missverständnis. Das klang in Mélanies Version allerdings etwas anders.»

«Dann hören Sie sich meine Version an», drängte ich. «Bitte! Geben Sie mir zehn Minuten, und ich erkläre Ihnen alles. Ich muss einfach mit Mélanie sprechen. Ich … du meine Güte, verstehen Sie das denn nicht? Ich *liebe* Ihre Freundin.»

Die Liebe ist immer ein gutes Argument. Linda sah mich ein paar Sekunden eindringlich an und schien zu überlegen, ob sie mir ihre Gunst zuteilwerden lassen sollte.

Dann ging sie an die Theke, wechselte ein paar Worte mit dem Barkeeper und bedeutete mir, ihr zu folgen.

Es kostete mich einige Überzeugungskraft, die Frau mit dem dunklen Haarknoten von meiner Ehrenhaftigkeit zu überzeugen und ihr die für mich so wichtige Adresse zu entlocken. Zusammen mit dem Versprechen, dass sie ihre Freundin unter keinen Umständen vorwarnen sollte.

In dem viertelstündigen Gespräch, das leise und erregt in einer Sitzgruppe geführt wurde, die nur wenige Meter von der Hemingway-Bar entfernt war, stellte sich nämlich sehr bald heraus, dass der Name Alain Bonnard in den Ohren von Linda Leblanc keinen guten Klang hatte. Mélanie hatte ihrer Freundin zwar verschwiegen, dass die Schauspielerin Solène Avril ihre Schwester war, aber dass sie selbst sich rettungslos in den Kinobesitzer des Cinéma Paradis verliebt hatte und dieser sich unerhörterweise nur wenige Tage nach dem ersten Rendezvous mit einer anderen eingelassen hatte, das hatte sie ihrer Freundin dann doch erzählt.

«Mélanie hatte mir schon seit Wochen in den Ohren gelegen. Immerzu redete sie von diesem unglaublich netten Kinobesitzer, den sie sich nicht traute anzusprechen. Ich habe mich so gefreut, als dieser Stoffel dann endlich sie angesprochen hat ... oh, verzeihen Sie.»

«Schon gut», sagte ich. «Erzählen Sie weiter.»

Linda war am Tag nach meiner Verabredung mit Mélanie in die Wohnung in der Rue de Bourgogne zurückgekehrt, wo ihre Freundin sie mit einem glänzend gelaunten Kater, einem Frühstück und großartigen Neuigkeiten erwartete.

Ich hatte noch gut Mélanies unentschlossenen Blick vor dem Hauseingang in Erinnerung, dieses Zögern, das mich für einen Augenblick hoffen ließ, sie würde mich fragen, ob ich noch mitkommen wolle. Doch es war nicht ihre Wohnung gewesen. Und am nächsten Morgen sollte die Freundin von ihrer Reise zurückkommen. So hatte Mélanie mich mit leisem Bedauern unten im Hof verabschiedet. Und ich hatte ihre Spur verloren.

«Als sie dann eine Woche später aus Le Pouldu zurückkam, war sie am Boden zerstört», fuhr Linda fort. «Alles war aus, der Kinobesitzer hatte eine andere. Das hat sie jedenfalls gesagt. Wie hätte ich vermuten sollen, dass ihr ganzes Unglück nur auf so einem dummen Zeitungsartikel basierte? Und irgendwelchen traumatischen Erfahrungen, die sie als Mädchen mal gemacht hatte. Sie hat es so dargestellt, als ob es eine Tatsache wäre, dass man sie betrogen hätte. Jedenfalls saß sie schluchzend auf meinem Sofa und sagte, sie würde niemals mehr einen Fuß in dieses verdammte Kino setzen.»

Linda schüttelte fassungslos den Kopf. «Ich habe noch versucht, mit ihr zu reden, habe gemeint, sie solle versuchen, die Sache direkt mit Ihnen zu klären. Aber sie hat immer nur gesagt, sie wisse schon, wie das ausgehen würde. Das alles hätte sie schon einmal erlebt. Sie war völlig verstört, und ich hielt es für das Beste, nicht weiter in sie zu dringen. Ich hatte wirklich keine Ahnung, dass Solène Avril ihre Schwester ist. Ich wusste ja nicht einmal, dass sie überhaupt eine Schwester hat! Mélanie redet nicht gern über die Vergangenheit.»

Linda sah mich an und zuckte mit den Schultern.

Natürlich hatte sie noch lebhaft in Erinnerung, wie Solène Avril zusammen mit Allan Wood in die Hemingway-Bar gekommen war. Sie meinte sich sogar an mich zu erinnern.

Erst später hatte sie dann in der Zeitung darüber gelesen, dass Allan Wood im Cinéma Paradis Szenen seines neuen Films drehte. Doch sie hatte wie wir alle die Zusammenhänge nicht begriffen und war davon ausgegangen, dass der ungetreue Kinobesitzer Alain Bonnard, dessen Kino in der Presse des Öfteren Erwähnung gefunden hatte, mit irgendeiner anderen Frau ins Bett stieg.

«Meine Güte, ist das alles kompliziert», sagte sie, als sie mir am Ende unseres Gesprächs eine Adresse im achten Arrondissement unweit des Pont Alexandre III aufschrieb.

«Mélanie liebt diese Brücke so sehr, dass sie manchmal zu Fuß zur Arbeit geht, nur damit sie einen Moment an der Brüstung stehen bleiben kann. Wissen Sie das eigentlich?»

Ich nickte. «Ja, sie hat bei unserm ersten Treffen schon vom Pont Alexandre erzählt.»

Linda lächelte. «Was ich damit sagen will: Mélanie ist ein ganz besonderes Mädchen. Sehr eigenwillig. Und sie ist so verletzlich. Sie müssen mir versprechen, dass Sie sie glücklich machen.»

«Nichts lieber als das», sagte ich. «Wenn ich sie nur erst einmal zu Gesicht bekäme.»

«Eigentlich hätten Sie ihr bei Ihren Erkundungsgängen in die Rue de Bourgogne über den Weg laufen können. Sie arbeitet nämlich in einem kleinen Antiquitätenladen in der Rue de Grenelle. Er heißt *À la recherche du temps perdu* – sind Sie da vielleicht schon mal vorbeigekommen?»

Ich steckte den Zettel mit einem Lächeln ein.

Man sagt, dass Paris bei der Verwirklichung romantischer Träume stets eine gute Komplizin ist. Einem ersten Impuls folgend, wollte ich noch in derselben Sekunde zu Mélanie fahren, an ihrer Tür klingeln und sie überraschen. Ich stand schon auf der Place Vendôme und winkte ein Taxi herbei, als ich plötzlich unsicher wurde.

War es wirklich eine gute Idee, Mélanie mitten in der Nacht zu überfallen? Wer weiß, ob sie mir überhaupt die Tür öffnete? Vielleicht würde sie mir nicht einmal glauben, wenn ich um diese Uhrzeit einfach so bei ihr auftauchte und in die Gegensprechanlage rief, dass ich mit ihrer Schwester nichts zu tun hatte. Immerhin hatte sie mich ja noch im Georges mit Solène gesehen.

Ich biss mir auf den Fingerknöchel und überlegte.

Jetzt nur nicht die Nerven verlieren, Alain, beschwor ich mich selbst. Keine kopflosen Aktionen. Ich hatte Mélanies Adresse, das war das Wichtigste. Alle weiteren Schritte wollten wohlüberlegt sein.

Vielleicht war es besser, sie am nächsten Tag mit einem großen Strauß Blumen und besser vorbereitet in diesem Antiquitätenladen aufzusuchen. Obwohl es nun auch keine Rolle mehr spielte, fiel mir in diesem Moment der Name des Ladenbesitzers wieder ein. Er hieß Papin. Papin und nicht Lapin, wie ich damals gedacht hatte.

Ich lachte hysterisch auf.

Der Taxifahrer hatte sein Fenster heruntergekurbelt und sah mich fragend an. «*Alors, Monsieur* – was ist jetzt? Steigen Sie ein?»

«Ich hab's mir anders überlegt», rief ich. Was ich brauchte, war kein Taxi, sondern der Rat einer Verbündeten.

Erst als ich Solène anrufen wollte, bemerkte ich, dass mein Mobiltelefon gar nicht mehr in meiner Jackentasche steckte. Ich hatte es wohl in dem Café liegen lassen. Das war ärgerlich, aber keine Katastrophe. Ich schaute an den Fenstern des Grandhotels hoch. Es würde auch ohne Telefon gehen. Glücklicherweise war ich einmal am richtigen Ort.

«Alain! Du schon wieder!», rief Solène überrascht, als sich die Tür zur Imperial-Suite von innen öffnete. «Nicht dass diese nächtlichen Besuche noch zur schlechten Gewohnheit werden!»

Sie machte lächelnd einen Schritt zur Seite, und ich trat ein.

«Du wirst es nicht glauben», sagte ich. «Ich weiß jetzt, wo Mélanie wohnt.»

32

---***---

Der folgende Tag wurde der längste Tag meines Lebens. Doch in meiner Erinnerung beginnt die bittersüße Qual des Wartens und meine Unruhe, der ein letzter Rest von Zweifel innewohnte, bereits zu verblassen.

So sind die Menschen. Wenn etwas ein gutes Ende nimmt, ist alles andere vergessen. Ich bin da keine Ausnahme.

Wenn mich also heute jemand nach diesem denkwürdigen dritten Donnerstag im Mai fragen würde, an dem die Sonne erst am späten Nachmittag durch die Wolken brach und Paris in ein nahezu unwirkliches Licht tauchte, so würde ich sicherlich antworten, dass es der glücklichste Tag meines Lebens war. Auf den, ich will es nicht verschweigen, die glücklichste Nacht meines Lebens folgte.

Solène hatte in allem recht gehabt, und ich war froh, ihrem Rat gefolgt zu sein, auch wenn mir dies zunächst schwerfiel. Schließlich war ich es doch gewesen, der die Adresse von Mélanie herausgefunden hatte. Dennoch sollte nicht ich es sein, der am nächsten Tag kurz vor der Mittagspause in den kleinen Antiquitätenladen in der Rue de Grenelle ging.

Solène hatte mich inständig gebeten, ihr den Vortritt zu lassen.

«Erst wenn die alten Geschichten aus dem Weg geräumt sind, kann man mit etwas Neuem beginnen», hatte sie gesagt, als wir auf dem Sofa ihrer Suite saßen und uns berieten wie zwei Verschwörer.

Zunächst also sollte Solène die Möglichkeit erhalten, sich mit ihrer Schwester auszusprechen. Sie würde ihr alles erklären, und anschließend würde ich ins Spiel kommen.

Wir hatten ausgemacht, dass Solène mich anrufen sollte, wenn sie mit ihrer Schwester geredet hatte. Gerade noch rechtzeitig war mir eingefallen, dass ich mein Mobiltelefon nicht mehr hatte, und so gab ich Solène meine Festnetznummer.

Früh am Morgen hatte ich noch einmal das Haus verlassen, um Blumen für Mélanie zu kaufen. Mit klopfendem Herzen wählte ich zwanzig duftende zartrosafarbene Teerosen aus und trug sie beglückt in meine Wohnung. Ich stellte sie ins Wasser, und, dann setzte ich mich mit dem Telefon auf mein Sofa und wartete auf Solènes Anruf.

Natürlich war mir klar, dass es eine Weile dauern konnte, bis die Schwestern sich ausgesprochen hatten. Unter Männern wäre so eine Sache mit ein paar kargen Worten und einem Handschlag relativ rasch geregelt gewesen, aber Frauen sind detailversessen und müssen alles immer ganz genau besprechen. Ich versuchte, ein bisschen Zeitung zu lesen, merkte aber rasch, dass mich das allgemeine Weltgeschehen nicht im Geringsten interessierte.

Der Mittag verstrich, der Nachmittag ging vorüber, das Telefon schwieg, ich machte mir einen Kaffee nach dem anderen, mein Herz klopfte unregelmäßig, Orphée schnupperte an den Rosen.

Um halb fünf rief ich in Panik die telefonische Zeitansage an, um zu überprüfen, ob das Telefon funktionierte. Um fünf Uhr erfasste mich eine unvorstellbare Traurigkeit. Mit einem Mal war ich mir sicher, dass das Treffen der beiden Schwestern in einem unvorstellbaren Drama geendet hatte und dass es auch für mich keine Hoffnung mehr gab.

Um halb sechs sprang ich vom Sofa auf und lief im Wohnzimmer auf und ab. Niemand brauchte so lange für eine Aussprache, nicht einmal zwei Frauen.

«Verdammt! Verdammt! Verdammt!», rief ich, und Orphée raste unter den Sessel und lugte ängstlich darunter hervor. Ich verfluchte Solènes idiotische Idee, ich verfluchte mich selbst, weil ich nicht gleich morgens in die Rue de Grenelle gegangen war, schließlich riss ich in einem Anfall hilfloser Verzweiflung die Blumen aus der Vase.

«Ach, was soll's, das wird ja doch nichts mehr», sagte ich und steckte die Rosen kopfüber in den Mülleimer. Da klingelte das Telefon.

«Alain?» Solènes Stimme klang tränenerstickt.

«Ja?», stieß ich mit belegter Stimme hervor. «Wieso rufst du nicht an? Was ist los?» Ich fuhr mir aufgeregt durch die Haare. «Hast du sie jetzt gesehen, oder was?»

Solène nickte, jedenfalls nahm ich das an. Sie schniefte in den Hörer und brach dann in Tränen aus. «Ach, Alain», heulte sie.

Ach, Alain!

Das war alles.

Meine Güte, manchmal hasse ich die Frauen! Ich quälte mich seit Stunden auf dem Sofa, war in allerhöchster Anspannung, war kurz vor dem Herzinfarkt, und alles, was so eine Frau sagte, war: «Ach, Alain!»

Was war passiert? Gab es keine Versöhnung? Hatte der alte Hass gesiegt? War Solène zu spät gekommen? War Mélanie inzwischen etwa von der Brücke gesprungen? Oder hatte sie sich eine dieser alten Pistolen an die Schläfe gehalten und abgedrückt?

Ich zwang mich zur Ruhe.

«Solène», sagte ich eindringlich. «Sag mir, was passiert ist.»

«Ach, Alain», schluchzte sie wieder. «Es war so schrecklich. Ich bin vollkommen fertig. Mélanie ist gerade nach Hause gegangen, und ich fahre jetzt auch ins Hotel zurück.» Sie holte schluchzend Luft. «Es sind die Nerven, weißt du. Wir haben uns so angeschrien. Wir haben geweint. Aber am Ende haben wir uns vertragen. Es ist alles wieder gut.» Sie stieß einen Laut aus, der irgendwo zwischen Lachen und Weinen changierte.

«Ich kann einfach nicht mehr aufhören zu weinen, Alain ...»

Sie schluchzte weiter, während ich mich vor Erleichterung neben den Mülleimer sinken ließ.

Ich sollte nie erfahren, was in den unvorstellbar vielen Stunden zwischen den beiden Schwestern alles gesagt worden war, bevor sie sich nach zehn langen Jahren in einer tränenreichen Umarmung wieder versöhnten. Für mich zählte nur eines:

Mélanie wollte mich sehen. Heute Abend um neun Uhr würde sie mich auf der Terrasse des Café de l'Esplanade erwarten.

33

---❖---

Es gibt Wunschorte im Leben. Orte, an denen man sich etwas wünscht. Orte, an denen man zu sich selbst findet. Orte, an denen nichts zu wünschen übrig bleibt.

Mag sein, dass ich befangen bin, mit Sicherheit ist es so. Doch der Pont Alexandre III ist für mich ein solcher Ort.

Paris hat viele Brücken, einige von ihnen sind sehr berühmt. Doch diese alte Brücke mit ihren wunderschönen Kandelabern, mit den vier hohen Pfeilern, auf denen vergoldete Pferde in den Himmel zu fliegen scheinen, mit all den Delphinen und Putten und Meeresgottheiten, die sich in spielerischem Reigen vor der steinernen Brüstung tummeln, scheint mir anders zu sein als alle anderen Brücken, die ich kenne.

Wenn man in Saint-Germain wohnt und arbeitet, kommt man eher selten hierher. Natürlich war ich schon mit dem Auto über den Pont Alexandre gefahren, allerdings hatte ich mir nie die Mühe gemacht auszusteigen.

Und es hatte sich auch nie ergeben, dass ich einmal zu Fuß über diese Brücke gegangen war. Bis zu jenem Tag, an dem ich Mélanie wiedersehen sollte.

Nach dem Telefonat mit Solène hatte ich vorsichtig die Rosen wieder aus dem Mülleimer gezogen und in die Vase zurückgestellt. Ich kannte das Café de l'Esplanade. Es lag unweit des Pont Alexandre, an der Ecke Rue de Grenelle und Rue Fabert, und bei gutem Wetter konnte man dort mit schönem Blick bis in den Abend hinein draußen auf der Terrasse sitzen.

Es war sechs Uhr. Noch drei Stunden bis zu meinem Treffen mit Mélanie. Das war eindeutig zu lang. Ich konnte keinen klaren Gedanken fassen, ich lief in der Wohnung umher, und meine Rastlosigkeit steigerte sich mit jeder Minute. Ich ging ins Bad und warf einen prüfenden Blick in den Spiegel. Die Blauschattierungen um mein linkes Auge waren verblasst. Ich ging wieder ins Wohnzimmer, setzte mich auf das Sofa und schloss für einen Moment die Augen. Kurze Zeit später sprang ich wieder auf und zog zum zweiten Mal an diesem Tag ein frisches Hemd an. Ich rasierte mich noch einmal, nahm etwas Aftershave, kämmte mir durch die Haare, suchte nach meinen braunen Wildlederschuhen und zog vorsichtshalber schon mal meine Jacke über.

Ich machte mich fertig, so aufgeregt und sorgfältig wie selten in meinem Leben, und ich stellte mir vor, wie Mélanie irgendwo auf der anderen Seite der Seine dasselbe tat.

Orphée saß auf der Kommode im Flur und verfolgte aufmerksam jede meiner Bewegungen. Sie schien zu spüren, dass etwas anders war als sonst. Ihre Ruhe machte mich noch nervöser.

Und dann hatte ich eine Idee, die meiner ungeduldigen Verfassung sehr entgegenkam. Warum sollte ich überhaupt noch länger in der Wohnung bleiben? Es war ein herrlich milder Abend, und ich würde Mélanie einfach entgegengehen.

Ich war mir ganz sicher, dass sie über ihre Lieblingsbrücke zum Café de l'Esplanade kommen würde, und wie schön wäre es, wenn ich sie dort, auf der Brücke, erwartete.

Ich nahm die Rosen aus dem Wasser. Zwei der dicken roséfarbenen Blüten waren ein wenig abgeknickt, aber alle anderen hatten den Sturz in die Mülltonne unversehrt überstanden.

«Wünsch mir Glück, Orphée», sagte ich, als ich in der Tür stand.

Orphée thronte auf der Kommode wie eine Sphinx und sah mich regungslos aus ihren grünen Augen an.

Ich zog die Tür hinter mir zu und machte mich auf den Weg.

———— ❀ ————

34

Es war Viertel vor acht, als ich den Pont Alexandre III betrat.

Das Erste, was ich sah, war eine Braut in einem bauschigen weißen Kleid, die an der Brüstung lehnte und sich an ihren frischgebackenen Ehemann schmiegte. Die beiden standen auf der linken Seite des breiten Gehwegs und lächelten in die Kamera eines Fotografen.

Mit Bräuten ist es wie mit Schornsteinfegern – man freut sich immer, wenn man sie sieht, weil man glaubt, das Glück auf seiner Seite zu haben. Aber das allein war es nicht.

Als ich etwa auf der Mitte der Brücke unter einer der dreiarmigen Belle-Époque-Lampen stehen blieb und mich über die Steinbrüstung lehnte, umfing mich mit einem Mal ein Zauber, wie ich ihn noch selten zuvor in meinem Leben empfunden hatte.

Die Luft war weich und golden, der Blick, der weit über den Fluss reichte, durchdrang jede Faser meines Körpers mit dem beglückenden Bild von Weite und Schönheit.

Am linken Ufer zogen die Autos unermüdlich die Avenue de New York entlang, auf der rechten Seite der Seine, wo die Glasdächer des Grand Palais und des Petit Palais aufragten, gab es keinen Verkehr. Dort standen Linden, die in wenigen Wochen schon ihren süßen Duft verströmen würden. Ein paar Steinstufen führten direkt zum stillen Ufer hinunter, wo einige Spaziergänger zu sehen waren und die Hausboote im Wasser schaukelten.

Unter mir glitt ein Bateau mouche nahezu lautlos den Fluss entlang, weiter hinten wölbten sich die weit geschwungenen Bögen des Pont des Invalides, und in der Ferne erhob sich ganz klein der Eiffelturm.

Nach all den Aufregungen der letzten Wochen erfasste mich eine wunderbare, großartige, vollkommene Ruhe.

Ich atmete tief ein, und es gab nur einen Satz, der mein ganzes Denken erfüllte: «Jetzt wird alles gut.»

Der Himmel begann sich zu verfärben, und ganz Paris wurde zu einem magischen, lavendelfarbenen Ort, der ein paar Meter über dem Boden zu schweben schien.

In dem Moment, als die Lampen angingen und wie kleine weiße Monde an der Brücke zu leuchten begannen, sah ich sie.

Sie kam, eine Stunde zu früh, in einem sommerlichen Kleid und ohne Hast die Brücke entlang. Sie trug rote Ballerinas, hatte eine kleine Strickjacke über die Schultern gehängt, und bei jedem Schritt flatterte der Saum ihres Rockes um ihre Beine. Sie ging auf der Seite, wo auch ich an der Brüstung lehnte, aber sie war so in ihre eigenen Gedanken vertieft, dass sie mich erst bemerkte, als sie fast vor mir stand.

«Alain!», sagte sie. Die Überraschung zauberte ein allerliebstes Lächeln auf ihr Gesicht, und sie strich sich mit dieser kleinen, mir so vertrauten Geste, die Haare hinter das Ohr. «Was machst du denn schon hier?»

«Ich warte auf dich», sagte ich mit belegter Stimme.

Vergessen waren all die schönen Worte, die ich ihr bei unserer Begegnung sagen wollte, vergessen waren die Rosen, die hinter mir auf der Brüstung lagen. Ich sah ihre verweinten Augen, ihre Wangen, über die sich eine zarte Röte legte, ich sah ihren zitternden Mund, und mir zerriss es fast das Herz vor Freude und Rührung und Erleichterung und Glück.

«Ich warte doch nur auf dich!»

Einen Wimpernschlag später lagen wir uns in den Armen. Weinend, lachend. Unsere Münder fanden sich ohne große Worte.

Wir küssten uns, und die Sekunden wurden zu Jahren, und die Jahre wurden zu einem Stück Ewigkeit. Wir küssten uns unter einer alten Laterne, die über uns hing wie ein Mond unter Monden. Wir küssten uns auf einer der schönsten Brücken von Paris, die in diesem Moment nur uns beiden gehörte, wir flogen hoch, hinauf in den Himmel, höher und höher, und Paris wurde zu einem Stern unter Sternen.

Noch lange standen wir da, ganz benommen vom Glück, zwei Zeitreisende, die endlich an ihrem Wunschort angekommen waren, und sahen auf den Fluss, in dem sich die Lichter spiegelten. Wir lehnten an der Brüstung, und unsere Finger verschränkten sich ineinander wie beim ersten Mal.

«Warum bist du damals nicht einfach ins Cinéma Paradis gekommen?», fragte ich leise. «Du hättest mir nur vertrauen müssen.»

«Ich hatte Angst», sagte sie, und ihre dunklen Augen schimmerten. «Ich hatte eine solche Angst, dich zu verlieren, dass ich dich lieber freiwillig verloren gab.»

Ich zog sie wieder in meine Arme. «Ach, Mélanie ...», sagte ich leise und vergrub mein Gesicht in ihrem Haar, das nach Vanille und Orangenblüten duftete. Ich hielt sie ganz fest und versuchte, doch selbst nur der Woge von Zärtlichkeit standzuhalten, die mich erfasste.

«Du wirst mich niemals verlieren. Das verspreche ich dir», sagte ich. «Du wirst mich nie mehr los, du wirst schon sehen.»

Sie nickte und lachte und wischte sich eine Träne von der Wange. Und dann sagte sie genau das, was ich eben gedacht hatte, als ich auf der Brücke stand. «Jetzt wird alles gut.»

Hinter uns erklang ein schlurfendes Geräusch. Wir drehten uns um und sahen verblüfft zu dem alten Mann hinüber, der in Pantoffeln die Brücke entlangschlurfte. Er ging vornübergebeugt und stieß ab und zu grimmig seine Faust in die Luft.

«Das ist alles ein großer Beschiss hier!», stieß er zornig hervor. «Ein großer Beschiss!»

Wir sahen uns an und lachten.

Als wir einen Augenblick später Arm in Arm den Pont Alexandre entlanggingen, um an das andere Ufer der Seine zu gelangen, wo das Café de l'Esplanade lag, war es halb neun.

An der Stelle, wo wir uns eben noch geküsst hatten, lag ein vergessener Rosenstrauß auf einer steinernen Brüstung und bezeugte, dass auch alte weise Männer sich gelegentlich irren können.

«Eigentlich sind wir erst in einer halben Stunde verabredet», sagte ich. «Warum warst du eigentlich schon so früh auf der Brücke?»

«Ich wollte einfach hier sein.»

Mélanie hob verlegen die Schultern. «Ich weiß, es klingt ein bisschen merkwürdig, aber um Viertel vor acht hatte ich mit einem Mal das Gefühl, dass ich unbedingt zum Pont Alexandre gehen sollte. Ich dachte mir, dass ich ja auch ebenso gut auf der Brücke warten könnte, bis wir uns im Café treffen würden. Und dann warst du plötzlich auch da.»

Sie sah mich an und schüttelte lächelnd den Kopf. «Da sind wir wohl beide auf dieselbe Idee gekommen, was?!»

«Ja», sagte ich und lächelte auch. «Sieht ganz so aus.»

Wir kamen ans Ende der Brücke, und ich musste an die Worte meines Freundes Robert denken.

Es stimmte schon – das Leben war kein Kinofilm, in dem sich zwei Menschen begegneten und wieder verloren, um sich dann ein paar Wochen später zufälligerweise am Trevi-Brunnen zu finden, nur weil beide zum selben Zeitpunkt auf die Idee gekommen waren, eine Münze hineinzuwerfen und sich etwas zu wünschen.

Aber manchmal war es unerklärlicherweise eben doch so.

EPILOG

———— ❋ ————

Ein Jahr später fand im Cinéma Paradis die erste Vorstellung von *Zärtliche Gedanken an Paris* statt. Der Film wurde einer der erfolgreichsten Filme, die Allan Wood jemals gedreht hatte.

In den letzten Monaten war viel passiert.

Als Erstes hatte ich mein Mobiltelefon wiederbekommen. Der Professor hatte es mir am nächsten Abend noch ins Kino gebracht, doch ich war glücklicherweise nicht da. Ich war bei Mélanie, und wir hatten die Welt um uns vergessen.

Allan Wood war nach den Dreharbeiten mit seiner Tochter Méla nach New York geflogen, um ihr seine Lieblingsplätze zu zeigen und anschließend mit ihr in den Hamptons fischen zu gehen. Seine neue Leidenschaft.

Solène hatte sich eine riesige Wohnung in der Nähe des Eiffelturms gekauft, um – wie sie mit einem Augenzwinkern erklärte – eine kleine Bleibe in Paris zu haben. Mélanie und Solène sahen sich, wann immer

Solène in der Stadt war, und das kam häufig vor. Manchmal kamen die beiden Schwestern auch zusammen ins Cinéma Paradis, um einen alten Film anzuschauen, aber Mélanie setzte sich niemals mehr in die siebzehnte Reihe.

Madame Clément hatte sich einen kleinen Hund angeschafft. Und François hatte neuerdings eine Freundin. Oft saß sie bei ihm im Vorführraum und wartete geduldig, bis die Vorstellung zu Ende war.

An der großen Pinnwand in meinem Büro steckte die Hochzeitsanzeige von Monsieur und Madame Petit. Das waren die beiden Unglücklichen, die sich ineinander verliebt hatten, weil es keine Karten mehr für sie gegeben hatte.

Melissa hatte ihre Prüfungen mit Bravour bestanden und war für ein *Postgraduate Year* nach Cambridge gegangen.

Robert blieb einigermaßen verblüfft zurück, fing sich aber recht bald und stellte mir einen Monat später eine rassige dunkelhaarige Schönheit namens Laurence vor.

Das Schönste aber war, dass meine Wohnung seit vier Wochen von einer Frau okkupiert wurde. Mélanie war bei mir eingezogen, und überall standen noch unausgepackte Kisten. Es störte mich nicht. Wenn ich morgens aufwachte und als Erstes in ihr hübsches Gesicht blickte, war mein Glück vollkommen.

Alle Rätsel waren gelöst, alle Fragen beantwortet. Nur eine Sache gab es noch, die mir hin und wieder durch den Kopf ging. Wer war der alte Mann mit den Pantoffeln? Mehrere Male war ich noch zusammen mit Mélanie in dem Haus in der Rue de Bourgogne gewesen, dem Haus mit dem alten Kastanienbaum im Innenhof, und ihre Freundin Linda hatte uns zum Essen eingeladen. Lindas Kochkünste hielten sich in Grenzen, aber dafür machte sie wunderbare Cocktails. Den alten Mann mit den Pantoffeln sollte ich nie mehr wiedersehen. Manches bleibt eben doch für immer ein Geheimnis.

Am Abend der Filmpremiere drängten sich die Menschen im Cinéma Paradis. Ich sah viele bekannte Gesichter. Solène Avril war natürlich da, denn mein Kino war ja sozusagen ihr Hauskino, und sie war der unbestrittene Star dieser Show. Howard Galloway lag mit einer Virusinfektion im Hotel und war beleidigt mit der Welt. Allan Wood war angereist und einige Leute aus der Filmcrew – ich entdeckte sogar Carl, der ganz verändert aussah, weil er sich den Vollbart abgenommen hatte und jetzt mit einem Hemingway-Moustache durch die Gegend lief. Die Journalisten warteten schon im Kinosaal auf die Stars, und Robert wartete darauf, dass ich ihm endlich Solène vorstellte. Alle meine Freunde und Bekannten waren gekommen – davon gab es jetzt ein paar mehr als noch vor einem Jahr.

Linda hatte sich an diesem Abend freigenommen und kam zum ersten Mal ins Cinéma Paradis, der Professor und das Ehepaar Petit waren da, und sogar die falsche

Mélanie aus dem Haus in der Rue de Bourgogne entdeckte ich im Foyer.

Sie alle wollten *Zärtliche Gedanken an Paris* sehen, und auch ich freute mich auf diesen Film ganz besonders, doch bei so manchem Gesicht, das mir zulächelte, musste ich an meine eigene Geschichte denken.

Plötzlich war Robert an meiner Seite. «Nun stell sie mir endlich vor», sagte er. «Ich bin extra allein gekommen.»

Ich seufzte. «Du bist schlimm, Robert, weißt du das?» Ich zog ihn am Ärmel in mein Büro, wo Solène mit Mélanie, Allan Wood und Carl Sussman bei einem Kaffee auf den Beginn des Films warteten. «Wir haben doch anschließend sowieso noch einen Tisch in der Brasserie Lipp reserviert.»

Solène war abergläubisch. Angestoßen wurde erst nach dem Film – alles andere brachte Unglück.

«Solène, hier ist jemand, der dich unbedingt kennenlernen will.» Ich schob meinen Freund zur Tür hinein. «Das ist Robert, der unerschütterliche Zweckoptimist ... ich habe dir schon von ihm erzählt.»

Solène warf einen Blick auf meinen blonden, sonnengebräunten Freund mit seinen blitzenden Augen, und man konnte sehen, dass er ihr gefiel.

«Ah, Robert», rief sie. «*Enchanté, enchanté!* Warum hat Alain Sie eigentlich so lange vor mir versteckt? Sie sind doch der Chemiker, nicht wahr?»

«Astrophysiker», verbesserte Robert schmunzelnd und sog das Bild dieser strahlenden Frau geradezu in sich auf.

«Ein Astrophysiker – das ist ja großartig!», sagte Solène, und jeder, der sie nicht kannte, hätte geschworen, dass sie in ihrem ganzen Leben nichts anderes gemacht hatte, als sich für Astrophysik zu begeistern. «Davon müssen Sie mir später mehr erzählen – ich *liebe* Astrophysik!»

Und dann gingen auch wir in den Kinosaal, und die Vorführung begann.

Natürlich ist das Theater etwas anderes als das Kino. Die Bühnenpräsenz fehlt auf einer Leinwand, und auch der Zuschauer hat nicht die Möglichkeit, Begeisterung oder Unmut so zu äußern, dass es die Schauspieler oder Regisseure direkt wahrnehmen. Natürlich steht es jedem frei, den Kinosaal zu verlassen, wenn ein Film nicht gefällt, aber mit ausverkauften oder leeren Kinosälen erschöpft sich auch schon die Reaktion des Publikums. Doch wer einmal bei einer Filmpremiere dabei war, womöglich noch in Anwesenheit der Schauspieler, weiß, dass dies ein ganz besonderes Erlebnis ist.

Zudem hat das Kino dem Theater gegenüber einen unschlagbaren Vorteil – nirgendwo, auf keiner Bühne der Welt, ist die Illusion perfekter, die Identifikation größer und die Realität stärker außer Kraft gesetzt als in einem dunklen Kinosaal vor einer Leinwand.

Im Theater lachen die Menschen, in seltenen Fällen weinen sie auch schon einmal. Doch das Kino mit seinen Filmen ist der Ort, an dem die ganz großen Gefühle erzeugt werden, der Ort, an dem alles, was sich jenseits des dunklen Samtvorhangs abspielt, für eine Zeit lang keine Bedeutung mehr hat.

Der Ort, an dem der Traum zur Wirklichkeit wird.

Zärtliche Gedanken an Paris war so ein Film. Es war eine bittersüße Komödie, und sie traf die Menschen an ihrem empfindlichsten Punkt. Dort, wo das Herz ist.

Als die letzten Dialoge gesprochen waren und die letzten Takte der Musik den Abspann begleitet hatten, herrschte einen Augenblick lang eine ungewohnte Stille im Kinosaal. Man hätte eine Stecknadel fallen hören können. Dann brandete Applaus durch die Reihen. Ich saß neben Mélanie, die ein zerknülltes Taschentuch in der Hand hielt, und klatschte wie alle anderen. In diesem Moment war ich nur ein Zuschauer unter Zuschauern.

Als der Regisseur und seine Schauspielerin vor das Publikum traten, skandierten die Zuschauer mehrere Minuten lang ihr *Bra-vo! Bra-vo! Bra-vo!* – jenes wunderbare Wort höchster Anerkennung, das in allen Sprachen gleich ist.

Dann ging ich nach vorne. Die Journalisten stellten ihre Fragen. Fotos wurden gemacht. Allan Wood sagte ein paar Sätze, Solène war hinreißend wie immer. Die Zuschauer lachten und klatschten.

Schließlich hob Solène lächelnd die Hand.

«Dieser Film ist für mich etwas ganz Besonderes, und die Dreharbeiten hier in Paris und vor allem in diesem Kino werde ich sicherlich niemals vergessen», begann sie. «Denn ich habe – durch seltsame und glückliche Zufälle, die zu kompliziert wären, um sie hier zu erklären – jemanden wiedergefunden, der mir sehr viel bedeutet. Meine Schwester.»

Sie streckte die Hände aus, und Mélanie erhob sich zögernd von ihrem Platz. «Sie steht nicht gern im Rampenlicht», sagte Solène mit einem Augenzwinkern, «aber heute Abend muss sie eine Ausnahme machen. Schließlich waren wir schon als Kinder zusammen hier und haben Filme angeschaut.»

Unter dem Applaus der Zuschauer ging Mélanie nach vorn. Ihre Wangen waren hochrot, und sie lächelte verlegen, als Solène sie jetzt umarmte. Die beiden ungleichen Schwestern so zusammen zu sehen, war ein Bild, das keinen unberührt ließ.

«Wie will man das noch übertreffen?», seufzte Allan Wood und zwinkerte hinter seiner Brille.

Die Kinobesucher erhoben sich von ihren Sitzen, einer nach dem anderen, und klatschten noch einmal frenetisch. Dann trat ich vor, beantwortete einige Fragen und bedankte mich. Die ersten Gäste wandten sich schon zum Gehen, als es noch eine Wortmeldung gab.

«Was ist eigentlich Ihr Lieblingsfilm, Monsieur Bonnard?», ruft einer der Journalisten.

«Mein Lieblingsfilm?», wiederhole ich und überlege einen Moment. Mit einem Mal wird es ganz still im Kinosaal. Ich nehme die Hand von Mélanie, die neben mir steht. Sie sieht mich an, und in ihren Augen liegt mein ganzes Glück, liegt meine Welt.

«Meinen Lieblingsfilm gibt es auf keiner Leinwand der Welt zu sehen», antworte ich lächelnd. «Nicht einmal hier, im Cinéma Paradis.»

FIN

Weitere Titel

Das Lächeln der Frauen

Die Frau meines Lebens

Die Zeit der Kirschen

Du findest mich am Ende der Welt

Tausend Lichter über der Seine

Nicolas Barreau
Tausend Lichter über der Seine

Als Joséphine an einem regnerischen
Novembertag erfährt, dass sie ein altes
Hausboot auf der Seine geerbt hat,
kommt es ihr wie eine glückliche Fügung
vor. Denn die junge und in Liebesdingen
etwas glücklose Frau hat gerade ihren Job
bei einem kleinen Pariser Verlag verloren
und braucht dringend Geld. Und obwohl
das Boot mit vielen lieb gewonnenen Erinnerungen verknüpft ist, beschließt sie
schweren Herzens, es zu verkaufen. Doch
auf dem Boot erwartet sie nicht nur ein

304 Seiten

verschlossener Schrank, zu dem es keinen Schlüssel zu geben scheint,
sondern auch ein bärbeißiger Fremder, der über einen gültigen Miet-
vertrag verfügt und nicht eine Sekunde daran denkt, das Hausboot zu
räumen ...

Eine romantische Komödie mit turbulenten Verwicklungen und eine
zauberhafte Wintergeschichte mit Witz und Herz vom Autor des
Weltbestsellers «Das Lächeln der Frauen».

Weitere Informationen finden Sie unter **rowohlt.de**